Zu diesem Buch

Wer wissen will, inwiefern Weihnachtsbaumschmuck den postmodernen Roman widerspiegelt und warum Kinderschokolade alles über den Akt des Lesens sagt; warum ein Shakespeare-Sonett als Indiz für Kokain-Schmuggel interpretiert werden kann und wieso Altberliner Kachelöfen ästhetisch überzeugender sind als so mancher große Roman; wer beobachten will, was Schriftstellerkinder mit dem Feuilleton der *F.A.Z.* alles anstellen; wer Einblicke ins erotische Treiben gewinnen möchte, das sich im Hinterzimmer einer Weinhandlung abspielt; wer vollwertige Ernährung mit vollwertiger Lyrik vergleichen möchte; wer nicht glaubt, daß Skat literaturfähig ist; wer den Zusammenhang zwischen Kfz-Werkstätten und dichterischem Verstummen belegt haben möchte und wer Argumente braucht, sich vor der nächsten Dichterlesung zu drücken – der lese dieses Buch.

«Eine rasante, urkomische, geistreiche Parodie auf den vielgehätschelten Zeitgeist namens Postmoderne, der sich in Stilzitaten ebenso äußert wie in sogenannter Betroffenheitsliteratur oder der modischen Hinwendung zu lateinamerikanischer Phantastik. Eine brillante Abrechnung mit den Auswüchsen eines Literaturbetriebs.» (*Westdeutsche Allgemeine Zeitung*)

«Gewitzte Unterhaltung.» (*Frankfurter Rundschau*)

Klaus Modick, geboren 1951 in Oldenburg (Oldenburg), studierte Germanistik, Geschichte, Kunstgeschichte, Philosophie und machte 1977 das Staatsexamen für das Lehramt an Gymnasien. 1980 promovierte er mit einer Arbeit über Lion Feuchtwanger. Er arbeitete als Kellner, Werbetexter, Lehrbeauftragter für Literatur und als Redakteur. Seit 1982 ist Klaus Modick freier Schriftsteller. Im Rowohlt Verlag liegen von ihm vor eine «anspielungsreiche, ironisch erzählte Urlaubsgeschichte», die «manches von dem Witz und dem Charme und der Leichtigkeit Tucholskys hat» (*Süddeutsche Zeitung*): der Roman «Ins Blaue» (rororo Nr. 5871); eine fast detektivische Geschichte über die geheimnisvollen Wirkungen eines Bildes auf seine verschiedenen Besitzer: der Roman «Das Grau der Karolinen» (1986); eine sozusagen grüne Novelle, «romantisch, aber mit einem überaus ernsten Hintergrund» (*taz*): «Moos» (rororo Nr. 5907) und das von ihm herausgegebene Lesebuch über die Glücks- und Schreckmomente des Rausches: «Traumtanz» (rororo panther Nr. 5806). Klaus Modick lebt in Hamburg.

Klaus Modick

WEG WAR WEG

Romanverschnitt

rororo

Rowohlt

Personen, die meinen,
in diesem Buch vorzukommen,
sind nicht gemeint.

Veröffentlicht im Rowohlt Taschenbuch Verlag GmbH,
Reinbek bei Hamburg, Februar 1991

Umschlagillustration Jan Rieckhoff
Umschlagtypographie Walter Hellmann
Gesamtherstellung Clausen & Bosse, Leck
Printed in Germany
980-ISBN 3 499 12869 1

«Bei dieser Gelegenheit erscheint, beinahe zum Entsetzen, wie wir von den disparatesten Gegenständen affiziert, aufgeregt, hingerissen werden können. Hierdurch nun werde ich genötigt, mancherlei Stückwerke mit Lebensereignissen in Verbindung zu bringen, damit das Ganze nicht allzu verworren und seltsam aussehe. Und gerade diese Mittelglieder sind es, die ich Ihrem besonderen Anteil empfehle.»

Goethe

I

Ende flimmerte heute doch nicht einmal mehr über die Leinwand, wenn eingefrorene, weichgezeichnete oder gegenbelichtete letzte Bilder, durch die vielleicht noch Schriftzüge des Abspanns mit Dank an alle Beteiligten liefen, uns darauf vorbereiteten, daß in wenigen Sekunden draußen das Leben weiterginge wie eh und je. Und von den letzten Seiten der Bücher war das definitive Wörtchen sowieso längst verschwunden. Manchmal folgten den letzten Worten der Werke allerdings noch Entstehungsdaten, immer schön kursiv, damit man sie nicht mit dem Gedichteten verwechselte, Entstehungsdaten, die man als Hinweis aufs auralos-moderne Selbstverständnis des Autors verstehen durfte, die man aber auch, ganz nach Leserlaune, mit allerlei apokryphen Bedeutungen aufblasen konnte. Beispielsweise kommt hinterm letzten «Ja» im Joyceschen «Ulysses» noch ein, Hand aufs Herz, maßlos enttäuschender, weil stocktraditionalistischer Schlußpunkt – und dann, wie gesagt, dies kursiv gesetzte *Triest–Zürich–Paris, 1914–1921*: 3 Orte, 7 Jahre, ja, ich bitte Sie! Man muß nicht unbedingt 21 Semester Zahlenmystik studiert haben, um hier die symbolschwangere Nachtigall durchs Dickicht der Dichtung trapsen zu hören. Natürlich hätte auch ich meinem Schlußpunkt ein relativ wahrheitsgetreues *Hamburg–New York–Wiefelstede, 1984–1987* anschnallen können; 3 Orte, 3 Jahre, Duplizität der magischen Ziffern, Primzahlen obendrein – was könnte man mehr verlangen? Da hätten meine Exegeten noch in 333 Jahren mächtig was zu rechnen gehabt. Aber was sollte der stilisierende Stuß am Schluß?

Heutzutage las man statt solch autobiographischer Verwirrungstaktik immer häufiger noch irgendwelche zwischen Finanzlakonismus und Danksagungskitsch schwankenden Bemerkungen, welchem Stadtschreiber-Stipendium, welchem Poesie-Preis, welchem musealen Mäzenatentum auch immer der jeweilige Autor es zu verdanken hatte, daß er statt arbeiten zu gehen mit seinem Text dahin gekommen war, wo nun das offenbar obsolet gewordene *Ende* hätte stehen können. Doch mit derlei Zuwendungen hatte man mich nicht bedient, weshalb ich auch mit keiner Floskel dieser Art dienen konnte. *Die Arbeit des Autors am vorliegenden Text erfuhr freundliche Förderung durch die Kindergeldkasse* wäre zwar ein recht realistisches Gruß- und Dankwort gewesen, doch reichten die uns monatlich zustehenden DM 150,– nicht einmal aus, um die immer teurer werdenden Farb- und Korrekturcassetten zu kaufen. Außerdem würde ich Anna und Jakob ihr Kindergeld zurückzahlen, sobald das Honorar auf meinem Konto einrollte. Die Kinder konnten mit dem Geld zwar noch nichts anfangen, aber ich hatte meiner Frau Nora versprochen, daß das Kindergeld eisern gespart und den beiden ausgezahlt würde, wenn sie in siebzehn beziehungsweise neunzehn Jahren zwanzig werden würden. Und was hatte ich von diesem Versprechen? Meine Frau klagte, sie wäre es leid, seit drei Jahren im Schatten dieses Manuskripts stehen zu müssen, was, nebenbei bemerkt, ein ziemlich schiefes Bild war: Mit seinen 643 Seiten à 1800 Anschlägen war das Manuskript *so* dick nun auch wieder nicht, daß es, selbst beim derzeit herrschenden, niedrigen Novembersonnenstand, die Einmetervierundsiebzig meiner Frau hätte in den Schatten stellen können, ja nicht einmal die Einszweikommafünf Annas oder auch nur die zweiundachtzig Zentimeter Jakobs. Nun ja, das war im Augenblick eigentlich gar nicht mein Thema.

Nehmen wir lieber mal Thomas Mann! Der hatte sich gelegentlich noch den Spaß erlaubt, unters fertige Manuskript jene vier denkwürdigen Abschiedsversalien zu setzen – und wer wollte ihm das auch verdenken? Ich meine, der Mann mußte doch heilfroh gewesen sein, als er dergestalt zum Beispiel seiner «Lotte in Weimar», die sich als ziemliche Zicke erweist, endlich den Laufpaß geben konnte. In diesem *Ende* steckt doch gleich eine ganze Seufzerbrücke der Erleichterung. Und in der prunkvollen Geste des Humanismus hat er sogar, Goethe wieder einmal übertrumpfend, der bekanntlich seinen «Faust» mit einem vergleichsweise mundfaulen *Finis* schloß, den «Zauberberg» mit einem *Finis operis* an jener Stelle gekrönt, wo die Augen des Lesers sonst ins Leere wandern.

Wer heute seine Texte mit einem derart opulenten Schlußstrich versähe, käme unverzüglich in den Verdacht, als zitatengeiler Postmoderner Raubzüge durch die Literaturgeschichte veranstaltet zu haben und mit dem Plündergut noch dort prahlerisch aufzutrumpfen, wo auch ein schlichter Punkt den Sachverhalt «Textende» anzuzeigen imstande wäre. Eckhard Henscheids *Finis Operis – Laus*

Deo am Ende der «Mätresse des Bischofs» war sowieso nicht mehr einholbar, es sei denn durch ein schon allzu verspieltes *Ultima Finis Operis – Summa Cum Laudeodorante*, oder aber durch ein melancholisch-lyrisches *Das Ende vom Lied*, was aber wiederum nach einem Titel Joseph Conrads gerochen hätte.

Die ganz Schlauen wie William Gaddis setzten heutzutage freilich nicht einmal mehr den allerletzten Schlußpunkt, sondern signalisierten mit einer hochtrickreich kalkulierten Satzzeichenleerstelle am Ende die prinzipielle Unabschließbarkeit oder unabgeschlossene Fragmenttragik ihrer Herzblutmonumente, womit dann sogar noch Célines berühmte drei Pünktchen am Ende der «Reise ans Ende der Nacht» als kümmerlicher Kompromiß im Leeren stehen. Den fehlenden Schlußpunkt gegen Verleger und Lektoren, vor allem aber gegen dudenfeste Korrektoren durchzusetzen, war allerdings eine, wenn auch auf einem anderen Blatt stehende, reife Leistung, die den Respekt eines jeden erheischen mußte, der je den Versuch unternahm, *seine* Vorstellungen von Druck und Satz in Druck und Satz durchzusetzen *(Was soll das denn heißen? Der Setzer)*. (Nachtrag in den Korrekturfahnen: Quod erat demonstrandum) *(Ja, ja, schon gut. Ad rem, aber subito! Der Setzer)*

Daß also keiner das Kind mehr beim Namen zu nennen sich traute, auch meine Tochter Anna heißt eigentlich nicht Anna, sondern Anaïs (ja, genau, wie Nin), aber wenn wir geahnt hätten, welch ein Spießrutenlauf durch die allgemeine literarische Ignoranz damit für das Kind und uns verbunden ist, hätten wir sie wahrscheinlich gleich so genannt, wie wir sie jetzt nennen, Anna eben; heut nachmittag war sie übrigens zu Besuch bei ihrer Freundin Sarah, auch so ein Name, der spätestens dann zum Fluch werden dürfte, wenn das Kind in der Schule plötzlich neben drei oder vier anderen Sarahs sitzt... Wie kam ich jetzt da drauf? Soviel hatte ich noch gar nicht getrunken, eine Flasche Sekt. Ach so, es ging darum, daß ich heute den Nachmittag genutzt hatte, die letzten Seiten kinderfrei in Reinschrift zu bringen, doch so gänzlich unbeschwert ging auch das nicht ab: Sind die Kinder zu Hause, kommt man zu wenig, weil sie dauernd irgendwas wollen; sind sie dann endlich mal weg, kommt man auch nur zu wenig, weil man dauernd daran denken muß, ob sie sich auch anständig benehmen und es hinterher nicht wieder heißt: Verzogenes Künstlerkind. Aber sagen wollte ich eigentlich etwas anderes.

Daß also niemand mehr das Kind beim Namen zu nennen sich traute und schlicht und recht *Ende* schrieb, wenn der Text eben dort angekommen war, wäre vielleicht ein guter Grund gewesen, es einmal wieder zu wagen. Möglicherweise ließe das ungewohnt gewordene Wörtchen den einen oder anderen Kritiker aus seinem epochalen Dauerschlaf erwachen und den Nachweis anzutreten versuchen, hier läge nun endlich die grandiose Überwindung des gescheiterten Konzepts Offenes Kunstwerk vor – und in der Tat war mein Manuskript nichts weniger als das, um von dem, was es darüber hinaus noch alles war, ganz zu schweigen. Von der Kritik sensible Hellhörigkeit zu erhoffen war natürlich andererseits noch weitaus sinn- und fruchtloser, als vom nächsten Buch Peter Handkes zu erwarten, es würde der Lachschlager der Saison.

Wie auch immer, nach gewissenhafter, wenn auch inzwischen nicht mehr ganz nüchterner Abwägung aller Fürs und Widers entschloß ich mich endlich, kein *Ende* zu setzen. *(Was hier gesetzt wird, setze ich. Der Setzer)* Den letzten Punkt jedoch verkniff ich mir nicht nur nicht, sondern ich zelebrierte ihn: Nach Genuß einer weiteren Flasche Sekt, den dafür eigentlich vorgesehenen Champagner hatte ich bereits heut nachmittag zur Feier der Reinschrift des letzten, den Plot krönenden Kapitels verputzt, überließ ich die Ausführung des (bescheiden formuliert) i-Tüpfelchens nicht etwa dem sachlich-kalten Schlag des Typenrads, sondern der geschmeidigen Spitze des Füllfederhalters, der sich allerdings geraume Zeit sträubte, weil Jakob vorhin auf ihm gelutscht hatte. Sentimentaler Anachronismus eines immer noch computerlosen Schriftstellers, dem bereits der Übergang von der elektrischen auf die flüsternde, elektronische Typenradmaschine schlaflose Nächte bereitet hatte? Gewiß. Doch dürfte inzwischen hinlänglich klargeworden sein, daß sich in diesem Schlußpunkt sämtliche je gewesenen und überhaupt vorstellbaren *Ende*-Variationen zu einer quasi minimalistischen Abschiedsapotheose des Autors von seinem Text abstrahiert hatten. Literarischer ausgedrückt fiel der Vorhang, die Lichter gingen wahlweise an oder verlöschten, die Gartenmöbel wurden reingestellt und der Kellner rief letzte Bestellung, während ich mir noch ein Glas genehmigte. Ab jetzt blieb die Seite weiß, Unschuld revisited, das wiedergefundene Paradies etc. pp. Der Rest war Schweigen und Vorsatz.

In den Kondenswasserschlieren des lauwarmen Sekts am Glas erschien mir das Vorsatzpapier, marmoriert, rötliche Töne vorherrschend, den Leineneinband der Standardausgabe dachte ich mir, falls ich noch dachte, farblich dezent darauf abgestimmt, das seidene Lesebändchen milde dazu kontrastierend, und die numerierte Vorzugsausgabe im Schuber aus handgeschöpftem Büttenpapier illuminierte sich mir in feinstes, flexibles Leder wilder Yak-Kälber gehüllt, das von tibetanischen Mönchen handgegerbt und -geglättet wäre, während die Buchstabenstanzung des Rückens mit dem Munde ausgemalt würde, mit Blattgold behämmert, umschmeichelt von einem pergamentenen Schutzumschlag in Öl und Essig, auf dem das Pieter Breughel-Gemälde von amerikanischen Jasper Johns-Flaggen und filzig-fettigen Joseph Beuys-Arrangements überwuchert wurde, und dann war der Sekt restlos alle. Kurz und gut, die Ausstattung dachte ich mir zu jener vorgerückten Stunde, da meine Frau längst erschöpft im Bett lag und die Kinder ihren Träumen hingegeben selig vor sich her schnorchelten, leicht luxuriös; dafür hatte ich ausgleichende Vorstellungen hinsichtlich eines Ladenpreises von ca. DM 29,80, was bei der zu erwartenden Startauflage sicherlich zu rechnen war. Selbst wenn statt Yak- nur Schweinsleder in Betracht kam, dem Werk kongenial, zugleich dienend, anzupassen hatte sich die Kunst der Ausstattung allemal, auch wenn der Verleger Altmeyer bei unserem letzten Treffen ästhetik- und bibliophilieresistent wie stets von Fotosatz *(Macht mir auch keinen Spaß, aber jetzt hat wenigstens das ewige Bleiläusesuchen ein Ende. Der Setzer)*, DDR-Billigdruck und preiswertem Linsol-Einband gefaselt hatte. Früher oder später hätte auch er einzusehen, daß mein gigantischer Wurf jene letztgültige Überwindung der Postmoderne mit ihren eigenen Mitteln darstellte, auf die die gesamte literarische Welt seit Jahren wartete.

Alldieweil war ich bei einer Flasche Weinbrand aus Branntwein mit dem eher mißtrauenerregenden Namen

Dujacron angelangt, dessen wie von Kinderhand gemaltes Etikett ziemlich genau versprach, was sein Geschmack hielt. Die 38 % Vol. taten gleichwohl, wenn ich mich recht entsinne, ihre erwünschte Wirkung. Auf den Titel kam jedenfalls viel, wenn nicht fast alles an, denn der Titel brachte schließlich die Buchhändler dazu, nicht erst partien-, sondern gleich palettenweise vorzuordern; sämtliche Verlagsvertreter würden sich nach dieser Tour zur Ruhe setzen können, und die ersten beiden Auflagen würden bereits vor Auslieferung vergriffen sein. Einen besseren Titel als «Nachtexpress nach Babylon» konnte es nicht geben. Daß der Verlag es dennoch nicht für nötig befunden hatte, darauf Titelschutz anzumelden, war unverantwortlicher Leichtsinn, doch schien es noch einmal gutgegangen zu sein. Zwar war fürs Frühjahr auch ein Roman David Sauermanns mit dem zugegebenermaßen nicht üblen Titel «Schnee in Ninive» angekündigt, zwar schwärmten alle Feuilletons noch von Egbert Umbras «Punk in Ur», und selbst Karl Mays «Bei den Trümmern von Babylon» erzielte nach wie vor hohe Auflagen, aber mein «Nachtexpress nach Babylon» würde an allen Plagiaten vorbeirasen, direkt an die Spitze sämtlicher Besten- und Bestsellerlisten.

Soweit war mir alles klar. Ich beschloß, für heute Schluß zu machen, den Punkt hatte ich mit dem verwüsteten Federhalter hingekriegt, um dann morgen nach Oldenburg zum Copy-Shop zu fahren. Und dann ab die Post. Der Boden schwankte vor Begeisterung, als ich mich vom Schreibtisch abdrückte, und als ich es unter dreimaligem Stolpern auf der Treppe ins Bett gebracht hatte, überfiel mich verschwommen die Frage, was eigentlich von einem

Schriftsteller übrigbleibt, wenn die Arbeit getan ist. Ein Häufchen Entschuldigungen für das, was man falsch gemacht und für das, was man alles vergessen hat und was einem erst einfällt, wenn der erste Verriß erschienen ist. Mich packte das unerfreuliche Gefühl einer sich gegen unendlich beschleunigenden, babylonischen Drehung, dem giftgrünen Würgen vergleichbar, das mich geschüttelt hatte, als ich neulich mit Anna auf dem Jahrmarkt in ein *Rotor* genanntes Folterinstrument gestiegen war, freiwillig – eine an sich harmlos aussehende Röhre, gegen deren Rand man sich lehnt, die sich dann jedoch immer schneller zu drehen beginnt und einen, den Gesetzen der Fliehkraft Tribut zollend, an eben diesem Rand kleben läßt, bis man nur noch den einen Wunsch verspürt: Kotzen! Das Teuflische ist aber nun, daß eben dieselbe Fliehkraft, die den zweifelhaften Spaß erst ermöglicht, einem wieder ins Gesicht pressen würde, was man unter keinen Umständen mehr bei sich zu halten können glaubt, weshalb ich es doch vorzog, den Mageninhalt in einer heroischen Anstrengung am unkontrollierten Austritt nach oben zu hindern.

Glücklicherweise erwies meine Müdigkeit sich diesem Würgen überlegen, doch hätte ich vermutlich eine von Schreibblockadeängsten und Schriftstellerpsychosen alptraumhaft verunzierte Nacht zu gewärtigen gehabt, wäre mir nicht im letzten Moment vorm Eintritt des wohlverdienten Blackouts noch ein mieser, alter Witz eingefallen, über den ich lächeln mußte, so daß sich mein Vollrausch zu Morpheus' Armen verklärte, in deren sanfter Umarmung die abgearbeitete Muse in Rente ging und der durchgerittene Pegasus seinen Gnadenhafer fraß: Goethe ist tot, Joyce ist tot, und mir ist auch schon ganz übel.

2

Das Messer, das durch einen Apfel schnitt? Oder der Apfel, den das Messer teilte, eine Hälfte für Anna, eine Hälfte für Jakob, eine Hälfte für Nora? Drei Hälften? Oder etwa gar ein Wurm, der sich's im Apfel gutgehen ließ und gerade noch vor des Messers Schneide seinen Schwanz einziehen konnte? Meine Identität war eindeutig ungeklärt, doch wurde jetzt der Apfelgeruch so intensiv, als käme er direkt aus Schillers Schreibtisch. Ich schlug die Augen auf, um mich zu vergewissern, daß ich im Rausch nach meiner privaten Schlußpunktfeier nicht etwa ins Bett geko...

– Kuckma kuckma Papa is wach, krähte die rittlings auf meinem Bauch hockende Anna begeistert dem interessiert zuschauenden Jakob entgegen, der neben meinem Kopf lag und sich schaumtriefend durch ein Apfelstück arbeitete, das bereits dem Musstadium nahepüriert war, während Anna versuchte, mir ein nur geringfügig konsistenteres Stück in den halbgeöffneten Mund zu schieben. – Fütück für Papa Fütück für Papa kuckma Jako kuckma!

Die Antwort auf die durchaus denkwürdige Frage, ob ich der Apfel oder dessen vierte Hälfte gewesen war, Messer oder Wurm, verlor sich auf Nimmerwiedersehen im mich stets aufs neue verblüffenden Acht-Uhr-Morgen-Energiestrudel der Kinder, aus dessen Apfelsaftregen ich in die Traufe der Dusche entkam. Ihr gleichmäßig gebändigtes Rauschen, auf meinem Rücken das prickelnde Prasseln der Tropfen, brachte unscharfe Erinnerungen an offenbar größenwahnsinnige Phantasien der letzten Nacht zurück. Seifenschaum brannte mir in den Augen, erinnerte mich schmerzlich an das alte Problem, ob ich, wenn ich mich besser an meine Träume würde erinnern können, ein entsprechend besserer Schriftsteller wäre. Wenn ich daran dachte, was gut- bis erstklassige Kollegen von E. T. A. Hoffmann bis Kafka so alles im Schlaf erledigt hatten, oder daß sich der harte Kern der Surrealisten einfach mal kurz zu einem kleinen Arbeits-Nickerchen aufs Ohr haute, Schild an der Schlafzimmertür: *Der Poet arbeitet*, um ganz entspannt mit einem neuen Opus aufzuwachen, packte mich blanker Neid. Robert Louis Stevenson hatte in seinem merkwürdigen «Kapitel über Träume» sogar behauptet, daß ihm, wenn er sich im Bett dem Vergnügen des Schlafs hingab, bessere Geschichten zugetragen worden seien, und zwar von irgendwelchen nachts putzmunter werdenden Heinzelmännchen, als er selbst je hätte erfinden können, ja, daß er schlafend gut die Hälfte seines Gesamtwerks geschaffen habe beziehungsweise habe schaffen lassen. Die Reihe derjenigen, die im Traum zu Meisterwerken gekommen waren, ließe sich lange fortsetzen. Mir selbst kamen manchmal Einfälle auf dem Klo, ein Phänomen, auf das ich mit Sicherheit keine Exklusivrechte besaß; merkwürdig nur, daß die Schriftsteller sich nie zu dieser Inspirationsquelle äußerten. Das war Stoff für einen Essay zur Produktionsästhetik, den zu schreiben ich mir vornahm, während ich Shampooschaum in meine Haare schlug. Trotzdem schien mir die Traumtechnik vergleichsweise effektiver zu sein; den ihren gaben's die Musen offenbar reichlich im Schlaf. Und vielleicht sogar mir? Bloß gab es da ein kleines Problem: Egal nämlich, wie ich erwachte, verkatert oder ausgeschlafen, sanft in den Tag gleitend, wachgeküßt gar, oder von Wecker, Telefon oder Kindern aufgestört, die an mir Experimente durchführten, oft wußte ich, daß, selten aber nur, was ich geträumt hatte. Angefangen vom Notizbuch neben dem Kopfkissen, in das Anna längst Sonne, Mond und Sterne eingemalt hatte, über das Diktiergerät, Weihnachtsgeschenk meiner Frau, das schon vor seiner ersten Benutzung Jakob in Finger und erste Zähne gefallen war, bis hin zum schlaftrunkenen Sprint an die Schreibmaschine – alles hatte ich erprobt und wenig hatte geholfen. Zwar war es mir gelungen, häufig schon während des Traumvorgangs daran zu denken, den Trauminhalt ja nicht zu vergessen, träumend also zu meinem eigenen Traumprotokollanten zu werden, doch hatte diese an sich bemerkenswerte Technik den Nachteil, daß ich mich morgens zwar exakt daran erinnern konnte, mir im Traum dic Auflage gemacht zu haben, mich morgens zu erinnern, einmal sogar im Traum den Traum mittels einer Video-Kamera gefilmt zu haben. Was und warum ich aber erinnern wollte, war um so entschiedener verschwunden, wenn ich mich ans Erinnern machen wollte, als ob in der Kamera keine Cassette gewesen wäre. Mit mir als Versuchspatienten hätte Freud es vermutlich nicht allzuweit gebracht.

Während mir zum wiederholten Male die Seife entglitt und dem Ausguß zuschlitterte, wurde mir plötzlich klar, daß mein Schlaf heute nacht gewiß so fest gewesen sein mußte, daß ich nicht mehr wußte, ob er gut gewesen war, daß in ihm aber auch mehrfach das Erinnerungskommando gefiept oder geblinkt hatte. Warum? Ich wußte es einmal mehr nicht mehr, was aber diesmal möglicherweise seine Vorteile hatte, weil mir im Traum gelegentlich unscharfe Bilder einer besseren Form präsentiert wurden als diejenige, die ich entwarf oder vollendet hatte, aber ich konnte diese nächtlichen Verbesserungsvorschläge zumeist weder festhalten noch ausnutzen. Spätestens an der Schreibmaschine hatten sich die Traumreste so gründlich verabschiedet, wie das Papier weiß war. Ich mußte mich also damit abfinden, das zu Papier zu bringen, was mir der Tag zutrug; und wenn aus konzeptionellen Gründen eine Traumsequenz her mußte, dann konstruierte ich sie halt, wodurch ich im übrigen nicht in den Verdacht kommen konnte, Betroffenheitsliteratur zu fabrizieren. Wenn also, dachte ich, die Dusche abdrehend, mit einer gewissen Erleichterung, ausgerechnet heute nacht die Idealform des auch ungeträumt durchaus brauchbaren Romans dergestalt in mir aufgetaucht wäre, daß ich sie jetzt erinnern und verarbeiten könnte, wäre die gestrige Schlußpunktorgie keineswegs das Ende der Leiden gewesen, sondern ich hätte womöglich wieder von vorn beginnen müssen.

Durch routiniert-geschicktes Drehen und Ziehen des Handtuchs trocknete ich mich an den unzugänglichen Stellen zwischen den Schulterblättern ab und dachte dabei, daß die gelegentliche Unschärfe meiner Erinnerung ans nächtliche Theater im «Nachtexpress nach Babylon» als leicht verschobenes Motiv keine ganz unwichtige Funktion hatte, indem beispielsweise mein Protagonist Franz

Kienast im 4. Kapitel halbschlafend aus seinem Abteil in den zugigen Gang tritt, um etwas abzuschütteln, von dem er nicht weiß, ob's Traum war oder Wirklichkeit. Auf dem Gang wird er von diesem Typen angequatscht, der wie ein arabischer Teppichhändler aussieht, aber in Wirklichkeit US-Amerikaner und Philosophie-Professor ist, und der hält Kienast einen wirren Vortrag, in dem es um alle Arten von Ambiguität, Zäsuren und Verschiebungen geht, die, wie der Professor behauptet, Wissen und Gesellschaft total und global beeinflussen würden. Denken Sie doch nur, sagt er zum verschlafenen Kienast, an Heisenbergs Unschärfeprinzip oder an Gödels Beweis der Unvollständigkeit, an Kuhns Paradigmen oder Rosenbergs, nein, nicht der Nazi, Rosenbergs entdefinierte angstvolle Kunstobjekte. Kienast will sich natürlich verdrücken, weil ihm jetzt noch übler wird als im Abteil, diesmal vom Gequalle des levantinisch scheinenden Amis, der auch noch schlechten Mundgeruch hat, und sagt zu sich selbst halblaut: Feierabend. Ja genau, macht daraufhin aber der Campus-Camus, der ja nachher bei diesem Motorradunfall ums Leben kommt, und hält Kienast am Arm fest. Feyerabends Wissenschaftsdadaismus gehöre selbstverständlich in den Kontext, und all die Literaturtheorien, von Bachtins dialogischer Phantasie, von Barthes' *textes scriptibles*, Isers literarischen Unbestimmtheiten, Blooms Auslassungen, de Mans allegorischem Lesen, Fishs affektiver Stilistik, Hollands transaktiver Analyse, Bleichs subjektiver Kritik faselt und faselt der Mann. Die Stelle hatte ich sauber hingekriegt, keine Frage. Alle Autoritäten waren zitiert, an denen sich festmachen ließ, wie sehr Unbestimmtheiten und Unschärfen unsere Ideen und Vorstellungen erfüllen und bestimmen, unsere Welt und unsere Weltbilder konstituieren, aber zugleich waren all diese Theorien ironisiert und erwiesen sich für Kienast als irrelevant. Und auf der Handlungsebene wurde das umgesetzt, indem Kienast sich nicht entscheiden kann, ob er wieder ins Abteil, in den billigen Parfumgeruch dieser Halbweltdame zurückgehen oder die durch das Gelabere des Professors unangenehm verdickte Frischluft des Ganges genießen soll, bis er sich schließlich zu dem gewissermaßen dritten Weg entscheidet, den Professor grußlos stehen läßt, aufs Klo geht und dort diese Vision hat, durch den Abfluß auf die Gleise geschmettert zu werden. Was ist der Mensch? denkt er. Ein Stückchen Scheiße am Schienenstrang.

Bestens. Trauminspirationen hin, Idealformen her, mein Manuskript war fertig. Zufrieden lächelnd ging ich nach unten, küßte Nora und die Kinder, machte mich über Frühstück und Zeitung her.

– Was machst du heute? fragte Nora, setzte Jakob auf den Fußboden und die leergenuckelte Breiflasche auf den Tisch.

– Kopieren.

– Kopieren?

– Kopieren, kopieren, kopieren.

– Papa kopien, Papa kopien, papageite Anna, und Jakob kommentierte meinen Vervielfältigungsvorsatz mit einem satten Bäuerchen, das beinah schon nach Gutsherr klang.

Nora gratulierte zum Abschluß des Manuskripts, womit sie (was immer das heißen sollte) kaum noch gerechnet hätte, und freute sich, daß ich von jetzt an mehr Zeit für sie und die Kinder haben würde. Da ich sowieso nach Oldenburg führe, sollte ich Anna zum Kindergarten bringen und auf gleichem Wege einen größeren Posten Windeln für Jakob besorgen.

Den «Nachtexpress nach Babylon», welch sinnliche Ausstrahlung der stattliche Packen hatte, bündelte ich provisorisch mittels einiger Gummibänder und verstaute das kostbare Original in einer Plastiktüte mit dem Aufdruck *Käse aus Deutschland*, überlegte einen Augenblick, ob nicht vielleicht doch eine dezentere Verpackung angemessener wäre, empfand dann aber das fertige Arrangement als ironisches Understatement, schnallte Anna auf ihren Kindersitz im Fond, legte *Käse aus Deutschland* vorsichtig wie eine Vase aus der Ming-Dynastie auf den Beifahrersitz, winkte bester Laune Nora und Jakob und fuhr los.

– Papa, was is kopien? heischte Anna Auskunft über die Geheimnisse der modernen Reproduktionstechnik, die in Kürze aus der auratischen Einmaligkeit des Originalmanuskripts, das, strenggenommen, natürlich ein Typoskript, wenn auch mit handschriftlichen Korrekturen des Urhebers war, mehrere Duplikate zaubern würde: eins für Ralf Scholz, den zuständigen Lektor, eins für Dr. Altmeyer höchstpersönlich und ein weiteres für meinen eigenen Bedarf, um das Original fürderhin zu schonen, wollte ich es doch anschließend einbinden lassen, um es dann in meinem Archiv einzulagern, wo es in Gesellschaft seiner älteren Geschwister, der Novelle «Ferne Farne» sowie der Romane «Kopfreise» und «Die gelbe Glut», jenen Tagen entgegenträumen würde, da Nachlaßverwalter ihre germanistische Neugier an Textvarianten, frühen Entwürfen, verworfenen Ansätzen und diversen Arbeitstechniken würden befriedigen können.

– Papa, was is kopien?

– Also, wenn ich dies Manuskript hier, ich klopfte auf *Käse* – ich meine, diesen Stapel Papier, den Papa hier in der Tüte hat, den gibt's bis jetzt nur ein einziges Mal. Papa braucht den gleichen Stapel aber mehr als einmal. Also kopiert er alle Seiten, bis aus dem einen Stapel mehrere Stapel geworden sind. Das ist so ähnlich wie Fotografieren.

Pause.

– Und dann sin alle Seiten gleich?

– Ja, mehr oder weniger.

Pause

– Kanntu auch Kopien kopien?

– Äh, ja klar...

– Und dann?

– Wie und dann?

– Sin die dann auch alle gleich?

– Ich glaub schon, ja. Vielleicht wird im Laufe der Zeit die Qualität immer schwächer, so wie ein altes, verblichenes Foto aus Omas Album oder so, aber im Prinzip...

Pause.

– Papa, was is Pinziep?

– Prinzip? Tja, also, äh...

Pause.

– Guck mal Anna, da! Da sind Pferde auf der Weide!

– Kann man Pferde auch kopien?

– Nein, nein. Man kann aber irgendein Abbild von ihnen machen, eine Zeichnung, ein Foto, sogar eine Skulptur, und das kann man dann kopieren. Das Lebendige läßt sich nicht kopieren, noch nicht. Zum Glück...

– Auch nicht im Pinziep?

Pause.

– Äh, weißt du Anna, was ich schon die ganze Zeit mit dir besprechen wollte…

– Ja?

– Also, als ich dich neulich aus dem Kindergarten abgeholt hab, da hast du dich doch mit diesem Jungen gestritten, mit diesem, wie heißt er noch gleich?

– Gabi.

– Gabi? Ach so, Gabriel, ja genau der. Und da hab ich gehört, wie ihr euch gestritten habt, wer von euren Papas den tolleren Beruf hat. Nicht wahr?

– Ja. Gabi sagt immer, mein Papa ist Lehla, das is ganz toll, aber ich…

– Ja, genau. Gabriels Vater ist Lehrer, Studienrat glaub ich. Und das ist ja auch ziemlich toll. Aber dann hab ich noch mitgekriegt, wie du gesagt hast, dein Papa, also ich, wäre Schriftsteller.

– Bittu doch auch, Sifftteller bittu.

– Schon, aber wenn du das sagst, klingt es seltsam. Und wenn der Gabriel dann seinen Eltern erzählt, daß Annas Vater Sifftteller ist, dann…

– Aber bittu doch!

– Ja sicher, und dafür mußt du dich auch gar nicht schämen. Nur klingt es nicht so gut, wenn du das aussprichst.

– Sifftteller, überprüfte sie ihre Aussprache und kicherte. – Ja, komis…

– Komisch, ja, sagte ich. – Siehst du. Also sag lieber Autor. Sag lieber, daß dein Papa Autor ist. Das ist so ziemlich dasselbe und für dich viel einfacher.

– Auto? Papa is Auto? Sie kicherte wieder.

– Autór, betonte ich – nicht Aúto.

Pause.
– Papa Auto.
– Autór!
– Auto.
Pause.
– Also, dann sag vielleicht doch lieber Schriftsteller.

3

Nachdem ich Anna am Kindergartentor abgesetzt hatte, fuhr ich zum Einkaufszentrum. Der riesige Parkplatz mit seinen annähernd amerikanischen Dimensionen war zu dieser frühen Tageszeit fast leer.

Drinnen steuerte ich gezielt die Windelabteilung an und fand mich vor einer Auswahl, die sich gewaschen hatte. Von beratender Bedienung war weit und breit nichts zu sehen. Vielleicht hätte ich doch lieber in der Drogerie in Wiefelstede kaufen sollen. Die Auswahl war dort minimal, dafür kannte die Drogistin meine Kinder genau und hätte mir sagen können, welche Modelle sie bevorzugen. Hier stand ich nun einsam zwischen Exemplaren mit oder ohne Schutzbündchen in sämtlichen Größen und Gewichten. Wie schwer war Jakob eigentlich? Mit oder ohne Nässepuffer? Extra dünn? Oder extra dick? Seidenweich? Oder superflauschig? Weltneuheit? Oder millionenfach bewährte Qualität? Umweltfreundliche Bioware? Stiftung Warentest Gut? Oder lieber doch Sehr Gut? Mit doppeltem Klebeadhäsionsverschluß? Oder mit praktischen Haftie-Snips? Dezent parfümiert? Oder frischeverstärkt? Von allen Packungen grinsten, mit oder ohne Eltern, überglückliche Babies, die, immerfort trocken, nimmermehr weinen. Und hier, im Angebot der Woche, das Allerneuste: Eine Art GTI-Modell der Windelindustrie mit dem Slogan *Sogar trocken, wenn sie naß ist.* Respekt. Das war dann ja wohl die Kreisquadratur im Babypflege-Bereich, die Windel des Kolumbus gewissermaßen. Entschlossen griff ich zu, als mein Blick im letzten Moment auf den Preis fiel. Dann lieber naß, wenn sie naß ist. Ich machte mich auf die Suche nach den Standardausführungen, weg von den Marktführern mit jenen Namen, die onomatopoetisch den Zeitgeist an Baby-Popos heften wollten: *Bjørn* klang nach der Klarheit skandinavischer Seen, die noch kein saurer Regen getrübt hatte, *Peaudeuce* brachte einen Hauch Nouvelle Cuisine ins lästige Wickelgeschäft, *Fixis* klangen burschikos flott wie die Werbung für italienische Kleinwagen, *Moltex* gemahnte an elektronische Innovationen, microchipgesteuerte Scheißeabsorber sozusagen. Im babylonischen Taumel der Möglichkeiten erschien mir Franz Kienast, wie er kurz vorm Ende den Pluralismus gegen die Beliebigkeit verteidigt, seinen kritischen Eklektizismus als sprengendes Ferment zeitgenössischer Kultur begreift. Ein begrenzt kritischer Pluralismus, sagt er zu Doris, nachdem er ungefähr sieben verschiedene Drinks hintereinander weggekippt hat und immer noch steht, ist bis zu einem gewissen Grade eine Reaktion auf den radikalen Relativismus und die ironischen Unbestimmtheiten der postmodernen Verhältnisse, die er einzudämmen versucht, oder so ähnlich. Dann kippt er um und läßt Doris mit ihrer eben erst geweckten Gier allein. Die Szene war nicht schlecht, vielleicht etwas zu theoretisch; hätte ich früher von dieser Windelvielfalt Wind bekommen, hätte ich das erzählerische Moment möglicherweise stärken können.

Ich hatte inzwischen zur Hausmarke zum weniger als halben Preis gegriffen, die am Ende der Reihe darauf wartete, aus ihrem Dornröschenschlaf gekauft zu werden, zahlte und schob ab. Der Parkplatz hatte sich belebt, war aber noch weit von der Kampf-bis-aufs-Messer-um-die-letzte-Lücke-Stimmung der Stoßzeit entfernt. Mein Wagen stand direkt hinter diesem Kleinbus, aus dem zwei stämmige Blaukittel riesige Kartons hoben, die freilich nicht schwer sein konnten, da ein einzelner Mann gleich zwei auf einmal bewältigte. Wie doch Verpackung und äußeres Format oft über innere Größe und Gewicht hinwegtäuschten. Das galt auch und besonders für die Literatur; die Buchabteilung dieses Supermarkts mit dem albernen Namen *Preisknall* war ja das beste Beispiel. Mein «Nachtexpress nach Babylon», ich bog mit meinem Einkaufswagen um den Kleintransporter, würde demgegenüber da... Nanu! Hatte ich doch woanders geparkt?

So etwas passierte mir gelegentlich, wenn ich intensiv mit Wichtigerem befaßt war. Die kleinen Dinge des alltäglichen Lebens, Schlüssel, Kamm und Portemonnaie vorzüglich, verlegte ich in meiner musisch motivierten Zerstreuung, um dann ganze Tage mit der Suche nach ihnen zu verbringen, einer Suche, die meist erfolglos blieb, bis sich die Gegenstände plötzlich und ungerufen, darin der Inspiration verwandt, an den überraschendsten Stellen wiedereinfanden. Manchmal war ich geneigt, die Kinder für diese Verschleppungen verantwortlich zu machen, meistens waren sie jedoch durchaus unschuldig, und ich selbst hatte die Dinge an den abgelegensten Orten verstaut, passim, wenn man so will. Manchmal allerdings schienen die Dinge auch ein eigentümliches Eigenleben zu führen, fast wie der Kleine Zinnsoldat im Märchen, das Anna inzwischen vor- und rückwärts auswendig kannte, aber immer und immer wieder hören wollte. Die Wiederkehr des Gleichen mußte jemand erfunden haben, der sich mit Kindern auskannte.

Ich ließ meinen Blick über die Autodächer schweifen und dachte daran, daß Ernst Bloch irgendwann einmal der Frage nachgegangen war, was die Dinge ohne uns treiben; was im Zimmer, das man verlassen hat, geschieht. Was die Möbel zum Beispiel während unserer Abwesenheit tun, schrieb Bloch, sei dunkel. Keine Vermutung darüber sei zu beweisen, aber auch keine, noch so phantastische, zu widerlegen. Mäuse tanzen auf dem Tisch, und was hat inzwischen der Tisch alles angestellt? Gerade, daß alles bei unserer Rückkehr wieder dasteht, als wäre nichts gewesen, kann das Unheimlichste von allem sein. Leider stand aber mein Auto nicht so unheimlich harmlos da, wie ich es mir jetzt gewünscht hätte. In meiner Abwesenheit konnte es von mir aus Purzelbäume schlagen oder von der Formel-Eins träumen, doch wenn ich zurückkam, hatte es gefälligst und bescheiden wieder zu Diensten zu sein. Wofür fütterte ich es denn sonst so fürsorglich mit Bleifrei-Normal?

Wie auch immer... Ich mußte es wohl anderswo abgestellt haben und begann auf dem sich belebenden Parkplatz eine systematischere Suche. Erstaunlich, wie viele weiße VW-Passat-Kombis es doch gab. Zwar waren nicht alle so dreckig und verbeult wie meiner, aber aus der Entfernung ähnelten sie einander wie die Fotokopie dem Original.

Um Gottes willen! Ich suchte ja nicht nur mein Auto, ich suchte vor allem das Manuskript, das sich im Gegensatz zum Auto durch nichts auf der Welt ersetzen ließ. Wenn nun das Auto weg war? Aber was hieß schon weg? Es konnte sich schließlich nicht in Luft auflösen. Weg hieß vielmehr, das dämmerte mir langsam in schrecklicher Schärfe, weg hieß: geklaut. Hatte ich Idiot überhaupt abgeschlossen? Gewiß, den Schlüssel hatte ich in der Tasche, konnte mich aber nicht entsinnen, abgeschlossen zu haben. Immerhin deutete das darauf hin, daß man mir das Auto nicht des Manuskripts wegen gestohlen hatte, was eigentlich logisch gewesen wäre, war das Manuskript doch unverhältnismäßig viel mehr wert als der Wagen. Wenn aber irgendein Konkurrenz-Verlag Wind von der Sache bekommen und mich beschattet hatte, um im günstigen Moment den «Nachtexpress nach Babylon» aufs Abstellgleis zu ziehen, dann hätte man nur die Tüte stehlen müssen. Andererseits wäre das um so auffälliger gewesen. Und überhaupt: Die Gesetze des literarischen Marktes waren hart bis brutal, aber gezielter Manuskriptklau grenzte ans Unwahrscheinliche. Oder ob der permanent neidisch-mißgünstige Kollege, dessen Name hier ungenannt bleiben soll, dem ich neulich vom bevorstehenden Welterfolg gesprochen hatte, nach dem Totalflop seines vorerst letzten Vater-Sohn-Romans durchgedreht war und nun auch mich mitzureißen versuchte in den Abgrund? Er hätte zu dem Zweck zwar aus H. anreisen müssen; zuzutrauen war es ihm gleichwohl, oder...

Den Einkaufswagen mit den Windeln hatte ich längst stehengelassen; unter einer Normaluhr träumte die Hausmarke, nunmehr verwaist, ihrer Bestimmung entgegen, während ich in immer hektischeren Kreisen über den Parkplatz irrte. Es begann zu regnen, zögernde Tropfen erst, die in einen soliden Landregen mündeten. Als ich bis auf die

Haut durchnäßt war, meine Füße schienen nicht mehr in Schuhen, sondern wie in leckgeschlagenen Milchtüten zu stecken, begann ich zu frieren – ein leichtes Zittern, das sich zu einem hysterieähnlichen Schütteln auswuchs. So stand ich dann mitten auf diesem Großraumparkplatz, von einkaufenden Hausfrauen umkurvt, doch unbeachtet, blickte mit wirren, gehetzten Augen in alle Richtungen, triefend und gar nicht trocken, selbst als ich naß war, vibrierend, fassungslos.

– Ist Ihnen nicht gut, junger Mann? Eine ältere Dame blickte mir, zwischen Mitleid und Mißtrauen schwankend, prüfend ins Gesicht. – Kann ich Ihnen helfen? Brauchen Sie einen Arzt?

– Käse aus Babylon, stammelte ich und wischte mir die tropfenden Haare aus der Stirn. – Ich meine, aus Deutschland, Nachtexpress... ich, also, in der Plastiktüte, mein Werk, das Original, verstehen Sie? Das einzige Exemplar. Ich bin der Autor, das Auto... weg, es ist weg... Verstehen Sie...?

Die Dame wich zwei Schritte vor mir zurück, zog die durchsichtige Regenhaube über ihrem Hütchen fester und trippelte dann in ihren Gummiüberschuhen davon, kopfschüttelnd, mit schwankendem Schirm. Neben dem Haupteingang verschwand sie in einer kleineren Tür, über der ein Schild verriet, daß dort die *Marktaufsicht* ihr Quartier hatte. Ich schlug die gleiche Richtung ein; vielleicht könnte man mir dort weiterhelfen.

Auf halbem Weg kamen mir bereits zwei Männer entgegen. Zu unmilitärischen Hosen trugen sie orangefarbene, grünbetreßte Jacken und auf den Köpfen Schirmmützen, auf denen das stilisierte Emblem des *Preisknalls* prangte, ein supernovaartig auseinanderstiebendes Markstück, das einen Kometenschweif aus Pfennigen hinter sich herzog. Von Quasaren zu Quarks und umgekehrt, vom wissenschaftlich belegten Unbewußtem zu Schwarzen Löchern im Raum konstituieren Sprachen und Zeichensysteme das Universum, sagt, dem Sinne nach, der Astronom im Observatorium zu Franz Kienast, als er sich auf der Flucht vor dem CIA/BND-Doppelagenten in die Sternwarte flüchtet. Energisch, doch mit dem Respekt, den sie sich im Lauf ihrer Dienstjahre gegenüber Supermarktpsychotikern und preisknallkaufberauschten Hausfrauen angewöhnt haben mußten, kamen die beiden auf mich zu. Vermutlich war die alte Dame ihren marktwirtschaftlichen Pflichten gefolgt und hatte bei der Marktaufsicht Meldung gemacht, daß ein offenkundig geistig verwirrtes, abgerissenes Subjekt Ruhe und Ordnung des Parkplatzes gefährde. Der ältere der Marktaufseher streckte mir mit halb beschwichtigender, halb arrestierender Geste eine Hand entgegen, während der jüngere, die Dienstmütze keß in den Nacken geschoben, beide Hände in die Hüften stemmte, als er vor mir stehenblieb.

– Ganz ruhig, ganz ruhig, sagte sanft der Senior, in einem Tonfall, in dem ein Zoowärter ein entlaufenes Wild zur Rückkehr ins Gehege zu überreden versucht.

– Sind Sie O.K., Mann? schnappte der Junior ziemlich barsch.

– Kann ich, darf ich bei Ihnen mal telefonieren?

– Aber klar doch, nickte der Routinier und tauschte einen verständnisinnig gemeinten Blick mit dem Nachwuchsaufseher.

Wir waren inzwischen in die karge Dienststube gelangt,

in der es nach kaltem Zigarettenrauch und lauwarmem Kaffee roch. Monitore zeigten jeden einzelnen Abschnitt des Supermarktes, auch den Parkplatz. Ein Tisch mit rissiger Linoleumplatte, ein paar ungepolsterte Stühle, ein Wandkalender vom vorletzten Jahr, aus dem der gewaltige Busen einer nackten Frau geradezu herauszufallen schien.

– Zigarette? fragte der Alte und hielt mir eine Schachtel Ernte 23 hin.

– Danke.

Er gab mir Feuer, ich ließ mich auf einen Stuhl fallen, inhalierte tief, wurde ruhiger.

– Sind Sie O.K., Mann? faßte unverzüglich der junge Dynamische nach. Vermutlich hatte er die Floskel in irgendeinem B-Krimi aufgeschnappt und war überglücklich, sie endlich einmal in einer Situation anwenden zu können, die das trübe Einerlei seines Aufsichtsalltags zu sprengen schien.

– Ja, schon gut...

Es tat mir fast leid, daß ich den Mann nun würde enttäuschen müssen. Kein aus der Klapsmühle entwichener Schizophrener stand vor ihm (die berufsmäßig notwendigen Anflüge von Schizophrenie, die jeder Schriftsteller teilt, mal beiseite gelassen), nicht einmal das unschuldige Opfer eines mysteriösen Gewaltverbrechens wiegte sich endlich in der Marktaufsichtsdienststube des *Preisknalls* in Sicherheit, sondern vor ihm saß schlicht ein Schriftsteller, dem sein Manuskript mitsamt Auto gestohlen worden war. Obwohl natürlich das Manuskript unvergleichlich viel wichtiger für mich war als das ziemlich TÜV-fällige Auto, verriet ich den beiden Möchtegerninquisitoren nichts von Autorschaft und Meisterwerk, da sie das für eine Verifizierung ihrer Hypothese vom entlaufenen Irren ansehen mußten.

– Man hat mir mein Auto gestohlen, sagte ich gefaßt und der Wahrheit entsprechend.

Die Mehrzahl der Dienstjahre sank sichtlich enttäuscht in sich zusammen, die Nachwuchskraft zerdrückte mit deutlichen Anzeichen von Ärger seine Kippe im Aschbecher.

– Ist das alles, Mann? herrschte er mich an.

– Was heißt hier alles? giftete ich zurück. – Das reicht doch wohl, oder...

– Ganz ruhig, schon gut, beschwichtigte uns die müde Stimme der Erfahrung. – Wir dachten nämlich, daß Sie...

– Sie denken! Sie sollten lieber besser auf die Autos aufpassen! Wozu haben Sie denn diese ganzen Monitore hier, wenn Sie nicht mal...

– Ist nicht unser Job, grinste Junior. – Kommt aber öfter mal vor. Kann man nix machen. Sie müssen zur Polizei.

– Darf ich telefonieren?

Stereonicken.

– Nora? Ja, ich bin's... nein, ich bin nicht im Copy-Shop, ich bin hier im *Preisknall*... Ja, Anna ist im Kindergarten, aber... Ja, Hausmarke ohne Schutzbündchen, o Scheiße, die stehen ja... was? Nein, nein, ich...

– Hören Sie mal, mischte sich hier wieder der Jüngere ein – wenn Sie hier Privatge...

– Hör mir doch mal zu... also, ja, nein. Ja, das Auto ist weg. ... Geklaut, was denn sonst? ... Ja, natürlich war's abgeschlossen, glaub ich wenigstens... Aber das Schlimmste, das Schlimmste ist... nein, nicht meine Brieftasche, das

Manuskript... Ja, «Nachtexpress nach Babylon», alles für die Katz, drei Jahre Arbeit, Nora, ich weiß nicht... Ja, gut, schon gut. Hol mich hier erst mal ab ... Na, mit dem R 4... Doch, du mußt beim Anlassen nur ordentlich pumpen... Nein, mit dem Gaspedal... Ja, Öl ist gut, mach schnell... Halbe Stunde? Gut, ja... Ich warte in der Cafeteria... Erklär ich dir später, bis dann.

Ich hängte ein, kam vom Stuhl hoch, unter dem sich eine Pfütze gebildet hatte, bedankte mich bei den beiden und ging zur Tür.

– Keine Ursache, sagte der Ältere.

– Sind Sie... wollte der Jüngere ein letztes Mal anbringen, doch da war ich schon auf dem Parkplatz und holte meinen Einkaufswagen. Es hatte zu regnen aufgehört.

Kännchen Kaffee, ein doppelter Weinbrand, nein, lieber gleich zwei. Die Stelle im Manuskript, als Franz Kienast erfährt, daß sein Vater, der Kunstmaler Kurt Kienast mit all seinen zwischen 1933 und 1945 ungemalten Bildern, gar nicht sein richtiger Vater ist. Kienast wird schwarz vor Augen, ein ungeheures Schwindelgefühl packt ihn, er fällt ins Leere, im Stürzen überschlägt sich das Fallende, alle Bezugspunkte wanken, die Weltbilder bröckeln, sein ganzes Leben schlägt wie eine Brandungswoge über ihm zusammen, er greift zur Flasche, betrinkt sich, will alles hinschmeißen, sagt zu Doris: Ich häng mich auf, alles ist sinnlos. Alles ist weg, verschwunden, irgendein hergelaufener Autodieb fuhr jetzt, Franz Kienasts für unsere Epoche repräsentatives Schicksal neben sich auf dem Beifahrersitz, falls er die Tüte nicht längst weggeschmissen hatte, durch den Regen. Ach so, der hatte ja nun aufgehört. Das ließe sich nie rekonstruieren, niemals. 643 Seiten allerdichtester

Prosa, ein Werk aus einem einzigen Guß, in Tag- und Nachtschichten dem Leben abgerungen und -gelauscht, dabei Nora und die Kinder vernachlässigt – und den Vorschuß von Altmeyer längst verbraucht. Besonders hoch war er sowieso nicht. Trotzdem. Das Ende. Finis. Finis Operis meinetwegen auch noch.

Jakobs Krakeelen riß mich aus tiefstem Trübsinn, gegen den barocke Melancholie die reinste Lebenslust war. Nora legte ihre Hände auf meine, wußte aber auch kein tröstendes Wort. Es gab keins.

– Wenn ich das Manuskript nicht wiederbekomme, begann ich nach einigen Sekunden dumpfen Schweigens, – dann ... häng ich mich auf, wollte ich Franz Kienast zitieren, ließ es aber bleiben und starrte Jakob an, der, zufrieden lächelnde Naivität, in seiner Karre saß und mittels eines Plastikbeißrings dem Durchbruch seiner Schneidezähne auf die Sprünge half.

– Was dann? fragte Nora.

– Ach, was weiß ich. Ich versuchte zu lächeln und rang um eine galgenhumoristische Pointe. – Dann werd ich eben Ghostwriter beim Papst.

– Gute Idee, nickte Nora und lächelte zurück. – Aber ist die Stelle denn noch frei?

– Glaub schon ...

– Ich dachte, das macht der Heilige Geist?

– Mh ... Der wird wegsäkularisiert, sagte ich und dachte daran, wie der jesuitische Beichtvater von Franz Kienasts Mutter seiner Halbschwester zu erklären versucht, daß ohne religiösen Bezugsrahmen die Immanenz sich nur noch auf die wachsende Kapazität und Vervielfältigung des Intellekts beziehen kann, eines Intellekts, der sich durch Symbole und Zeichen zu generalisieren versucht und doch verdorren muß. Neue Medien und Technologien zersplittern die Ausdehnungen unserer Wahrnehmungen, sagt Pater Severus, wie ja auch, dachte ich, die beiden Marktaufseher vor ihren Monitoren hingen und trotzdem nichts begriffen oder wahrnahmen beziehungsweise das Falsche begriffen, indem sie den Autodiebstahl verpennt, dafür aber dem Gerede der alten Dame geglaubt hatten.

– Gehen wir, sagte Nora.

– Wohin?

– Zur Polizei. Anzeige erstatten.

– Gegen wen?

– Unbekannt.

4

Vor einigen Wochen las ich in der einschlägig bekannten Wochenzeitung «Die Zeit» einen Artikel des von mir durchaus geschätzten Kollegen Klaus Modick, in dem es um Briefe, Briefwechsel und Briefmonologe ging. «Kennen Sie», hieß es da, «die leise Spannung, die zwischen dem Empfang eines lange erwarteten oder überraschend eintreffenden Briefs und dessen Öffnung liegen kann? Ich jedenfalls zögere manchmal das Öffnen eines Briefes hinaus, setze mich bequem, habe gern eine Tasse Kaffee griffbereit: Die Marke, der Stempel, die Schrift; dann das Geräusch zerrissenen Papiers – das sind die Sinnlichkeiten eines Briefs. Im Zeitalter elektronischer Datenübermittlung gewiß recht anachronistische Genüsse (zumal es am Ende eher auf den Inhalt als auf den Umschlag ankommt), doch wer Briefe schreibt, die über die reine Information hinausgehen, wird wissen, wovon ich rede.»

Ich weiß, ich weiß, verehrter Herr Kollege, doch solche ans 19. Jahrhundert gemahnende Gemüt- und Beschaulichkeit im Schriftverkehr idealisiert die Wirklichkeit zeitgenössischer Korrespondenz, zumal solch unerfreulicher, wie ich sie nach Verlust des Manuskripts zu führen hatte, vielleicht doch ein bißchen arg. Und mit den Sinnlichkeiten eines Briefes ist es, nebenbei bemerkt, auch nicht allzuweit her, wenn man ihn erst in die Hand bekommt, nachdem ein papierversessenes Kleinkind wie mein Sohn Jakob zuvor auf seine Weise diesen Sinnlichkeiten gefrönt hat. Wenn Hunde Gras fressen, soll das angeblich ein Indikator für bevorstehendes Regenwetter sein – oder sie leiden an Vitaminmangel. Was aber indizieren papierfressende Schriftstellerkinder? Azorenhoch im Anmarsch oder Kalziumdefizit? Wie dem auch sei: Der geschätzte Kollege, den das Geräusch zerrissenen Papiers so sinnlich zu stimmen pflegt, hat vermutlich a) keine Kinder und b) noch nie die gar nicht so leise Spannung verspürt, die sich einstellt, wenn unsereinem sein Meisterwerk abhanden gekommen ist, man dem eh schon ungeduldigen Verlag eine entsprechende Verlustanzeige zustellen muß und dann auf die Antwort wartet.

Gewiß, ich hätte im Strohbold-Verlag anrufen können, doch fühlte ich mich, quasi noch unter Schock stehend, den auch die beiden doppelten Weinbrände in der Cafeteria kaum gemildert hatten, einstweilen nicht dazu in der Lage, das Problem mündlich vorzubringen. Der vordringlich notwendige Auftritt bei der Polizei belehrte mich darüber hinaus, daß erregte Rede ihren Urheber leicht in ein ungünstiges Licht rückt.

Bis nämlich zu Protokoll gegeben war, daß mir, im Grunde ja herzlich unsensationell und für den betreffenden Hauptwachtmeister sowieso eine lästige Routineübung, mein Wagen gestohlen worden war, richtete ich in meiner zwischen Depression, Scham und Zorn schwankenden Stimmung beträchtliche Konfusion im Kopf des diensttuenden Freunds und Helfers sowie auf dessen Protokollformularen an.

Ein Manuskript, das in einer Plastiktüte mit Käse verpackt sei, die wiederum in einem Auto verpackt gewesen sei? (Vielleicht doch kein Routinefall? Interessiertes Nachfragen.)

Ja, das heiße eigentlich nein, gestohlen sei zwar das Auto, in dem das Manuskript liege oder gelegen habe, aber...

Aha! (Leiser Anflug von Verstehen.)

Das heiße, eigentlich handele es sich eher um ein Typoskript...

Ein was? (Tippfehler, neues Formular, Anflug von Verstehen verflogen.)

Jawohl, ein maschinenschriftliches Manus... Eigentlich sei es ziemlich egal, wie man es nenne.

Was ich denn nun eigentlich anzeigen wolle? (Anzeichen von Ungeduld.) Diebstahl des Wagens? Oder der Plastiktüte? Oder des Tytuskripts? (Tippfehler, neues Formular, steigende Ungeduld.)

Manuskript oder Typoskript.

Also was denn nun? (Tipp-Ex.) Und was ich von Beruf sei? Und wann und wo geboren? (Müde Sachlichkeit.)

Schriftsteller, also Autor...

Ja, ja, das habe er schon verstanden (geröteter Kopf, Unmut.), daß das Auto...

Nein, nein. Das heiße, natürlich doch, gestohlen sei es schon...

Schriftsteller also? (Hochgezogene Augenbrauen. Mitleidiges Kopfschütteln. Kein Tipp-Ex.)

Und so weiter und so weiter. Nach dieser mündlichen Überlieferung des mich schüttelnden Schicksalsschlags zog ich es vor, meinem Lektor Ralf Scholz einen entsprechenden Brief zu schreiben, in dem ich den Sachverhalt nüchtern und durchaus auf «die reine Information» reduziert, mitteilte; allerdings schilderte ich in der Hoffnung, den naheliegenden Verdacht, ich sei mit dem Werk gescheitert, von vornherein auszuschließen, sehr sachlich die Umstände der Katastrophe. Das hätte ich freilich besser bleibenlassen. Offenbar verführt nichts so sehr zu absurden Interpretationen als das brieflich reproduzierte Unglück eines Dichters, erreichte mich doch eine Woche nach Versendung meines Reports folgendes Schreiben.

Strohbold-Verlag G.m.b.H.
Dr. Markus Altmeyer

Steinbach, den 25. 11. 1987

Lieber Herr Domcik!
Ralf Scholz und ich haben uns köstlich über Ihren Brief amüsiert, in dem Sie das hochabsurde Szenario entfalten, wie Ihnen das Manuskript des Romans abhanden gekommen sein könnte. Ralf Scholz, der Ihnen auch noch persönlich antworten will, ist der Ansicht, daß dieser Brief als Schlußkapitel gut geeignet sei: er hat da so seine Theorien. Ich selbst bin mir etwas unsicher, zumal ich das Manuskript als Ganzes noch nicht kenne, doch möchte ich mich vorerst nicht in die Lektoratsarbeit einmischen. Sie werden uns den vollständigen Roman in den nächsten Tagen ja schicken, so daß ich mir dann ein abschließendes Bild werde machen können. Erlauben Sie mir bei dieser Gelegenheit gleich noch ein Wort zum Umfang: Sie schrieben etwas von ca. 650 Seiten. Ich könnte mir, ohne Kenntnis des Werks, durchaus vorstel-

len, daß man aus kaufmännischen und dramaturgischen Gesichtspunkten gut 300 Seiten kürzt. Was den Titel betrifft, würde ich es begrüßen, wenn es «Mord im Nachtexpress» heißen könnte (oder ähnlich), falls das nicht mit dem Inhalt kollidieren sollte. Ich bin sicher, daß Sie sich in dieser Hinsicht mit Ralf Scholz einig werden.

Einstweilen bin ich mit den besten Grüßen
Ihr
Dr. Markus Altmeyer
(nach Diktat verreist)

Das köstliche Amüsement, von dem Altmeyer schrieb, war nun ganz meinerseits; der chronisch überarbeitete und streng liebhabermäßig an Literatur interessierte Verlagschef mußte so ziemlich alles in den falschen Hals bekommen haben. Oder aber er nahm, was mich allerdings verwunderte, die ganze Sache mit Humor. Ich harrte also der Dinge, die da in Form des angekündigten Briefs von Ralf Scholz kommen sollten. Und zwei Tage später, in denen ich mich durch Holzhacken, Babypflege und Annas Kaufmannsladen von der Verlustpanik abzulenken versuchte, kam der Brief. Das Öffnen genießerisch hinauszögern? Keine Rede. Vor lauter Nervosität zerriß ich mit dem Umschlag auch gleich das Schreiben dieses Geburtshelfers für Poesie. Wieder zusammengefügt lautete es wie folgt.

Strohbold-Verlag G.m.b.H.
Lektorat
Ralf Scholz

Steinbach, am 27. 11. 1987

Lieber Lukas,
wie heißt es bei Roland Barthes so schön: «Der Text ist ein Fetischobjekt, und dieser Fetisch begehrt mich.» In einem platten Umkehrschluß muß ich Dich mahnen: Ich begehre den Text! Du mußt jetzt wirklich schleunigst das Manuskript schicken (der Abgabetermin ist seit fast vier Wochen überschritten), sonst kommen wir mit den Produktionsterminen überhaupt nicht mehr klar.

Besten Dank aber für Deinen saukomischen Brief. Ich habe ihn gleich an Altmeyer weitergegeben, um ihn auf den Roman so richtig heiß zu machen. Du weißt ja, wie zuwider ihm dicke Bücher sind. Aber das kriegen wir schon hin, ein paar Streichungen hier und da, na, Du kennst das ja schon.

Du hast zwar nicht ausdrücklich notiert, daß der Brief als Schlußkapitel des Romans gemeint ist, was die komische Fiktion nur noch gesteigert hat, aber mir ist natürlich völlig klar, wie der Brief gemeint ist und in welchem Kontext des Romans Du ihn verstanden wissen willst.

Postmoderne Literatur erweist sich ja notwendigerweise als irrealistisch und nicht-ikonisch. Selbst Relikte eines wie auch immer «magischen» Realismus lösen sich auf. Deine «Gelbe Glut» könnte man durchaus noch als magisch-realistisch bezeichnen, und insofern ist Deine Entwicklung konsequent, wenn «Nachtexpress nach Babylon» nur noch aus diesen harten, gleichsam glattpolierten Oberflächen besteht, die jegliche Mimesis abweisen. Ich freue mich, daß Du meine Kritik an der «Gelben Glut» so produktiv umgesetzt hast. Und es gibt ja in der Tat keine radikalere Negation der Mimesis als den Verlust des Textes selbst. Großartige Idee! Der postmoderne Gestus betreibt permanent seine eigene Entleerung, zerrüttet sich – cum grano salis – in Form eines artikulierten Schweigens. Artikuliertes Schweigen: Das ist das Manuskript, das auf Nimmerwiedersehen in einem gestohlenen Wagen verschwindet. Das Motiv des Diebstahls ironisiert darüber hinaus die grassierende Zitierwut, bekämpft die obsolete Form literarischer Repräsentation als Text; Dein Brief setzt an Stelle dieser Präsentation gewissermaßen die Performance (was Altmeyer offenbar nicht begreifen kann). Wie das Erhabene Kants, das an der Formlosigkeit und Leere des Absoluten gedeiht, würde, mit Lyotard zu sprechen, «die Postmoderne exakt das sein, was in der Moderne das Unpräsentierbare in der Präsentation hervorbringt».

Natürlich könnte der Appell zur negierten Repräsentation einen Autor auch in andere Grenzbereiche treiben, in das Fading zwischen Tod und Zeichen (sagtest Du nicht einmal, daß der amerikanische Philosophieprofessor einen tödlichen Motorradunfall haben wird? Ich fand das bislang abgeschmackt, jetzt ist es ästhetisch stringent) oder anstelle des Sublimen zum Triebhaften (wie Du es ja offenbar mit Franz Kienasts Verfallenheit an Doris vorführen willst).

Wenn Julia Kristeva prinzipiell fragt, was Unrepräsentierbarkeit sei, und antwortet, sie sei das, «was in der

Sprache Bestandteil keiner bestimmten Sprache ist»; (Dein Babylon-Motiv) «das, was in seiner Bedeutung unerträglich, undenkbar ist: Das Schreckliche» – dann hast Du mit der Fiktion des Manuskriptdiebstahls diesen Kontext wunderbar bewältigt. Und zwar narrativ! Dein gelegentlich allzu ausgeprägter Hang zum Theoretisieren ist durch diesen Brief gebändigt, sozusagen abgefedert. «Was gedacht werden kann, muß sicherlich eine Fiktion sein» – so Nietzsche, dieser Prä-Postmoderne sui generis.

Wenn ich dem «Babylon»-Projekt bislang nicht unkritisch gegenüberstand, nicht zuletzt der Überlänge wegen und des, wie ich fürchtete, doch wieder mimetischen Schlusses, so hat Dein «Brief»-Schlußkapitel diese Skepsis aufs schönste ausgeräumt. Ich muß Dich gleichwohl dringend bitten, mir nun umgehend das vollständige Manuskript zu schicken, damit wir hier an die Arbeit gehen können.

Dir, Nora und den Kindern (gut, daß Du das Kindermotiv aus dem Text rausgehalten hast) herzliche Grüße
Ralf Scholz

Ja, waren die im Strohbold-Verlag vor lauter postmodernem Konjunkturgesurfe denn völlig verrückt geworden? Wie war so etwas möglich? Ich meine nicht bloß das alberne Mißverständnis meines doch einwandfrei unmißverständlichen Briefs, sondern vor allem auch den aberwitzigen Umstand, daß der gute Scholz mein Werk, von dem er doch nur ein Exposé, eine vage Absichtserklärung also, und maximal 30 lesefertige Seiten aus den ersten beiden Kapiteln kannte, mit einem derart verblasenen Theorienetz einsponn? Mein «allzu ausgeprägter Hang zum Theorietisieren»? Ja, wo hatte ich den denn bloß her, wenn ich überhaupt so einen Hang hatte? Scholz, dieser Abgrund an Diskursivität... Möglich, daß der gute Mann mal wieder einige Nächte «Theorieaufarbeitung» bei seinen legendären Streifzügen durch die einschlägigen Kneipen der Szene hinter sich hatte und diesen Input nun an mir als Opfer zum Output machte. Und alles wäre gut und schön gewesen, wäre das Manuskript vorhanden. Performance statt Präsentation? Hochmerkwürdig...

Derselbe Christoph Martin Wieland, ein hemmungsloser Briefschreiber, der kurz zuvor noch darüber «hätte weinen mögen», daß er seinem Intimus Gleim «auf seinen lieben grossen Brief von drey voll überschriebenen Blättern nicht antworten kann», weil er gerade «doppelt und dreyfache», «klafterlange» und «colossale» Briefe an andere Adressaten meinte abfassen zu müssen, derselbe Wieland bemerkte plötzlich: «Ein beynahe unüberwindlicher Abscheu vor allem Briefschreiben ist mir so habituel geworden, dass mir vor dem blossen Gedanken einen Brief beantworten zu müssen angst und bang wird.» Was war passiert? Hatte der Schöpfer des «Agathon» und anderer monumentaler Unlesbarkeiten womöglich Erfahrungen machen müssen, die mit den meinen korrespondierten, ja koinzidierten? War ihm etwa wie mir ein klafterlanges, colossales Manuskript abhanden gekommen, auf dessen Ablieferung nun der Verleger pochte, so daß Wielands Abscheu vor der Beantwortung eines Briefs ins Unermeßliche wuchs? Die Literaturgeschichte schweigt sich an dieser Stelle verdächtig aus, und auch mir war, genau wie weiland Wieland, angst und bang vor dem bloßen Gedanken, Ralf Scholz' theoretisch geschürte Euphorie auf die Bodenlosigkeit der traurigen bis tragischen Tatsache zurückwerfen zu müssen.

Weg war weg, da gab es nichts zu theoretisieren. Und weg war weg war narrativer als Negation der Repräsentation. Um dennoch jeden Rest von Polyinterpretabilität, in der Scholz, dieser hartgesotten poststrukturalistisch sozialisierte Freund französischer Avantgarde, bekanntlich Weltmeister war (und ist), auszuschließen, gab ich ein extrem unredundantes Telegramm auf:

BABYLON-MANUSKRIPT VERSCHOLLEN – STOP – ENTWENDUNG KEINE FIKTION – STOP – WEG IST WEG – STOP – UNTRÖSTLICH – LUKAS DOMCIK

Während ich das Telegramm im verschnarchten Postamt zu Wiefelstede aufgab, wo man Postmoderne für eine neue elektronische Teufelei des Ministers Schwarz-Schilling hält, mit der krisensichere Arbeitsplätze am Schalter wegrationalisiert werden sollen, überfiel mich in einer Art Proustschen *mémoire-involontaire*-Schubs die vage Erinnerung an jene Stelle, da Franz Kienast dies zweideutige Telegramm an Doris schickt und sie den vorgeschlagenen Treffpunkt am Loch Gilphead im schottischen Hochland nur für eine weitere Obszönität Kienasts hält, so daß er zwei Tage vergeblich im Nebel steht und das ferne Dudelsackpfeifen ihn erinnert an... Tja, was denn? Das hatte ich inzwischen vergessen. Vielleicht war die Szene gar nicht so gut; verglichen mit dem Schriftverkehr zwischen mir und Strohbold war sie sogar reichlich matt.

Die Antwort auf mein Telegramm, das ich an Altmeyer

und Scholz gemeinsam adressiert hatte, kam postwendend noch am gleichen Abend.

SCHLUSS MIT DEM PERFORMANCE-QUATSCH – STOP – MANUSKRIPT PER EILBOTEN AN VERLAG – STOP – ANDERNFALLS MUSS VORSCHUSS ERSTATTET WERDEN – STOP – ALTMEYER (NACH DIKTAT VERREIST)

5

Es war gegen elf Uhr morgens, Mitte Dezember, ein Tag ohne Sonne, aber mit klarer Sicht auf den Eichenknick jenseits des abgeernteten Maisfelds, was klatschnassen Schneeregen verhieß. Ich trug meine ausgeleierten, am linken Knie eingerissenen Jeans, ein dunkelblaues Hemd, den von Nora gestrickten, etwas zu groß geratenen grauen Pullover, abgelatschte Leinenhausschuhe und melierte Wollsocken – also meine, in der Kombination durchaus variable, im Prinzip, weil bequem, jedoch relativ konstante Arbeitskleidung.

Unrasiert, frisch geduscht und nüchtern, sieht man von der Arbeitsdroge Kaffee ab, saß ich seit gut einer Stunde an der Schreibmaschine, um aus den Erinnerungsfetzen an den Roman, die, den angeschmolzenen Schneeflächen auf dem Nachtschwarz des umgepflügten Feldes ähnlich, in der Dunkelkammer meines Gehirns umherlappten und beständig weniger wurden, eine Hörspielfassung für das III. NDR-Programm zusammenzubasteln. Möglich, daß ich dem zuständigen Redakteur leid tat, möglich auch, daß er das Projekt für interessant hielt, wahrscheinlich aber war's dem Mann egal. Außer einigen popresistenten höheren Töchtern, den letzten überlebenden Kriegsblinden und etwaigen irrtümlich auf dieser Kulturdiasporawelle gelandeten Nachtportiers würde es zu der nachtschlafenden Sendezeit eh niemand hören. Immerhin war ich heilfroh über den Auftrag, denn ohne diese Resteverwertung hätte es finanziell so duster ausgesehen wie in meinem vom Schock noch schwärzlich getönten Gemüt, über dessen Beschaffenheit ich mir aber alle Detailbeschreibungen untersage, denn wut-, trauer- und melancholiepralle Bücher hängen Ihnen vermutlich ebenso zum Halse heraus wie mir.

Nach dem barschen Telegramm Altmeyers war mir nichts übriggeblieben, als unverzüglich und persönlich nach Steinbach zu reisen, um den zürnenden Verleger zu besänftigen und den immer noch an irgendwelche Performance-Gesamtkunstwerk-Aktionen glaubenden Ralf Scholz von der katastrophalen, wenn auch narrativ einwandfreien Wahrheit des «weg war weg» zu überzeugen. Das anfangs ungläubige Staunen der beiden schlug bei einem gemeinsamen Essen («Lektorats-Lunch» – O-Ton Altmeyer) rasch in mehr oder minder ungeheucheltes Mitgefühl um. Bei Altmeyer glaubte ich sogar eine gewisse Erleichterung zu verspüren, den ungeliebten Großroman, «das Brikett», wie er sich bei ständig steigender Laune scherzhaft auszudrücken pflegte, nun seinen grundsätzlich kunstskeptischen Vertretern nicht mehr andienen zu müssen. Vielleicht entsprang dieser Eindruck aber auch bloß den zweifellos paranoiden Empfindlichkeiten, die mich seit dem Verlust des Manuskripts in unschöner Regelmäßigkeit heimsuchten, die ich aber, versprochen ist versprochen, hier jetzt nicht weiter erörtern werde. Vielleicht sorgte sich Altmeyer aber tatsächlich auch um das Wohlergehen seiner Autoren. Dafür sprach immerhin, daß er den Vorschuß nicht, wie angedroht, zurückverlangte (verbraten war er sowieso längst), sondern auf das nächste Manuskript angerechnet wissen wollte.

Ein nächstes Manuskript? stöhnte ich schmerzlich, müde seine mir zuprostende Geste erwidernd. Ich wüßte nicht, ob ich jemals wieder...

Ts, ts, ts, unterbrach mich Altmeyer, das würde schon gehen. Er kenne seine Pappenheimer; das nächste müßte ja nicht so umfangreich ausfallen. Und ich möchte gleich daran denken, daß Mord oder dergleichen im Titel sich stets gut machte.

Mord oder dergleichen, ts, ts, ts, Altmeyers Wahn... So saß ich dann an diesem schneeregenschwangeren Dezembermorgen lustlos an der Audio-Version jener Szene, in der Franz Kienast in den absurden Verdacht gerät, den CIA/BND-Doppelagenten, der zu der Zeit noch der Liebhaber von Doris ist, die an ihm ihre masochistischen Bedürfnisse auslebt, an den KGB verraten zu haben, jener Szene, in der ich in Form einer Parodie das Thriller-Genre als mutierte Reproduktion genutzt und zugleich gegen seinen klischierten Strich gebürstet hatte; saß also an jener Szene, beziehungsweise an der Rekonstruktion dessen, was mir davon fragmentarisch im Gedächtnis geblieben war; saß da und gab haargenau das Bild des zwischen Verlotterung, berufsnotorischer Depressivität und Genialität aufgeriebenen Schriftstellers ab; saß da und spürte, daß der alte Schwung unwiederbringlich dahin war, daß der «Nachtexpress nach Babylon» ins Leere gerast, aus den Gleisen gesprungen war und auch per Hörfunk nicht wieder flottgemacht werden konnte; saß da – als die Türklingel anschlug.

Im Grunde froh über die Störung, die mich vom spleenigen Gegrübel (über dessen Beschaffenheit, wer will, sich in Dieter Behnkes Buch «Abend eines Autors» mehr als hinlänglich informieren kann) abzulenken versprach, schlurfte ich zur Diele, sah aus dem Küchenfenster eine graue, klassisch unauffällige Limousine, ein ausladendes Opel-Modell, wenn ich mich recht entsinne, und schrak zusammen, als mit offenbar geballten Fäusten gegen die Tür gewummert wurde. Was sollte das denn?

– Aufmachen, schrie es von draußen, als ob ich etwas anderes beabsichtigt hätte, – aber schnell!

– Gemach, gemach, murmelte ich, öffnete aber, durch die unüberhörbare Aggressivität auf der anderen Seite mißtrauisch gestimmt, Bundesgrenzschutz auf der Hatz nach den allerletzten Volkszählungsverweigerern? Steuerprüfer? Plagiats-Sonderkommission des Börsenvereins des Deutschen Buchhandels?, die Tür vorsichtshalber nur einen Spalt, durch den in bester Manier eines Staubsaugervertreters an der Schwelle unverzüglich ein schwarzer Herrenhalbschuh den Rückzug blockierte, während in Nasenhöhe eine Hand ins Innere drang, die eine Metallmarke hielt, auf der ein stilisierter Greifvogel trutzig ins Leere glotztc.

– Zollfahndung, krächzte eine heisere Stimme, die aber nicht von dem inzwischen wieder zurückgezogenen Greifvogel stammte, sondern allem Anschein nach aus menschlichem Munde kam, vermutlich demjenigen, der in körperlichem Zusammenhang mit der ausgestreckten Hand und dem aufdringlichen Halbschuh stand.

Druck erzeugt bekanntlich Gegendruck. Während von außen mit roher Gewalt auf vollständige Öffnung gepreßt wurde, versuchte ich, mit den Schultern die Tür zumindest in der halboffenen Position zu halten. Zollfahndung? Die beiden Stangen *Gauloises* aus dem letzten Frankreichurlaub? Die eine Flasche Whisky zuviel aus dem *Duty-free-Shop* in Heathrow? Der Cognac, den wir damals, Mißbrauch von Kindern, in Annas Rucksack verstaut hatten, als wir in Helgoland... Der Druck wurde unwiderstehlich, ich verlor das Gleichgewicht, stolperte in die Diele zurück. Im Türrahmen standen drei Herren, zwei in olivgrünen, halblangen Parkas, einer im beigen Trenchcoat. Der Trenchcoat hielt mir am anklagend ausgestreckten Ärmel einen Zettel vors Gesicht, auf dem ich, mich hochrappelnd, gerade noch das unschöne Wort «Hausdurchsuchungsbefehl» entziffern konnte, bevor er wieder in der Tasche verschwunden war.

– Was soll denn das? heischte ich, um Festigkeit in Stimme und Stand bemüht, Auskunft.

– Zollfahndung. Durchsuchungsbefehl, wiederholte die heisere Stimme, was ich bereits dem Zettel entnommen hatte. Sie kam aus dem Mund über dem Hals, der dürr aus dem Kragen des Trenchcoats ragte, und wurde, wenn ich richtig verstand, kommandiert von einem – Hauptkommissar Tress.

– Ja und? Was suchen...

– Domzick, Lukas? unterbrach er meine Frage nach dem tieferen Sinn seines unerbetenen Besuchs. – Sind Sie das?

– Tsch, ja. Domcik mit tsch, c. Ja, wieso...

Die beiden Parkas waren bereits an mir vorbei ins Eßzimmer vorgedrungen.

– He, was soll denn das? Was machen...

– Immer mit der Ruhe, Freundchen, krächzte Tress und strich sich über einen gepflegt unmodischen Oberlippenbart à la englischer Kolonialcolonel, schob mich unsanft vor sich her, den beiden Parkas nach, die sich verkniffengierigen Blicks in meinen vier Wänden umsahen.

– Ich bin nicht Ihr Freundchen, was fällt...

– Nicht? Na gut. Der Trenchcoat ließ sich unaufgefordert auf einen Stuhl am Eßtisch fallen und streckte die Beine von sich, während die Parkas wie schnuppernde Hunde im Zimmer auf und ab scharwenzelten. – Domcik, korrekt? Lukas also. Erstaunlich eigentlich, daß die Adresse stimmt. Ganz schön unvorsichtig. Da hat Kroko Ihnen aber 'ne böse Falle gestellt.

Mir schwirrte der Kopf. Was waren das für Kerle? Zollfahndung, schön. Was sollte dieser Brutalo-Auftritt? Wie von weither hörte ich, daß Tress irgendeine Floskel ableierte, gemäß der ich jede Aussage verweigern und einen Anwalt hinzuziehen könnte. Ich könnte aber auch gleich auspacken. Damit ersparte ich mir angeblich weiteren Ärger.

– Auspacken? Was soll ich denn auspacken?

Tress schüttelte in mäßig gemimter Nachlässigkeit seine Totalglatze, die durch den Schnurrbart offenbar kompensiert werden sollte. – Sie wissen von nichts? fragte er spöttisch, das Rhetorische seiner Frage auskostend. – Natürlich nicht, Domcik weiß nichts. Aber wir, sein Krächzen wurde schärfer, – wir wissen so einiges. Nicht wahr, Eugen?

Eugen, mit der Betonung auf der ersten statt auf der prinzenmäßig letzten Silbe, steckte anscheinend in dem Parka, der sich gerade an meiner Schallplattensammlung zu schaffen machte. Suchten die etwa Raubpressungen? Auf die Ansprache seines Chefs verfiel er in ein diensteifriges, zugleich verschwörerisches Nicken.

– Hier, rief er in einem ungeschulten Tenor, – Pink Floyd, Grateful Dead, alles einschlägig.

– Hä? machten Tress laut und ich im Geiste.

– Drogenmusik, triumphierte Eugen, – jede Menge Drogenmusik.

War das hier eine Rauschgiftrazzia? Da waren die Herren aber an der falschen Adresse. Die letzten Krümel unseres im Gehalt eher kümmerlichen Eigenanbaus hatten wir schon vor Wochen weggedampft. Und Drogenmusik? Wenn Grateful Dead Drogenmusik sein sollte, dann war die Bierseligkeit Egerländer Blasmusik aber eine einzige Alkoholiker-Arie. Drogenmusik, drollig! Da müßten diese Tatort-Knatterchargen aber erst mal meine Bibliothek inspizieren, falls sie angesichts der überquellenden Bücherregale nicht einen irreparablen Kulturschock bekämen. Die halbe Weltliteratur war doch unter Drogeneinfluß entstanden, oder zumindest als Reflex auf solche Erfahrungen: Haschkopp Baudelaire, Koksnase Freud, Meskalinfixer Benjamin, Universaldrogist Ernst Jünger, Speedbündel Benn, Laudanumfaß de Quincey, Opiumpfeife Schlegel, ganz zu schweigen von den Byrons, Swinburnes, Shelleys, Doyles, Poes, Maupassants, Cocteaus, Serners...

– Na also, unterbrach Tress nüchtern meinen inneren Exkurs zu den Säulenheiligen der künstlichen Paradiese, – wo ist der Stoff?

– Was denn für 'n Stoff?

Da mir inzwischen schwante, daß diese Aktion nicht nach meinen *Duty-free*-Delikten forschte, sondern nach irgendwelchen vom Betäubungsmittelgesetz als Drogen bezeichneten Pflanzenprodukten, wirkte meine ahnungslos gemeinte Gegenfrage vermutlich nicht mehr ganz naiv.

Tress schlug seine in Feincord gehüllten Beine übereinander und blaffte: – Sie können's uns schwermachen. Dann stellen wir hier die ganze Bude auf den Kopf. Er schwenkte den Durchsuchungswisch. – Sie können's uns aber auch leichtmachen. Auch in Ihrem Interesse. Sie rücken das Zeug raus, und wir fahren gemeinsam aufs Präsidium.

– Ich weiß wirklich nicht, wovon Sie reden, sagte ich zwischen Verunsicherung und Verärgerung schwankend und begann, mich mit dem Gedanken vertraut zu machen, vielleicht doch meinen Anwalt anzurufen. In der leidigen Honorarfrage wegen des unlizenzierten Nachdrucks meines Essays «Wo kommen die besten Ideen her? Über die feinen Unterschiede zwischen Zitat, Paraphrase und Plagiat» hatte er zwar keinen Erfolg gehabt, doch diesmal lappte die Sache ja offensichtlich ins Mittel- bis Schwerkriminelle. Da würde mein Hausadvokat mal beweisen können, was er wirklich drauf hatte. Ich ging zum Telefon und suchte nach der Nummer.

– Was soll das? raunzte Tress.

– Anwalt, murmelte ich, – kann bloß die Nummer nicht…

– Den werden Sie brauchen. Zwci Kilo habcn wir schon. Fehlt noch der Rest. Wenn Sie ihn haben, rücken Sie ihn raus. Das gibt mildernde Umstände.

– Mildernde Umstände? Verdammt noch mal, grummelte ich, immer noch auf der Suche nach unserer Liste mit wichtigen Rufnummern, die wahrscheinlich wieder Anna auf dem Gewissen hatte, – ich weiß nicht, wovon Sie reden, Mann.

– Er weiß nicht, wovon wir reden, säuselte Tress, so gut er das mit seinem akut infizierten oder chronisch erkrankten Sprechorgan konnte. – Hilf ihm mal etwas auf die Sprünge, Karl-Heinz. Karl-Heinz!

Der zweite Parka, gegen den der Nachwuchsmarktaufseher im *Preisknall* mit seinem markigen «Sind Sie O.K., Mann?» eine stramme Respektsperson war, baute sich wichtigtuerisch neben Tress' Stuhl auf und fummelte aus seiner Brusttasche zerknülltes Papier, glättete es umständlich, zwei, vielleicht drei DIN A4-Bogen, und las mit hemmungslos unpassendem, schwer schwäbelndem Akzent meinen Namen und meine Anschrift fehlerfrei vom Blatt ab. Die kannte ich ja nun schon.

– Ja und? sagte ich, und hatte die Liste gefunden, die ich selbst, warum auch immer, hinten ins Branchenbuch gelegt hatte, vermutlich um sie Annas und Jakobs Zugriff zu entziehen.

Karl-Heinz hatte inzwischen die Blätter gewechselt und sagte, bar jeder Betonung wie ein Schuljunge, der «Sah ein Knab' ein Röslein stehn» bis zur zweiten Zeile auswendig gelernt hat: – Schnee fällt auf Schönheit, Ödnis allerorten.

Schnee fällt auf Schönheit, Ödnis allerorten?

Ich zuckte hoch; die Telefonliste entglitt meinen Händen. «Beauty o'ersnow'd and bareness everywhere», Shakespeare, Sonett Nummer 5 in meiner höchstpersönlichen Übersetzung! Das war ja... Woher wußten diese Kerle das? Das war ja, ich schrie es fast heraus, – mein Motto! Mein Motto ist das, woher...

– Ganz ruhig bleiben, nickte Tress zufrieden. – Ihr Motto also. Nett gesagt, nicht wahr, Karl-Heinz? Karl-Heinz! Ich rede mit dir! Karl-Heinz nickte erschrocken. – Doch, so kann man's natürlich auch ausdrücken. Ihr Motto, ha ha. Haben wir uns schon fast gedacht.

– Was haben Sie sich gedacht? Wo haben Sie das her? Geben Sie mir sofort...

– Immer langsam, ganz ruhig bleiben. Die Fragen stelle ich, damit das mal klar ist. Sie geben also zu, das hier geschrieben zu haben?

– Ich? Unsinn, das ist von Shakespeare, das ist...

– Von Shakespeare, was Sie nicht sagen. Warum denn nicht gleich von Goethe? Leugnen ist doch zwecklos, Herr Domcik. Sie haben doch schon zugegeben, daß das Ihr Motto ist.

Ich machte ein paar Schritte auf den Karl-Heinz-Parka zu, um einen Blick auf die Blätter zu erhaschen. Sollten diese Dope-Deppen etwa mein...

– Vorsicht, Karl-Heinz, der wird gleich handgreiflich!

Ich und handgreiflich? Hatten die 'ne Ahnung. Ich glaube mehr an gutbeschriebenes Papier denn an Fäuste. Meine Fähigkeit zu Handgreiflichkeiten beschränkt sich in der Regel, vom Holzhacken und meiner sowieso unterentwickelten Rückhand beim Tennis mal abgesehen, aufs Niederdrücken der Schreibmaschinentastatur und aufs Windelwechseln.

– Nein, nein, beschwichtigte ich und ließ mich ermattet auf den Telefonsessel fallen. – Ich wollte doch nur... Wissen Sie, es ist nämlich so...

– Ja? Tress schob seine Kojak-Glatze erwartungsvoll in meine Richtung und zückte dabei ein Notizbuch. – Mildernde Umstände, das versprech ich Ihnen. Also raus damit.

– Ach was, mildernde Umstände. Das muß alles ein Mißverständnis sein.

Tress lehnte sich wieder zurück.

– Ein Mißverständnis, ja, ja. Was Besseres fällt Ihnen nicht ein?

– Doch! Schnee fällt auf Schönheit, Ödnis allerorten, das ist das Motto...

– Sagten Sie schon, unterbrach Tress mich. – Ihr Motto, genauer gesagt das Code-Wort für den Kokain-Deal mit Krokowski.

Krokowski? Wer war denn das nun wieder? Und Code-Wort? Kokain-Deal? Schnee fällt auf Schönheit... Dämmerte mir was?

– Krokowski? Kenn ich nicht.

– Nie gehört, was? Kroko, Ihr Kumpan Kroko.

– Nein, kenn ich nicht. Hören Sie mir doch mal zu, Mensch.

– Ganz ruhig bleiben. Ich hör doch, ich bin doch ganz Ohr. Tress spielte mit einem Kugelschreiber, klappte wieder seine Kladde auf. – Aber ganz von Anfang, wenn ich bitten darf.

– Von Anfang, ja. Die Zeile von Shakespeare ist das Motto eines Romans, den ich...

– Haha, habt ihr das gehört? Eugen? Karl-Heinz? Karl-Heinz! Roman ist gut, Roman ist prima. Wie soll er denn heißen, dieser Roman? Doch nicht etwa «Nachtexpress nach Babylon»?

– Doch! Genau! schrie ich und sprang auf. – Woher wissen Sie das?

– Wir wissen alles, grunzte Tress angeberisch, schränkte aber sogleich ein: – oder doch fast alles. Und was wir noch nicht wissen, das wollten Sie uns doch jetzt erzählen, nicht wahr?

– Hören Sie, ich bin Schriftsteller und...

Tress zog die ebenfalls haarlosen Augenbrauen hoch und musterte mich vom unrasierten Haupt bis zu den abgelatschten Leinenhausschuhen, verweilte einen Moment auf dem zerrissenen, linken Knie und tauschte dann mit seinen beiden Schranzen Blicke, die vermutlich vielsagend und verständnisinnig gemeint waren. Ich weiß nicht, wie bei der Zollfahndung die typische Täterbeschreibung «Schriftsteller» aussieht, aber sie konnte sich zweifelsfrei nicht mit dem decken, was Tress & Co in mir erblickten.

– Shakespeare, nicht wahr? fragte Tress nach, als habe er einen kokainzerrütteten Schizophrenen vor sich.

– Herrgott noch mal, nein! Ich hab den Roman «Nachtexpress nach Babylon» geschrieben und...

– Roman, nicht wahr? Gib mal das Papier, Karl-Heinz. Karl-Heinz!

Tress wedelte mit den Blättern vor seiner Nase herum. Waren das tatsächlich die Anfangsseiten meines verschollenen Opus?

– Roman nennen Sie so was? Etwas kurz geraten, was? Sieht eher nach Hemingway als nach Shakespeare aus, finden Sie nicht?

Respekt! Tress mußte schon einmal in Bücher geschaut haben.

– Diese beiden Bögen hier, das ist das Papier, in das Krokowski seine zwei Kilo eingewickelt hatte. Ganz schön blöd von ihm. Oder er wollte Ihnen eins auswischen. Und «Nachtexpress nach Babylon», das ist der Deckname für den Nachtzug Amsterdam–Berlin. Glauben Sie denn, wir sind blöd? Wir wissen soweit alles. Krokowski hat nämlich gesungen.

Tress wedelte mit den Blättern immer noch so, wie in

den Tropen ein schwitzender Europäer sich Kühlung zufächelt; vielleicht trug er deshalb auch diesen Imperialistenbart. Ja, jetzt konnte ich auch das Schriftbild und die Zeilenanordnung erkennen, *brother CE-500* (zahlt mir die Firma eigentlich was für dies *Product-Placement*?). Das war meine Schreibmaschine, das waren meine ersten beiden Seiten, Titelblatt und Motto. Kein Zweifel. Um ganz sicher zu gehen, machte ich einen vorsichtigen Schritt auf Tress zu, rutschte aber auf einigen Glasmurmeln, sogenannten Butzerklickern aus, die Anna hier verstreut hatte, so daß ich gegen Tress fiel, der mitsamt Stuhl nach hinten wegkippte, die Blätter flogen über den Tisch, ich rappelte mich hoch, griff danach, Tress brüllte: – Festhalten, sofort festnehmen, Handschellen!, aber ich bekam das Papier nicht zu fassen, weil Eugen mir in unerwarteter Gewandtheit zuvorgekommen war, hinter dem Tisch damit in Deckung ging, während Karl-Heinz, – Karl-Heinz! kreischte Tress, der versuchte, mich am Arm zu packen, dabei jedoch über Annas Brummkreisel stolperte, der einen singenden Ton von sich gab, während Karl-Heinz mit hektischen Ruderbewegungen seiner Arme den Verlust seines Gleichgewichts zu verhindern suchte, was ihm letztendlich so gründlich mißlang, daß er erst mit der Stirn gegen den Lampenschirm über dem Tisch knallte und dann nach hinten in die Yucca-Palme brach, wo er benommen liegenblieb. Tress, der sich wieder aufgerappelt hatte, wollte mich mit irgendeinem schulmäßigen Polizeigriff in den Schwitzkasten nehmen, verhedderte sich dabei aber in seinen eigenen Trenchcoat wie auch in die Beine von Karl-Heinz, der lautstark und schwäbisch über die schneidigen Blätter der Yucca-Palme fluchte, so daß Tress über seinen

Gehilfen stürzte und im Fallen das Tablett mit dem schmutzigen Frühstücksgeschirr vom Tisch riß, das ich eigentlich in die Geschirrspülmaschine hätte räumen sollen; statt dessen ergoß sich der inzwischen kalte Kaffee über die Tresssche (sind in diesem Sonderfall eigentlich 3 s nacheinander gestattet? *Weiß ich auch nicht. Der Setzer*) Glatze, und der Milchkrug verteilte seinen Inhalt in weitem Schwung zu neuwilden Ornamenten auf dem olivfarbenen Einerlei des Parkas von Karl-Heinz, dem Tress, als er auf ihn fiel, noch ein vernichtendes – Karl-Heinz! zuzischte. Nun war aber Eugen um den Tisch herum und angriffsbereit, hielt in einer Hand meine kostbaren Blätter und fummelte mit der anderen unter seinem Parka herum, offenbar im Begriff, Handschellen oder gar eine Waffe zu zücken, war mithin beidhändig beschäftigt, was ich gedankenschnell ausnutzte, ihm den halbleeren respektive halbvollen Windeleimer Jakobs über den wenig intelligent dreinschauenden Schädel stülpte, wodurch Eugen, auf den Schultern jetzt epaulettengleich von bräunlichen Schlieren gezeichnet, die Orientierung verlor und sich wie beim Blindekuhspielen um sich selbst drehte. Ich entriß ihm die Blätter, gab seinem Rotiercn durch einen gezielten Stoß neuen Schwung in jene Richtung, aus der soeben Karl-Heinz, eine Yucca-Palmenspitze in der Backe, wie ein durchgehender Stier auf mich lostobte, so daß sein schutzloser, wahrscheinlich aber auch nicht sonderlich schützenswerter Kopf mit dem windeleimerbehelmten Eugens zusammenprallte, ein Klang von überirdischer Schönheit, wie zur Rechten so zur Linken sah man einen Parka sinken, und die Windeln stanken, als sich hinter mir jedoch bereits wieder drohend der Schatten des ermittelnden Hauptkommissars Tress erhob. Blitzschnell bückte ich mich nach einer dem Eimer entfallenen, satt durchgesogenen Windel und schleuderte sie dem anstürmenden Zollfahnder vor die schwarzen Herrenhalbschuhe, der, offenbar slapstick- und also bananenschalenunerfahren, planmäßig auf diesem schwierigen Geläuf ins Trudeln geriet, und zwar dergestalt, daß er in seiner Abwärtsbewegung standheischend nach der Schnur der Jalousie griff, dabei aber die ganze Jalousie herunterbrach, über die auch ich stolperte und in einer unplanmäßigen und unfreiwilligen Personalunion mit dem Anführer meiner Widersacher zu Boden ging, wobei ich mir an etwas Hartem, der Tischkante vielleicht, den Kopf stieß, und plötzlich, als liefe ein Film vor meinem geistigen Auge ab, hatte ich Wort für Wort eben jene Szene wieder im Gedächtnis, in der Franz Kienast, in absurd falschen Verdacht geraten und in einen tückischen Hinterhalt gelockt, von dem Ex-Geliebten seiner Ex-Geliebten Doris mit exakt derselben Pinguinstatue aus Bronze niedergeschlagen wird, die Franz Kienasts Halbschwester während der Jom Kippur-Wirren in Zypern bei diesem ägyptischen Antiquitätenhändler gestohlen hat, und bewußtlos zwischen zwei eiserne Mülltonnen in den Staub des Chicagoer Hinterhofs sinkt. Vielleicht alles ein wenig kompliziert, dachte ich noch, wie ich mir ja auch gelegentlich beim Träumen zuzusehen pflege, und dann fiel in nassen Flokken, erst schwer und vereinzelt, dann leichter und wirbelnd, über eine große Ödnis Schnee.

6

Schnee und Schaum, Nebel und Nacht bilden im «Nachtexpress nach Babylon» die natürlichen Medien, in denen sich Franz Kienasts Ich verliert, auflöst, zersplittert, vervielfältigt. Die Sprachspiele und -experimente des Werks schaffen mengenweise nebulöse Unterschiede, aus denen sich das babylonische Ganze als nicht-konzentrische Wirklichkeit verwirrend zusammensetzt (eine gute Formulierung, die ich mir mal von einem Kritiker wünschen würde; leider gab es nichts mehr zu kritisieren: weg war weg). Nietzsche, dieser Prä-Postmoderne, wie Ralf Scholz treffend schrieb, Nietzsche also, der als erster das sogenannte moderne Subjekt als Fiktion entlarvte, erscheint im Roman in der Maske des seehundbärtigen Feuerwehrhauptmanns und entpuppt sich als ein entfernter Verwandter Franz Kienasts. Dieser Verwandtschaftsgrad ist natürlich ultravermittelt, doch kommt Kienast im Lauf seiner Recherchen dahinter, daß sein Schwager väterlicherseits einen leiblichen Neffen hat, dessen Onkel einen Schwiegervater hatte, von dem ein Großvater in zweiter Ehe eine junge italienische Opernsängerin heiratete, deren Bruder auf einer ausgedehnten Orientreise einer ägyptischen Hure begegnete, in die er sich unsterblich verliebte und mit der er einen Sohn zeugte, der, um unauffällig seiner Morphiumsucht nachgehen zu können, seinerseits eine Apothekerin heiratete, die niemand anderes war als die Nichte eines protestantischen Pfarrers aus Mecklenburg, der wiederum der Enkel jenes französischen Hugenotten war, der mit einem Sack Rebstöcken nach Kalifornien auswanderte, um im Sonoma Valley Rotwein anzubauen und sich dort mit einer spanischen Adligen vermählte, deren zweiter Sohn aus erster Ehe im spanischen Erbfolgekrieg desertierte und es auf allerlei Umwegen, die im dunkeln bleiben, um die Sache nicht künstlich zu komplizieren, dazu bringt, Urgroßvater besagten Feuerwehrhauptmanns zu werden, der dann an entscheidender Stelle des Romans Nietzsches Satz: «Es gibt das ego gar nicht, von dem geredet wird, wenn man den Egoismus tadelt» verklausuliert und nur scheinbar beiläufig zum besten gibt, als er nach dem Zimmerbrand in der Dachkammer des verkannten Poeten Müller-Bellefleur, bei dem das Manuskript des Lyrikbändchens «Hirnschatten» in Flammen aufgeht, zum löschwassertrunkenen Franz Kienast sagt: «Es gibt den Brand gar nicht, von dem geredet wird, wenn man das Feuer löscht.» Diese Worte wachsen sich dann zu einem stets wiederkehrenden Leitmotiv aus und finden ihre Erfüllung während der Zeit der Alkoholexzesse Kienasts, in deren Verlauf er immer tiefer in die Nacht- und Nebelzonen des Bewußtseins vordringt, aus denen er schließlich mit seiner Theorie des Labyrinths wiederauftaucht.

Wie weit ich meinerseits vorgedrungen war, vermag ich mit letzter Bestimmtheit nicht mehr zu sagen. Jedenfalls war das Schneetreiben sehr dicht, und als es endlich nachließ, blieb dennoch der Eindruck einer Mischung weißen Rauchs wie von verbranntem Torf mit milchsuppenartiger Schaumbildung, durch die gelegentlich rötliche Schlieren wie Schlußlichter von Autos oder Zügen zogen. Auf eine mir bis dahin unbekannte Fortbewegungsart schien ich weiterzukommen, rollend vielleicht oder schlingernd wie Tang in der Dünung, unter mir ein schwarzes Band wie der Asphalt der Straße zwischen Wiefelstede und hier. Plötzlich erblickte ich in undefinierbarer Distanz zwei winzige, leuchtende Punkte, die sich näherten und dabei größer wurden, Lichthöfe bildend, Planeten in Spiralnebeln? Monde? Autoscheinwerfer?, um sich endlich zu einer einzigen Lichtquelle zu vereinigen, die nun sehr dicht vor meinen Augen sein mußte; ich glaubte sogar, die von ihr ausstrahlende Wärme auf meinen geschlossenen Lidern zu spüren, fürchtete mich aber davor, die Augen aufzuschlagen. Wo würde ich mich wiederfinden? In einem Krankenzimmer vermutlich, womöglich auf einer Intensivstation zwischen Kanülen und Monitoren, wahrscheinlich sogar, von der herunterbrechenden Jalousie kam, rückwärts gleitend bis zum Anschlagen der Türklingel, die Erinnerung zurück, auf der kahlen Krankenstation eines Gefängnisses. Grauenhafte Verstrickungen, in die ich da schuldlos geraten war. Mein Kopf dröhnte und schmerzte, doch der Rauchnebel verlor sich langsam. Die Lichtquelle vor mir ging in unregelmäßigen Abständen an und aus. Gewiß standen Ärzte und Krankenschwestern mit Revierkalfaktoren um mein Bett und versuchten, mit diesem Leuchten irgendwelche Reflexe aus mir herauszukitzeln. Es half ja nichts mehr; ich mußte der furchtbaren Realität ins Auge schauen, hob zu diesem Zweck scheu und schwer die Lider und blickte geblendet in einen gleißenden Strahl. Ein Scheinwerfer über dem Operationstisch? Instinktiv schloß ich wieder die Augen und bewegte meine Lippen, um etwas wie «Wo bin ich?» von mir zu geben, als eine vertraute Stimme an mein Ohr drang: – Laß den Quatsch, Anna.

Anna und Quatsch? Quatsch laß nach? Anna, laß das? Oh, wie beruhigend. Und die Stimme, die Stimme gehörte meiner Frau: – Laß Papa in Ruhe.

– Was hatter denn?

– Er hat sich den Kopf gestoßen. Komm, laß ihn noch etwas schlafen.

– Aber ich will Dottor pielen.

– Jetzt nicht. Du kannst ja deine Puppe untersuchen. Aber nicht wieder operieren...

– Regina is aber ga nich krank.

– Pst, nicht so laut. Komm jetzt.

– Nö! Will Papa sund machen.

Die Lichtquelle erstrahlte aufs neue.

– Was zum Teufel machst... aaah, mein Kopf.

Anna stand neben meinem Bett und funzelte mit der großen Stabtaschenlampe in meinem Gesicht herum.

– Hallo, Papa, bittu wieder sund?

– Mach das aus, bitte, flüsterte ich schwach, aber glücklich, – das tut weh.

Meine Matratze wurde nach unten gedrückt, als Nora sich auf die Bettkante setzte. Ihr Gesicht über meinem. In der Hand hielt sie einen Eisbeutel, den sie offenbar gerade gewechselt hatte, denn als ich mir an die Stirn griff, von der der Schmerz ausging, ertastete ich dort etwas Kaltes.

– Na, du großer Dealer, lächelte Nora mich an. – Wie gehts?

Ich schloß wieder die Augen und nickte matt. – Wo sind diese Kerle, diese Zollfuzzies, diese... aaah.

– Ganz ruhig, reg dich nicht auf. Es ist alles in Ordnung.

– Aber...

– Pst. Hier, sieh mal.

Ich schlug wieder die Augen auf. Nora wedelte mit einem Stück Papier vor meiner Nase.

– Was ist das?

– Ein Scheck von der Autoversicherung. Für den gestohlenen Wagen.

– Gut, schön. Aber was ist mit diesem Tress? Und mit diesen Parkas, diesen Gorillas?

– Du hast sie alle k.o. geschlagen. Und weil du so in Fahrt warst, hast du dich gleich noch selber niedergeschlagen. Diese Leute vom Zoll, die werden jetzt wohl zu Hause sein und ebenfalls ihre Wunden lecken.

– Also los, erzähl schon. Ich... au.

– Bleib liegen. Du hast 'ne dicke Beule auf der Stirn. Dr. Wellmann war schon da und meint, daß du höchstens 'ne leichte Gehirnerschütterung hast. Nicht so wild.

– So? Aber dieser Tress und seine...

– Liegenbleiben! Sie drückte mich sanft in die Kissen zurück. – Du sollst dich nicht aufregen. Ich bin gegen Mittag zurückgekommen, und da stand dieser Wagen vorm Haus und blockierte die Einfahrt. Die Haustür war nur angelehnt, und als ich ins Eßzimmer kam, sah's da aus wie nach einem Luftangriff. Du hast mit diesem Herrn Tress zusammen unter der Jalousie gelegen, und die beiden Assistenten waren in einem Windelhaufen dermaßen ineinander verwickelt, daß ich erst dachte, es sei nur einer. Ich hab natürlich einen Riesenschreck gekriegt und erst mal Dr. Wellmann und die Polizei angerufen, wußte ja auch gar nicht, was überhaupt los war. Zwei Polizisten aus Wiefelstede und Wellmann sind auch sofort gekommen, und er hat diese drei Zollfritzen noch an Ort und Stelle zur Besinnung bringen können. Denen ist weniger passiert als dir, ein paar Beulen und Schrammen. Dieser Tress war übrigens komisch. Als er auf die Beine kam, hat er «Karl-Heinz!» gerufen, und dann noch einmal «Karl-Heinz! Ich rede mit dir!». Das war einer der beiden Assistenten, der...

– Ja, ja, ich weiß. Aber sind die nicht gleich auf dich losgegangen?

– Nein. Die waren richtig höflich. Hatten wahrscheinlich genug Zeit zum Nachdenken. Der Tress wollte dir zwar gleich Handschellen anlegen, war aber ziemlich benommen und hat sich erst mal angehört, was ich ihm erzählt hab.

– Wieso? Was hast du ihm denn erzählt?

– Na, alles. Wie dir dein Wagen gestohlen worden ist, und daß...

– Und das hat er geglaubt?

– Warum sollte er nicht? Ich hab ihm das Anzeigenprotokoll gezeigt. Und außerdem war mit der Post gerade der Scheck von der Versicherung gekommen. Und dann waren da ja auch noch Wellmann und die beiden Polizisten aus Wiefelstede. Die haben zwar nur Bahnhof verstanden, aber immerhin dafür gesorgt, daß sowohl Tress als auch ich ausführlich schildern konnten, worum's eigentlich geht. Ein irres Mißverständnis.

– Sag ich doch schon die ganze Zeit.

– Ich hab Tress dann dein Arbeitszimmer gezeigt, weil er nicht glauben wollte, daß du Schriftsteller bist. Ich glaub, er hat sich erschrocken, als er das Chaos gesehen hat, die vielen Bücher, Zeitungen, Manuskripte. Du mußt unbedingt mal aufräumen in deiner Höhle.

– Bloß nicht. Dann find ich nichts mehr wieder.

– Also, Tress hat gesagt, er müsse das alles noch mal überprüfen. Offensichtlich war ihm die Angelegenheit peinlich. Die beiden Dorfpolizisten haben sich eins gefeixt. Einer von denen hat noch per Autotelefon bei der Polizei in Oldenburg angerufen, und die haben den Diebstahl des Autos bestätigt. Tja, und dann sind deine drei Freunde bedeppert abgezogen. Du sollst aber noch mal zu denen vorgeladen werden. Ordnung muß sein.

– Na, Gott sei... ah, seufzte ich und ließ mich in die Unschuld der Kissen sinken, wo ich die nächsten zwei Tage blieb. Anna exerzierte an mir all das durch, was sie bei ihren diversen Besuchen beim Kinderarzt aufgeschnappt hatte, leuchtete mir mit der Taschenlampe in Ohren, Augen und Mund, klopfte, tastete und hörte mich ab, indem sie einen Trichter als Stethoskop benutzte. Es kam mir vor, als sei sie auf der Suche nach etwas, vielleicht dem Autoren-Ich. Wo das bloß saß? Sie legte mir auch Pflaster und Verbände auf meine Fußgelenke und an andere Körperstellen, die nicht unmittelbar in Mitleidenschaft gezogen waren, obwohl natürlich eine alternativ-ganzheitliche Medizin durchaus grenzenlos ist und den Fußballen behandelt, wenn die Augen schmerzen. Eine ausgediente Handtasche Noras wurde beidseitig kreuzweise mit rotem Klebestreifen markiert und diente als Arzt-Tasche, in der sie ihre therapeutischen Utensilien aufbewahrte, Murmeln als Pillen, Topflappen als Preßverbände, Kugelschreiber als Fieberthermometer, und, zu meinem gelinden Entsetzen, eins meiner nicht billigen Notizbücher, das sie, meine Bettlägrigkeit nutzend, zum Rezeptblock umfunktioniert hatte. Was eben noch Rohmaterial für produktionstheoretische Überlegungen war, wurde jetzt kurzerhand zu apodiktisch-unleserlichen Anweisungen an imaginäre Apotheker. Unterdessen hatte Jakob die Rolle von etwa vierzehn verschiedenen Säuglingen zu übernehmen, die in der benachbarten Wochenstation, die sonst das Kinderzimmer ist, einquartiert waren, und zu denen Anna immer wieder wegen dringender Notfälle von meinem Lager abgerufen wurde. Jakobs lautstarke, wenn auch wenig differenzierte Brüllproteste nützten ihm nicht nur nichts, sie bestätigten Anna vielmehr darin, daß den Neugeborenen alles mögliche fehlte. Mit Dr. Wellmann, der am nächsten Tag noch einmal nach mir sah, obwohl das nicht notwendig gewesen wäre (Landärzte sind halt so und lassen sich auch vom falschen Alarm irgendwelcher Nachtglocken nicht irritieren), führte Anna ausführliche Fachdispute. Und als ich am dritten Tag nach den denkwürdigen Ereignissen mein Krankenlager verlassen konnte, stand für Anna fest, daß sie Landärztin werden würde.

Während der Zeit meines Siechtums hatte ich Muße genug, um über den unseligen Lauf des «Nachtexpress nach Babylon» nachzusinnen. Wenn denn ein gewisser Krokowski irgendwelches Kokain in die beiden ersten Seiten meines Manuskripts gewickelt hatte, dann wußte dieser Mensch vermutlich auch, wo der Rest meines Werkes geblieben war. Seit der Scheck von der Versicherung da war, lag mir nichts mehr an dem Wagen; über kurz oder lang hätten wir sowieso einen neuen gebraucht. Um an diesen Krokowski, Krokowski?, heranzukommen, mußte ich mich an die Polizei wenden, ein mir unsympathischer Schritt, der mir freilich abgenommen wurde, weil man mich, wie angekündigt, vorlud, um meine Sicht der mißlungenen Hausdurchsuchung abschließend zu Protokoll zu nehmen.

7

Direktor Dietzenbach vom Rauschgiftdezernat legte meinen Roman «Die gelbe Glut», den ich, quasi als Visitenkarte und Empfehlungsschreiben, mitgebracht hatte, um mein Anliegen zu untermauern, auf seinen breiten, niedrigen und ziemlich leeren Schreibtisch und rückte das Buch so zurecht, daß seine Kanten den Kanten der Tischfläche genau parallel liefen. Er studierte das Umschlagsbild mit zur Seite gelegtem Kopf, grunzte, schwang sich in seinem Drehsessel herum und blickte aus dem Fenster auf das vergitterte Obergeschoß des gegenüberliegenden Untersuchungsgefängnisses. Er war ein stämmiger Mann mit müden Augen und den langsamen, bedächtigen Bewegungen eines Nachtwächters. Seine Stimme klang ton-, lust- und teilnahmslos.

– Schriftsteller, hm? sagte er, ohne mich auch nur anzusehen, sondern mit Blick auf die wenig reizvolle Aussicht aus seinem Fenster. Vom geschwärzten Kopf seiner Bruyère, die ihm am Eckzahn hing, stieg Rauch, dessen Emissionen Dietzenbachs Dienstzimmer durchwaberten, so daß ich bereits eine Bemerkung über wünschenswerte Ausweitungen des Betäubungsmittelgesetzes auf den Lippen hatte, sie mir aber verkniff, um nicht Öl ins vermutlich noch schwelende Feuer der fehlgeschlagenen Hausdurchsuchung zu gießen.

– Ich möchte Ihnen folgenden Vorschlag machen, Herr... er zog das Buch dichter zu sich heran, – Herr Domcik. Wir verzichten unsererseits auf ein Verfahren gegen Sie...

– Verfahren? Weshalb? schnappte ich.

– Wegen Widerstands gegen die Staatsgewalt in Tateinheit mit vorsätzlicher Körperverletzung. Sie haben immerhin drei unserer fähigsten Beamten niedergeschlagen, versteh gar nicht, wie das passieren konnte.

– Ich auch nicht. Das war so eine Art Kettenreaktion, ich wollte gar nicht...

– Schon gut, unterbrach Dietzenbach mich, – die Rechtslage ist sowieso etwas uneindeutig. Hätten wir vorher etwas von dem gestohlenen Wagen und dem Manuskript gewußt... Aber so ist das eben mit den verschiedenen Zuständigkeitsbereichen. Amtshilfe, das sagt sich so leicht... Er machte eine resignierende Handbewegung und befeuerte seine noch gar nicht ausgegangene Pfeife. Ich hustete. – Also, fuhr er wie Buschhaus dampfend fort, – wir verzichten auf dies Verfahren, wenn sie uns behilflich sind. Es könnte nämlich sein, daß Krokowski Ihnen gegenüber irgendwelche Hinweise gibt, die er uns verschweigt. Wenn Sie mit ihm sprechen und ihm versichern, es gehe Ihnen lediglich um das Manuskript, verplaudert er sich vielleicht. Wenn ja, ist Ihnen und uns geholfen; wenn nein, sind wir so schlau wie vorher. Jedenfalls hat Krokowski zugegeben, Ihren Wagen gestohlen zu haben. Er will ihn angeblich in einer Kiesgrube versenkt haben. Das müssen wir aber noch nachprüfen.

Krokowski? Krokowski? arbeitete es in mir, als ich mich anderntags auf den Weg zum Untersuchungsgefängnis machte, wobei der Status des Doppelagenten, der im verschwundenen Roman symbolisch und quasi als Chiffre fürs gespaltene Selbst des modernen Individuums eine wichtige Rolle zu spielen hat, mich nun leibhaftig ankratzte, wollte ich doch sowohl in brandeigener Sache ermitteln als auch mit dem Segen und im Auftrag Direktor Dietzenbachs diese heikle Mission auf mich nehmen – ein Vorgang, gegen den mir die neunmalklugen Konstruktionen im Roman plötzlich etwas blaß vorkamen.

Krokowski... Schon als Tress den Namen genannt hatte, war er mir für den Bruchteil einer Sekunde bekannt vorgekommen. Vielleicht jemand aus Schultagen? Barner, Cohn, Domcik, Eilers, Felmhofer, Gissing, Harms, Jensen, Kähning, Klose, Littmann, nein... Seltsam, daß mir der Name etwas bedeutete, daß ich zugleich aber mit merkwürdiger Sicherheit wußte, den dazugehörigen Mann nie getroffen zu haben. Vielleicht maß ich ihm auch nur deshalb so große Bedeutung bei, weil es um ein Buch ging, und da wird unsereins gelegentlich ja mental etwas überaktiv. Jedenfalls eröffnete er mir den Zutritt zu den Katakomben des Oldenburger Untersuchungsgefängnisses, ein nicht unbedingt häßlich zu nennender, sandsteinornamental verzierter Backsteinbau des Wilhelminismus, dessen zitierfreudige Stilvielfalt eigentlich schon das postmoderne Nonplusultra war. Wenn man aus den vergitterten Zellen hinaussehen konnte, dann blickte man auf das Flüßchen Mühlenhunte, das träge und schmutzig unterm tiefen Dezemberhimmel vor sich hin faulte.

Mein Sesam-öffne-dich fürs hohe eiserne Tor, das sich

rostschutzgesprenkelt vor mir auftat, hieß Hauptkommissar Tress, der mich verabredungsgemäß dort empfing, wo er mich gern gehabt hätte, wenn auch unter anderen Bedingungen, ein Pflaster auf der Schläfe und ein auf locker gequältes Lächeln auf den Lippen. Wir marschierten, geführt von einem devot wirkenden Vollzugsbeamten mit einem imponierenden Schlüsselbund, dessen antiquierte Dimensionen an mittelalterliche Kerker gemahnten, durch weißgetünchte Flure und niedrige Gänge, deren Wände das Echo unserer Schritte geisterhaft multiplizierten, durch Gittertüren, die sich rasselnd vor uns auftaten, um hinter uns krachend ins Schloß zu fallen, über Treppen aufwärts und abwärts, um Ecken und durch Erker, durch verschiedene Diensträume, durch Zimmer, die fast saalartig gedehnt waren, durch Registraturen mit Wänden voller Akten, durch muffige Büros und Aufenthaltsräume, vorbei an einem Küchentrakt, aus dem es übel nach Kohl stank, und ich hatte längst den Versuch aufgegeben, die Orientierung zu behalten. Dies Labyrinth entsprach, das wurde mir klar, je orientierungsloser ich wurde, dem babylonischen Prinzip, das mein Manuskript entfaltet hatte; am sinnfälligsten wohl in jener Passage, da Franz Kienast im Hamburger Staatsarchiv nach Beweisen für seine wahre Herkunft und Abstammung sucht, sich im Keller des verzweigten Gebäudes hoffnungslos verläuft, eingeschlossen wird und die Nacht dort verbringen muß, wobei er sich dann ins Studium geheimer Dokumente verliert, die ihn auf eine völlig andere Spur bringen. Er beginnt noch in der Nacht diesen klafterlangen, anklagenden Brief an seinen falschen Vater zu verfassen und denkt während der Niederschrift über den Ariadnefaden nach, aber ich konnte mich beim besten Willen nicht mehr daran erinnern, wohin dieser Gedankengang ihn führte. Ich glaube, es hatte etwas mit dem Spaß zu tun, den das Schreiben macht, wenn man den Faden gefunden hat. Landauf, landab hört man die Schriftstellerkollegen stöhnen, wie qualvoll ihnen mal wieder das Schöpfen und Schaffen wird oder wurde. Wenn ich daran denke, mit welcher Lust neulich Jakob das ganze Wollknäuel abgerollt hat, aus dem Nora ihm ein Jäckchen stricken wollte, der Faden lief durch die ganze untere Etage, dann kommt es mir so vor, als sei dies kindliche Abspulen mit der Schaffenslust verwandt. «Wir gehen vorwärts», schrieb Walter Benjamin (übrigens, wie der Zufall so spielt, im Zusammenhang mit Drogen), «wir entdecken dabei aber nicht nur die Windungen der Höhle, in die wir uns vorwagen» wie ich ins Untersuchungsgefängnis, «sondern genießen dieses Entdeckerglück nur auf dem Grunde jener anderen rhythmischen Seligkeit, die da im Abspulen eines Knäuels besteht. Eine solche Gewißheit vom kunstreich gewundenen Knäuel, das wir abspulen – ist das nicht das Glück jeder, zumindest prosaförmigen Produktivität?» Da war was dran, auch wenn mir das Glück der prosaförmigen Produktivität ziemlich gründlich abhanden gekommen war.

Der fette und etwas zu kurz geratene Vollzugsbeamte geleitete mich endlich ins Besuchszimmer; Tress blieb dezent in einer Art Vorraum zurück. Als die schwere Eisentür vor mir aufging, wußte ich plötzlich, was es mit dem Namen Krokowski auf sich hatte: «außerordentlich bleich, von durchscheinender, ja phosphoreszierender Blässe, die noch gehoben wurde durch die dunkle Glut seiner Augen, die Schwärze seiner Brauen und ...» so weiter und so fort.

Sie erinnern sich auch? Genau, der Assistenzarzt im «Zauberberg», den Frau Stöhr den «Fomulus» nennt. Die Gestalt freilich, die nun aus der Tür in der gegenüberliegenden Wand auf mich zukam, während ich an einem schäbigen Holztisch Platz nahm, hatte mit dem Adlatus des Hofrats Behrens sowenig gemein wie Kokain mit Coca-Cola, sowenig wie Naphta mit Settembrini. *Dieser* Krokowski war ein Hüne, an die einsneunzig muskulöse, offenbar body-gebuildete Meter, an deren oberem Ende ein leidlich normalgroßer Schädel saß, der aber wegen der imponierenden Masse des gigantischen Unterbaus minderentwickelt schien, unproportioniert, ein Eindruck, den der niedrige Haaransatz über der fliehenden Stirn noch verstärkte; blonde, drahtige Locken, kleine Äuglein, die mich mißtrauisch-verkniffen fixierten; die Gesichtshaut pokkennarbig mißgestaltet, wie Schuppen, so daß seine Züge in der Tat etwas Alligatorhaftes hatten; sehr spitz zulaufende Schneidezähne taten ein übriges, um in «Kroko» nicht nur eine bequeme Abbreviatur seines literarisch schwer belasteten Namens zu erkennen, sondern eine präzise Kurzcharakteristik seiner Physiognomie: Er ähnelte einem blonden, etwas töricht dreinblickenden Krokodil.

Dies ließ sich mir gegenüber auf einen Stuhl fallen, während die Tür, durch die er eingetreten war, hinter ihm ins Schloß fiel. Wir waren allein. Wortlos blinzelte er mich an.

– Zigarette, fragte ich so lässig, wie ich es mir vorgenommen hatte und warf eine volle Schachtel auf den Tisch. Ich kannte das aus Filmen.

– Rauch meine eigenen, knurrte er mit einer merkwürdig fistelnden Stimme. Die Untersuchungshaft schien weniger entbehrungsreich zu sein, als ich dachte. – Bulle?

sagte er ohne Betonung, deutlich genervt und lustlos, halb fragend, halb abschätzig feststellend. – Hab schon alles gesagt, ihr habt alles protokolliert, was...

– Ich... äh, ich bin kein... Bulle.

– Sozialarbeiterpack?

– Nein, nein, ich bin...

Wie sollte ich es ihm sagen? Schriftsteller? Autor? Dichter gar? Publizist? Alles war deplaziert. Er wartete meine Antwort aber gar nicht ab, sondern fragte: – Was willst du denn? Ich hab alles gesagt.

– Ich bin der Besitzer des Wagens, des VW-Kombi, den Sie auf dem Parkplatz vor dem Supermarkt, also den...

– Ach du Scheiße, unterbrach er mich und sah mich mit einem Blick an, den man am ehesten als mitleidig charakterisieren konnte.

– Wissen Sie, es geht mir gar nicht um den Wagen, versuchte ich ihn zu beruhigen, – der war ja sowieso nicht mehr so ganz... ich meine, der war...

– Scheiße, ergänzte er recht treffend. – Der letzte Schrott.

– Nun ja, machte ich mich an die Ehrenrettung des treuen Gefährts, – so schlecht war er nun auch wieder nicht.

– Schrottlaube, sagte er. – Klapperschlampe.

– Gut, ja. Zugegeben, nicht mehr ganz neu. Wieso hatte ich eigentlich das Gefühl, mich rechtfertigen zu müssen? – Aber er lief doch noch tadellos...

– Lief noch? Dann tät ich hier jetzt vielleicht gar nicht sitzen, Mensch. Kroko sah mich giftig an. – Erst der Keilriemen und später dann noch die Lichtmaschine. Schrott, sag ich.

– Hören Sie mal, raffte ich mich zusammen, – Sie hätten ihn ja nicht klauen müssen, nicht wahr.

– Klauen, was heißt schon klauen? Tür war offen. Ich hatte es eilig. Konnte nicht wählerisch sein.

– Also bitte, ich meine, warum haben Sie denn überhaupt...

– Geht dich nix an, zischte er und zog sich wieder zurück.

– Also gut. Wie gesagt, der Wagen ist mir nicht so wichtig. Die Versicherung hat auch schon...

– Verstehe, verstehe, grinste er konspirativ.

– Es geht um eine Plastiktüte. Sie lag auf dem Beifahrersitz. Können Sie sich daran erinnern?

– Plastiktüte? Er dachte keine Sekunde lang nach. – Nö.

– Doch! Käse aus Deutschland stand drauf.

– Käse?

– Ja. Aber in der Tüte war ein... da war ein Haufen Papier drin, beschriebenes Papier. Mit Gummibändern zusammengehalten. Ein Manuskript...

– Hä?

– Papier halt. Ein dicker Stapel.

Er überlegte einen Moment.

– Und? Was hab ich davon?

– Wie meinen Sie das?

– Was hab ich davon, wenn ich weiß, was damit los ist?

Tja, was hatte er davon? Was konnte ich ihm schon bieten? Die Zigaretten waren ja ein Totalflop gewesen.

– Ich könnte die Anzeige zurückziehen, schlug ich vor.

Kroko winkte müde ab. – Die paar Tage mehr... lohnt sich nicht.

Er verschränkte die Arme vor der stattlichen Brust und

sah mich herausfordernd an. Durch das vergitterte Fenster schien ein Stück schmutzigen Himmels, aus dem es zu schneien begonnen hatte.

– Traurige Weihnachten werden das, sagte ich mehr zu mir selbst als zu ihm.

Er hatte sich auch dem Fenster zugewandt und nickte. – Ja, ja… Er seufzte tief. War er etwa sentimental?

Ich faßte versuchsweise nach: – Heiligabend, die Kerzen brennen, die Kinderaugen leuchten, es duftet nach Äpfeln und Nüssen…

– Hör auf, sagte er leise.

– Vom Kirchtürmlein hört man das Schlagen der Uhr, alles tief verschneit, «Stille Nacht» erklingt in den warmen Stuben…

– Aufhören, flüsterte er, den Tränen nah.

Ich hatte ihn – und intensivierte den Psychoterror: – Überall glückliches Kinderlachen, Mütter stellen Bratäpfel in die Ofenröhre und… Mir fiel kaum noch mehr Schmus ein, also begann ich einfach wieder von vorn: – Heiligabend, brennende Kerzen, Stille Nacht und Kling-Glöckchen allüberall, leise rieselt der Schnee…

– Aufhören… Er schluchzte tatsächlich. – Du hast gewonnen. Ich… Jetzt schien er ernsthaft nachzudenken, zupfte sich abwechselnd am linken und rechten Ohrläppchen. – Also gut, war ja nur Altpapier.

– Na, hören Sie mal, hob ich empört die Stimme und hätte fast alles verdorben, fing mich aber und nickte: – So ist es. Also, was haben Sie damit gemacht?

– Mal überlegen…

Ich dachte, das hätte er schon hinter sich. Er zog sein linkes Ohr ganz lang.

– Also, Keilriemen ist gerissen, schon nach ein paar Kilometern. Das haben wir provisorisch mit ’nem Nylonstrumpf hingekriegt. Dann sind wir an dieser Werkstatt vorbeigekommen, ziemliche Bruchbude. Aber Keilriemen konnte der Typ natürlich wechseln. Während der das gemacht hat, war ich auf’m Klo. Hatte da was zu tun. Brauchte dafür Papier…

– Was?

– Nicht was du denkst. Tja, und da hatte ich ja diesen Stapel in der Tüte. Hab die Tüte mit reingenommen ins Scheißhaus. Paar Blätter rausgezogen, die ich brauchte. Das wars. Dann sind wir weiter. Bis die Scheißlichtmaschine…

– Aber was haben Sie mit der Tüte gemacht und mit dem Papierstapel?

– Wieso? Er sah mich verständnislos an. – Nix. Hab ich liegenlassen.

– Wo?

– Na, auf dem Scheißhaus. Was sollte ich denn mit dem Altpapier?

Wie grauenvoll. Eine Toilette in einer Kfz-Werkstatt, irgendwo zwischen Oldenburg und Delmenhorst. Kroko ließ sich, nachdem ich die Folter verstärkt und die ersten drei Takte von «O Tannenbaum» vor mich hin gesummt hatte, noch dazu herbei, mir die genaue Lage der Werkstatt zu beschreiben.

– Danke, sagte ich und stand auf. – Sie haben mir sehr geholfen. Hoffe ich wenigstens.

Kroko zuckte mit den Schultern. – Das mit der Anzeige, sagte er plötzlich, – wär vielleicht doch nicht schlecht.

Ich versprach es ihm.

– Und wenn ich vielleicht doch die Zigaretten...

Ich war froh, ihm irgend etwas geben zu können und bedankte mich für seine Auskünfte.

– Schon gut, Kumpel, nickte er gönnerhaft. – Jeder hat so seine Macken.

– Und tut mir leid, sagte ich, – das mit der Lichtmaschine.

Der Schlüsselmann voraus, Tress hinter mir her, das ganze Labyrinth rückwärts...

Die Sache mit dem Nylonstrumpf, meinte Tress, sei ein guter Hinweis; vielleicht wäre eine Frau dabeigewesen.

Mir wars egal.

Auf dem Weg nach Hause fuhr ich bei der Polizeidienststelle vorbei, um die Anzeige zurückzuziehen. Die Ermittlungen, sagte man mir dort, seien schon vor einigen Tagen eingestellt worden. Hoffnungsloser Fall. Irgend etwas stimmte nicht im Zusammenspiel der verschiedenen Dienstbereiche unserer Ordnungsmacht.

Eine Kfz-Werkstatt.

Ein Klo...

8

Ist Ihnen schon einmal aufgefallen, daß Autofahrten zum festen Inventar unserer Gegenwartsliteratur gehören? Von der Nord- bis zum Bodensee werden gehemmte Empfindungen in rasante Bewegungen um- und freigesetzt. Die geknebelte Phantasie gibt gern Gas, so daß man fast den Eindruck gewinnt, manche Autoren würden von der Automobilindustrie gesponsert. Aber mal ehrlich: Kennen Sie in der zeitgenössischen, ernst zu nehmenden Literatur (zwei Eigenschaftswörter, die, aufeinander bezogen, das Beobachtungsfeld von vornherein ziemlich stark einengen) auch nur das kleinste Stückchen, in dem mal ein Reifenwechsel, eine defekte Lichtmaschine oder gar der Zwangsaufenthalt in einer Kfz-Werkstatt beschrieben wird? Abzusehen ist natürlich vom «Werkkreis der Arbeitswelt» oder ähnlichen Feierabendbeschäftigungskreativtherapien für offenbar nicht mehr ganz ausgelastete Fließbandarbeiter und andere Träger ordentlicher Berufe. Dort wird einem doppelt mißverstandenen Naturalismus gehuldigt (doppelt, weil der Naturalismus an sich schon ein Mißverständnis war: «Die Kunst hat die Tendenz, wieder die Natur zu sein ...» – da lachen ja die Weber!), indem man einen Klotz stumpfstereotyper Wirklichkeit zum literarischen Stereotyp zurechtfeilt, und zwar so lange und gründlich, bis vom Literarischen nichts mehr zu erkennen ist und nur noch das Stereotyp übrigbleibt.

Nach dieser Bedenkzeit frage ich noch mal: Wo bleiben in unserer Literatur die Kfz-Werkstatt und die dort vorgenommenen Operationen am Entfesselungsvehikel schriftstellerischer Phantasie? Ihnen fällt nichts ein? Mir (von einem Selbstzitat aus «Kopfreise» abgesehen, das ich Ihnen aber jetzt in aller Bescheidenheit erspare), nach längerem Nachdenken und systematischem Durchforsten meiner Bibliothek, auch nicht. Und was läßt sich daraus schließen? Daß Autoreparaturwerkstätten nicht literaturfähig sind? Unsinn! Wie die sprichwörtlich gute Hausfrau bekanntlich noch aus einem alten Schuh eine schmackhafte Suppe zuzubereiten weiß, so ist dem sprichwörtlich guten Dichter bekanntlich kein Ding zu gering, um daraus noch Literatur zu destillieren – sei's nun Prousts Knabberkeks im Tee, Thomas Manns Fieberthermometer unter der Zunge oder Goethes Faust auf dem Tisch: «Triffst du nur das Zauberwort...» Dieses «nur» hat es allerdings in sich. Seit beispielsweise mein Manuskript futsch war, wußte ich ein mehrstrophiges Lied davon zu singen, daß unsereinem das Zauberwort auch nicht alle naselang über den Weg gelaufen kommt (sonst hätte ich eben doch wohl kaum «futsch» geschrieben, sondern den traurigen bis tragischen Vorfall angemessen aussagekräftig und, Ralf Scholz zuliebe, hübsch narrativ entfaltet).

Was nun also jene, durch das Fehlen von Kfz-Werkstätten in unserer Gegenwartsliteratur indizierte, hochmerkwürdige Leerstelle anlangt, so scheint das ominöse Zauberwort sich diesem an und für sich doch lebensnotwendigen Ausschnitt unseres Alltagslebens geradezu systematisch entzogen zu haben. Die Gründe dafür schlummern tief in den unteren Bewußtseinsschichten der Schriftsteller, wenngleich auch nicht *so* tief, daß ich sie Ihnen hier nicht nennen könnte. In Wahrheit verhält es sich nämlich so, daß der durchschnittlich-typische Schriftsteller keinen blassen Schimmer davon hat, wie und warum das Gefährt unter seinem schreibtischstuhlgeschädigten Hämorrhoidenhintern mal wieder nicht so will, wie sein schöngeistig gesinnter Kommandeur es gern hätte, und daß es ihn, den Kopf gestrichen voll mit – je nachdem – Schreiblust oder Schreibblockade, im Grunde auch nicht für fünf Pfennig interessiert, warum beispielsweise der Starterritzel nicht exakt ins anliegende Zahnrädchen greift und mithin die Zündung ins Leere schnarrt: chr chr chr putt... chr chr chr putt... Man kennt das Geräusch! Wissen wollen, was die Welt im Innersten zusammenhält, balkendicke Romane schreiben und glauben, das seien die Rettungsflöße fürs Heil der Menschheit – aber einen Zwölfkantschlüssel nicht von einem Zwölfender unterscheiden können, bei Kolbenfresser an Zuckermais oder obszöne Zweideutigkeiten denken, wenn der Tank leer ist, den Pannendienst des ADAC herbeipfeifen, über den man gestern noch gehetzt hat, und irgendwelche romantischen Vorstellungen hegen, daß Zündkerzen ähnlich herunterbrennen wie Kerzen am Weihnachtsbaum. *So* sieht's doch aus! Ich weiß, wovon ich rede...

Apropos: Weihnachtsbaumkerzen mußte ich auch noch mitbringen; das hatte Nora mir eingebleut, damit diesmal nicht wie alle Jahre wieder alles auf den allerletzten Drükker besorgt werden mußte. Vielleicht können Sie mich nachher, wenn ich von der Werkstatt, auf deren Besuch ich Sie ja nun schon seit einigen Seiten vorbereite, zurückkommen werde, daran erinnern? Das wäre nett. In Dingen des täglichen Bedarfs pflege ich nämlich eine leichte Vergeßlichkeit und Zerstreutheit. Die dauernde Erinnerungsarbeit, die man als Schriftsteller zu leisten hat, bekommt möglicherweise dem Gedächtnis gar nicht so gut – eine Art Berufskrankheit, über die man gelegentlich mal ausführlicher nachdenken könnte. «Das Vergessen als Quell dichterischer Erinnerung», so in der Art. Darüber hinaus konnte ich, seit ich damit begonnen hatte, dem verschwundenen Manuskript hinterherzurennen, kaum noch konzentriert an etwas anderes denken, eine Perseveration, die Nora, mit gewisser Berechtigung, als «typisch, mal wieder typisch» empfand. Denn während ich den Roman geschrieben hatte, war ich mehr oder weniger vollständig von der Arbeit aufgesogen gewesen; und nun, da er fertig, aber weg war, beschäftigte er mich beinahe noch mehr.

Insofern ist es auch kein Zufall, daß ich den hochfein gesponnenen Erzählfaden, Stichwort Kfz-Werkstatt, hier fast verloren hätte, dachte ich doch eben einen Moment lang an Franz Kienasts vergeblichen Versuch, die Bremsschläuche im Auto des KGB-Agenten zu durchschneiden, um den Mann unschädlich zu machen: Er durchtrennt lediglich die Heizungsschläuche, was den aus Sibirien stammenden Agenten kaum irritiert.

Also: In Filmen und in Rock-Songs kommen dauernd Kfz-Werkstätten vor, in den Songs Bruce Springsteens sogar so häufig, daß man meinen könnte, der gute Mann habe eine Pannenpsychose, aber in der Literatur fehlen sie ebenso wie in der bildenden Kunst. Und das, finde ich, beweist wieder einmal schlagend, daß heutzutage nur noch zwei Dinge modern zu sein scheinen: Nämlich erstens die Analyse des Lebens und der Vergangenheit sowie zweitens die Flucht aus dem Leben in die Vergangenheit. Handfeste Handlung, raffiniertes Zusammenspiel der äußeren und inneren Lebensmächte, das meinetwegen Wilhelm-Meisterliche-Lebenlernen, der Shakespearesche Weltlauf, das Ineinander von Ich und Gesellschaft – kurz: Alles, was «Nachtexpress nach Babylon» zu dem machte, was es war, wenn es denn überhaupt noch war, das bringt heutzutage kaum noch einer zu Papier. Die Kollegen treiben Anatomie des eigenen Seelenlebens, sezieren die Psyche von Psychopathen und Haustieren, oder aber sie träumen vor sich hin. Reflexion oder Phantasie, Spiegelbild oder Traumbild, aber nirgends Wirklichkeit. Postmodern sind alte Möbel in neuen Räumen oder neue Möbel in alten Räumen, postmodern sind epigonale Nervositäten als Zitat. Postmodern ist das psychologische Graswachsenhören und das Plätschern in bunten Wunderwelten vergangener Epochen, kosmisches Spekulantentum und sogenannte Hochkomik, über die man nicht lachen kann, weil sie keinen ernsthaften Bezugspunkt mehr hat, sondern die Welt als Witz betrachtet. Postmodern ist die klafterlange Zergliederung eines Seufzers oder eines Duftes, postmodern ist der Walkürenritt durch allerneueste Vergangenheiten, die Kulturgeschichte des Hosenträgers oder der Currywurst. Postmodern ist die Hausse in Metaphern und Allegorien, in Parabeln und Symbolen. Postmodern ist, wenn einem selber nichts mehr einfällt. Einer schreibt die Geschichte eines Mädchenmörders, der ein psychologisierender Parfum-Mischer ist; ein anderer die Monografie eines Knabenschänders, der

Kunstkritiker ist; ein dritter die Geschichte eines Hirnchirurgen, der in seiner Freizeit Falschgeld druckt: Alles *Second-hand*-Literatur ohne Erfahrungsunterfutter, alles falsche Münze, wobei es mich tröstet, daß Falschgeld überhaupt nur deshalb in Umlauf gelangen kann, weil es auch echtes gibt. Die Kollegen tun so, als gäbe es das Leben gar nicht. Aber das Leben ist doch da, und «Nachtexpress nach Babylon» wäre das beste Beispiel für die Vitalität des Lebens in der Literatur, obwohl es mir, je länger ich darüber nachdachte, manchmal so vorkam, als hätte ich den Roman an einigen Stellen etwas überkonstruiert und damit seine These, daß das Leben postmoderner als die Literatur ist, etwas geschwächt. Jedenfalls ist das Leben, und eine Kfz-Werkstatt steht nun einmal breitbeinig im Leben, durch sein bloßes oppressives, unentrinnbares Dasein unendlich merkwürdiger und kräftiger als alles Künstliche. Hugo von Hofmannsthal, wider besseres Wissen dem Künstlichen gegenüber jederzeit herzlich aufgeschlossen, hat einmal geschrieben, das Leben habe eine fürchterliche betäubende Fülle und eine fürchterliche demoralisierende Öde. Mit diesen zwei Keulen schlüge es abwechselnd auf die Köpfe derer, die sich dem Künstlichen hingäben.

Wenn das stimmt, und es könnte stimmen, dann müßten circa 90 Prozent aller zeitgenössischen Schriftsteller inzwischen ziemlich weiche Birnen haben.

Nun werden Sie sich eventuell fragen, warum ich Ihnen das alles erzähle (wobei Ralf Scholz jetzt sagen würde, das sei gar nicht erzählt, sondern räsoniert – Sie wissen schon…)? Ganz einfach: Wenn nämlich die Kfz-Werkstatt, zu der ich mich am Tag nach meiner Unterhaltung mit Krokowski aufmachte, in ihrer lebendigen Authentizität etwaige Ähnlichkeiten zu Kfz-Werkstätten aufweisen sollte, die in der Weltliteratur bereits behandelt worden sind, hätten diejenigen unter unseren Kritikern, die zur Zeit ihren Ehrgeiz darein setzen, offene oder kryptische Zitate aus Texten zu filtern, um dann triumphierend ihre Spürnasen heben und «postmoderne Zitatcollage! Erkennen Sie die Melodie?» bellen zu können, ihr unverdientes Erfolgserlebnis.

Zum Glück scheint es ja nun mit dichterisch verklärten Kfz-Werkstätten nicht allzuweit her zu sein, so daß ich Ihnen jetzt völlig unbelastet und wahrheitsgetreu schildern könnte, wie der Laden aussah. Andererseits gibt es kaum etwas Langweiligeres, als schlechtgehende Kfz-Werkstätten an wenig befahrenen Landstraßen im Oldenburger Land kurz vor Weihnachten unter dem melancholisch tiefhängenden norddeutschen Dezemberhimmel bei Anbruch der Abenddämmerung *(Ist die Komma-Taste kaputt? Oder ist das Kunst? Der Setzer)*, so daß ich Ihnen diese Trostlosigkeit dann doch lieber erspare. Als ich auf den ungepflasterten, mit halbgefrorenen Pfützen übersäten Hof fuhr, auf dem einige Gebrauchtwagen zum Kauf feilgeboten wurden, war ein junger Mann im blauen Arbeitsoverall gerade dabei, die eiserne Doppeltür der Reparaturhalle zu schließen, was einen Höllenlärm verursachte. An der Straße wurden Müllcontainer in einen Lkw geleert. Ich sah auf die Uhr: Halb fünf. Feierabend für die Faustarbeiter. Nun ja, ich wollte diesmal nichts repariert haben, sondern nur...

Die leidige Frage, wie ich mein eigentümliches Anliegen

vorbringen sollte, stellte sich mit gleicher Schärfe wie gegenüber den *Preisknall*-Schergen oder der Polizei. Ich stieg zielstrebig aus, ging auf den blaumannbewehrten Burschen zu und ließ mein obligatorisches «Moin» erschallen, ein in diesem Landstrich zu allen Tages- und Nachtzeiten gängiger Gruß, den Nichteingeweihte fälschlicherweise für eine nachlässig artikulierte Version von «Guten Morgen» halten, ein Mißverständnis, das immer wieder zu dem berühmten Kopfschütteln des Orts- und Mentalitätsfremden darüber führt, daß der Oldenburger Eingeborene auch noch abends «Guten Morgen» wünscht; verkompliziert wird die lokalspezifische Sachlage durch den Umstand, daß «Moin» auch unbeanstandet als Abschiedswort zur Anwendung kommen kann (in Hamburg sagt man «Tschüs» – aber eben nicht zur Begrüßung), wodurch immerhin klar wird, daß «Moin» mit «Guten Morgen» sowenig zu tun hat wie das strukturell am ehesten vergleichbare «Salut» des Franzosen mit Salat.

– Moin, gab mürrisch der Junge zurück, und meine seit unserem Umzug aus Hamburg sensibilisierten Ohren verrieten mir sogleich, daß in der zerdehnten Aussprache die Information verklausuliert lag, daß hier jetzt Feierabend sei und garantiert nichts mehr zu löten. Das hatte immerhin den Vorteil, daß komplizierte Arbeitsabläufe in der Kfz-Branche nun von mir nicht mehr beobachtet werden konnten, um sie dann später literarisch verarbeiten zu müssen.

Mit der Tür ins Haus zu fallen und zu fragen, ob ich mal die Toilette benutzen dürfe, schien mir völlig unangebracht und taktisch unklug, obwohl ich natürlich nichts lieber getan hätte. Doch wer benutzt schon freiwillig Abtritte in Kfz-Werkstätten? Das hätte falschen Verdacht erregt. Ich wählte vielmehr die bewährte Hierarchieschiene und fragte forsch, ob «der Chef» da sei, obwohl es durchaus nicht auszuschließen war, daß es sich bei dem blaßblonden Jüngling mit den ölverschmierten Händen selbst um den Chef des Betriebes handelte. Der Hang zur Selbstverwaltung und ökonomischen Autonomie nimmt ja besonders unter unseren jüngeren Mitbürgern ständig zu, während die Selbstbesinnung im reziproken Verhältnis dazu abnimmt, was man zum Beispiel am schleppenden Absatz meines selbstbesinnlichen Werks «Ferne Farne» ablesen kann, eines Werks, das ich Ihnen bei dieser Gelegenheit einmal schleichwerbend ans Herz legen möchte.

– Nö, schüttelte der Bursche den Kopf und zog einen Schlüssel vom nunmehr verschlossenen Tor.

– Kommt er heute noch mal wieder? hakte ich nach.

– Ja, aber erst in zwei Stunden oder so, nölte der Junge abweisend.

– Gut, dann warte ich hier, sagte ich entschlossen. – Ich bin nämlich mit ihm ... äh, verabredet. Es geht um einen Gebrauchtwagen. Dabei ließ ich meinen Blick mit einem Ausdruck, den ich für fachmännisch hielt, über die aufgereihten Wagen schweifen. So ganz und gar gelogen war es in der Tat nicht, denn wir brauchten unbedingt wieder einen Kombiwagen, und indem ich ein japanisches Modell erspähte, das in etwa meinen Vorstellungen nahekam, deutete ich darauf: – Den da.

– Ist gut, nickte der Junge und öffnete eine normalgroße Tür in dem Doppeltor. – Sie können im Büro warten. Mein

Kollege und ich können auch nicht weg, bevor der Chef zurück ist. Müssen noch was mit ihm besprechen.

Das klappte ja prima! Auf diese Weise würde ich sicherlich auch einmal unauffällig die Toilette inspizieren können. Der Junge führte mich in einen Raum, der durch eine Sprossenfensterwand von der Werkhalle abgetrennt war. In einer Ecke glühte ein vor sich hin stinkender Ölofen, an der Rückwand standen ein Schreibtisch und eine Art Aktenschrank, beide von einem Papierchaos übersät, gegen das die kreative Unordnung meines Arbeitszimmers die zierlichste Akkuratesse war. In der Mitte des Raumes stand ein alter Küchentisch, dessen Resopalplatte mit Aschenbechern, leeren Bierflaschen, zwei Brotdosen aus Aluminium und Zeitungen bedeckt war.

– Moin, tönte ich munter, mit dem beliebten «Wie gehts uns denn so?»-Unterton, denn über der Tischplatte schwebte eine aufgeschlagene «Bild-Zeitung», hinter der ich den Kollegen des Jungen vermuten durfte.

– Moin, schallte es hinter der Schlagzeile GEMEIN: INGE MEYSEL VON DEUTSCHEM SCHÄFERHUND GEBISSEN hervor; die Intonation, gegen Ende die Stimme hebend und quasi ein akustisches Fragezeichen bildend, besagte: Was will *der* denn hier? Und jetzt noch?

– Ist mit'm Chef verabredet, nahm mir der Junge die Erklärung ab, und hinter der Zeitung ertönte ein für mich undefinierbares Grunzgeräusch.

– Kommt sofort, sagte daraufhin eilfertig der Junge, der die merkwürdige Lautfolge offenbar zu deuten wußte. Er öffnete einen neben der Tür stehenden Kühlschrank und zog zwei Flaschen Bier heraus, zögerte einen Moment, musterte mich ausdruckslos, nahm eine dritte Flasche, stellte alle drei auf den Tisch, griff nach einem Messer und öffnete mit der stumpfen Seite der Klinge die Kronkorken.

– Danke, sagte ich und setzte mich auf einen der Stühle, die um den Tisch standen.

Auch der Junge setzte sich, und die Zeitung wurde langsam auf den Tisch gesenkt. Hinter ihr kam ein gleichfalls blaugewandeter, korpulenter Mitvierziger zum Vorschein, sehr dichte, rote Haare, kleine, eng aneinanderliegende Augen, gerötet, fast ohne Brauen. Er sah mich neugierig, doch nicht unfreundlich an, griff nach einer der Flaschen und sagte, während er sie zum Mund hob: – Ja, ja, so ist das. Na, denn Prost.

– Genau, sagte der Junge.

– Prost, sagte ich.

Wir tranken. In einem nur geringfügig synkopierten Dreiklang wurden die Flaschen wieder auf dem Tisch abgesetzt. Der Rothaarige verschwand erneut hinter seiner Zeitung, deren mir zugewandter Teil mich informierte, KANZLER KOHL: MEIN WORT ZÄHLT IN DER WELT, während der Junge begann, in einem auf dem Tisch liegenden «Kicker»-Fußballmagazin zu blättern.

Diese beiden wortkargen, in Lektüre versunkenen Kfz-Chirurgen konnten unter Umständen etwas vom Verbleib meines «Nachtexpress nach Babylon» wissen – da mußte nicht unbedingt erst der Chef vor Ort erscheinen. Ich bin an und für sich nicht auf den Mund gefallen, doch fiel mir absolut keine Floskel ein, mit der ich das lesende Schweigen in der von mir gewünschten Richtung hätte aufbrechen können, ohne mein Anliegen so vorzutragen, daß die beiden mich unverzüglich für verrückt halten mußten. Ich angelte meine Zigaretten aus der Jacke, steckte mir eine an, hielt dann die Schachtel über den Tisch und sagte überflüssigerweise: – Zigarette?

Der Junge blickte mißtrauisch auf die grüne Packung meiner Mentholzigaretten und schüttelte dann wie angewidert den Kopf, wobei er demonstrativ auf eine neben dem «Kicker» liegende Schachtel HB klopfte, was offensichtlich bedeuten sollte, daß er keinen modischen Schnickschnack, sondern nur das Echte und Wahre mochte. Hinter der Zeitung schnaufte etwas. Da der Junge keinerlei Reaktion zeigte, hatte das Geräusch wohl keine tiefere Bedeutung.

Zigarette... Das Wort hing einige Augenblicke in der Luft wie Rauch, den der von dem Wort bezeichnete Gegenstand zu verursachen pflegt. Ich erinnerte mich plötzlich an eine Auseinandersetzung mit Ralf Scholz während der Lektorierung meines Romans «Die gelbe Glut», der an sich mit Tabakwaren nichts zu tun hat. Die Diskussion hatte sich an einer eher lächerlichen Kleinigkeit entzündet, drängte dann jedoch rasch, wie bei Ralf Scholz üblich, in allerlei Grundsatzfragen. Ich hatte nämlich an einer Stelle geschrieben: «Er zündete sich eine Zigarette an», ein im Grunde eindeutiger Satz, den Scholz jedoch wieder einmal für zu abstrakt hielt und den er wieder einmal narrativ aufgelöst wissen wollte. Das war in dem Fall kompletter Blödsinn, aber ich hatte damals keine vernünftigen Argumente parat, so daß die Stelle schließlich ersatzlos gestrichen wurde (was dazu führte, daß der Rauchende zwei Seiten später eine Zigarette ausdrückt, die er nie angesteckt hat). Jetzt plötzlich, in diesem sogenannten Büro, fiel mir das damals fehlende Argument ein: Der von Lektoren und Kritikern neuerdings allüberall lautstark angestimmte Ruf nach narrativer Auflösung des angeblich abstrakt Begrifflichen, unter dem Motto: Künstler bilde, denke nicht!, war am Ende nichts weiter als der Versuch, in die wachsende Beliebigkeit, in die unstrukturierte, babylonische Vielfältigkeit unserer Literatur eine normative Korsettstange einzuziehen, an der wir Dichter uns dann messen und mit der wir uns auch gegebenenfalls prügeln lassen sollten. Gewiß doch, ich hätte statt «Er zündete sich eine Zigarette an» auch schreiben können: «Er zündete sich einen mit Tabakteilchen gefüllten, etwa acht Zentimeter langen Papierzylinder an, den er einer buntbedruckten Pappschachtel entnommen hatte.» Aber dann wäre eben statt des geforderten «sinnlichen Erzählens» schlichter Blödsinn herausgekommen, und deshalb erwies sich die nackte Abstraktion des Begriffs Zigarette seiner narrativen Auflösung doch deutlich überlegen.

Den gewünschten Effekt hatte das Wort hier nun freilich nicht gehabt. Möglicherweise wäre die Aufmerksamkeit der Bier- und HB-Konsumenten durch das Angebot eines mit Tabakteilchen gefüllten Papierzylinders eher entzündet worden, aber mir wurde immer klarer, daß ich handfestere Themenangebote zu machen hatte, um die Jungs aus der Defensive zu locken.

– VfB hat ja 'ne gute Saison, versuchte ich den Jungen zu ködern, indem ich einen überraschenden Paß zum überraschend erfolgreichen Oldenburger Fußballteam schlug.

– Scheiß auf VfB, wurde ich jedoch ausgekontert. – Die wolln doch gar nicht...

– Wollen was nicht? versuchte ich erneut aufzubauen.

– Na, aufsteigen. Zweite Liga und so. Ist doch Beschiß. Nee, nee…

Ich saß wieder in der Abseitsfalle. Der Junge drückte sich vom Tisch ab und verschwand durch die Tür in der dunklen Halle, vermutlich einem Ort zustrebend, zu dem auch mein ganzes Sehnen ging. Als er zurückkam, versuchte ich, die stockende Konversation mit dem Thema Nummer eins wieder flottzumachen – und sprach das Wetter an; doch ging aus dem sich hieraus entwickelnden, kurzen Wortwechsel, an dem sich überraschend auch der Dicke mit der Bemerkung beteiligte, er halte die Meteorologin, die im ZDF auftritt, für einen Transvestiten, ohne freilich dabei die Zeitung sinken zu lassen, bemerkenswerterweise nichts hervor.

Nach einigen Schweigeminuten klappte ich das Visier hoch und fragte, wo die Toilette sei, – das Klo, mein ich.

– Ende der Halle, hinten, linke Tür.

Schwach erleuchtete der Lichtschein aus dem Büro die Halle, doch sah ich genug, um mühelos den mit soviel Hoffnungen und Ängsten besetzten Ort ausfindig zu machen. Eine schirmlose, mit Fliegendreck gesprenkelte Glühbirne warf ihren kalten Schein auf die feuchte Brille. Neben dem Klositz stand ein wackliger Holzschemel, auf dem eine Rolle Klopapier lag. An der Wand gegenüber der Tür ein winziges Waschbecken, keine Seife, ein schmutzstarrendes Handtuch an einem Nagel. Sonst nichts. Der Spülkasten der Toilette mußte defekt sein, denn dauernd lief mit einem sickernden Geräusch ein dünnes Rinnsal durchs Becken. Der polnische Autor Stanisław Lem hatte einmal in einem Fernsehinterview erklärt, mit seiner literarischen Produktivität verhalte es sich wie mit einem Wasserklosett. Lem hatte den verständnislosen Blick des Moderators dann in Heiterkeit verwandelt, als er erklärte, daß es eben relativ lange brauche, bis sich das Wasser im Kasten sammle, daß es aber sehr schnell durchrausche, wenn man zöge. Dieser Vergleich hatte mir so ausnehmend gut gefallen, daß ich ihn Franz Kienast in den Mund legte: Er wendet ihn aber ins Obszöne, indem er Doris gegenüber sagt, die männliche Sexualität funktioniere wie ein Wasserklosett – was Doris allerdings nicht begreift, zumal Kienast den Hintergedanken verfolgt, den Geschlechtsakt symbolisch mit dem künstlerischen Schaffensprozeß zur Deckung zu bringen. Und das war, wie mir im Anblick dieses defekten Spülkastens deutlich dämmerte, ziemlicher Quatsch. Sollte ich das Manuskript je zurückbekommen, würde ich unter Umständen doch noch einige Korrekturen vornehmen müssen.

Lustlos und sozusagen bloß pro forma drückte ich mir ein paar Tropfen ab. Schließlich war ich nicht hier, um zu pinkeln.

9

Auf dem Rückweg gab ich mir, die Hose zuknöpfend, einen Ruck. Sollten die beiden doch von mir denken, was sie wollten. Ich hatte schließlich meine Zeit nicht im Lotto gewonnen. Haben Sie eine Plastiktüte mit ... mit Papier, mit beschriebenem Papier auf dem Klo gefunden? würde ich frank und frei fragen – und das konnte doch wirklich nicht allzuschwer fallen, weder mir noch den Monteuren.

Ich stieß zu allem entschlossen die Tür auf, sagte: – Haben Sie eine Plas ... und verstummte verblüfft.

Während meiner forschenden Abwesenheit waren äußerst merkwürdige Dinge in dem überheizten Büro vorgegangen: Der Tisch war tadellos aufgeräumt, offensichtlich sogar mit einem feuchten Lappen saubergewischt worden, denn sein Resopal strahlte in einer Art dankbarem Glanz. In der Tischmitte stand nur noch ein einsamer, geleerter Aschenbecher, und die beiden Blaumänner saßen zeitungslos, jeder eine frische Flasche Bier vor sich, mit dem Ausdruck gespannter Erwartung auf ihren Stühlen. Auch an meinem Platz harrte eine weitere Flasche Pils kommender Ereignisse.

Was war passiert? War der Chef im Anmarsch? Die beiden sahen mich an, tauschten dann untereinander einen Blick, in dem unverhohlen Verabredungen mitschwangen, und schließlich räusperte sich der Dicke, blickte mir fest ins Auge und fragte: – Spielen Sie Skat?

Mir fiel es wie Schuppen von den Augen. Längst schon vor Carol Reeds Filmklassiker wurde in Deutschlands Wohnstuben, Kneipen, Eisenbahnabteilen oder Werkstatthinterzimmern allenthalben fieberhaft nach Dem dritten Mann gefahndet: Das notorisch fehlende Glied, das *missing link* zur Etablierung einer funktionstüchtigen Skatrunde – hier wurde es in meiner Wenigkeit gefunden. Wer erinnert sich nicht an jenen Fernsehsketch Loriots, in dem dieser von Weizsäcker des deutschen Humors in der Maske des blassen Durchschnittsbürgers, Typ durchreisender Handelsvertreter, allein am Tisch einer kleinstkarierten Provinzkneipe hockt. Am Nebentisch lauern zwei gestandene Skatprofis, die Karten schon nervös in Händen, Bock- und Ramschgier im Blick. Auf ihre unausweichliche Frage an Loriot: «Spielen Sie Skat?» antwortet dieser, wahrheitsgemäß und korrekt, doch für die Reizfanatiker höchst mißverständlich: «Im Augenblick nicht...» – womit dann ein hochkomisches Verhängnis seinen unheilvollen Lauf nimmt.

Das konnte mir nicht passieren. Da bin ich aus anderem Holz!

– Aber immer, versetzte ich draufgängerisch, genaugenommen ebenfalls eine mißverständliche Antwort, an der aber niemand Anstoß nahm.

Der Dicke zog ein mit Gummiband gebündeltes Kartenspiel aus seiner Brusttasche, der Junge griff sich ein Stück Papier und zog Linien darauf, was der Dicke mit der Bemerkung kommentierte: – Wer schreibt, der bleibt.

Gerade ein geflügeltes Wort wie dieses, mit seinen tief in die Problematik literarischer Wirkungsgeschichte reichenden Ambiguitäten, ist vorzüglich dazu angetan, das verwunderte Stirnrunzeln manchen Lesers zu glätten und der Frage zuvorzukommen, warum ein weder ungebildeter noch ästhetisch unempfänglicher Feingeist wie der Schriftsteller Lukas Domcik sich nicht entblödete, hier Hand an einen Zeitvertreib zu legen, der unter seinen Gegnern und Verächtern als Stumpfsinn in Reinkultur gilt, als Zeittotschläger frustrierter Familienväter, durchsetzt mit chauvinistischer Stammtisch-Politisiererei, günstigstenfalls noch als proletarisches Spiel, mit dem das lange Warten auf die Revolution überbrückt wird? Auch Bert Brecht war, wie man weiß, ein leidenschaftlicher und, Augenzeugenberichten zufolge, gerissener Skatspieler, und ich bin sicher, daß diese Leidenschaft nicht hinlänglich abzuleiten ist, interpretiert man sie lediglich als Solidaritätsgeste gegenüber den Verdammten dieser Erde. Die Dinge liegen eben gelegentlich komplizierter, als mancher sich aufgeklärt dünkende Skatverächter sich träumen läßt.

Indem ich als Mittelhand in die Runde einstieg, hegte ich natürlich noch den Hintergedanken, auf diese Weise das Vertrauen meiner Mitspieler zu erobern, in einer Spielpause die Manuskriptfrage beiläufig anschneiden zu können und somit gewissermaßen spielerisch wieder in den Besitz meines Meisterwerks zu gelangen oder zumindest auf dessen Spur. Gleichwohl war meine Beteiligung an der Runde nicht ausschließlich derart strategisch vermittelt; denn ich spiele gern und, die bei Selbsteinschätzungen übliche Betriebsblindheit in Rechnung gestellt, sogar recht gut Skat, seit meine Großmutter-selig meinem Bruder und mir an langen, noch fernsehlosen Winterabenden den Reiz des Reizens, Stechens und Jungfraubleibens eingeflößt hatte. Und meine Großmutter war, das ist verbürgt, die gewiefteste Skatspielerin, die je zu Null und Grand geblasen hat. Daß mein Bruder und ich hin und wieder gewannen, lag ausschließlich an der chronischen Gehörschwäche der alten Dame, die wir hemmungslos ausnutzten, um überhaupt auch nur ein Zipfelchen Land zu sehen. Sie wußte das – und ließ es altersweise durchgehen. Wenn Anna und Jakob erst einmal so weit sind, daß sie bis achtzehn und zwanzig zählen können, dann wird es bei uns zu Hause auch wieder rundgehen, selbst wenn Nora dabei bleiben sollte, Skat «öde» zu finden. Sie strickt lieber. Warum sie dies ewige Zwei-links, Zwei-rechts *nicht* öde findet, entzieht sich meiner Kenntnis.

Unser Spiel am aufgeräumten Bürotisch war inzwischen, wie der Fachmann zu sagen pflegt, warm geworden. «Herz hat ein jeder» und «Hand hat alles», «Langer Weg, kurze Farbe» und «Null ist Contra», «Geben, hören, sagen» und «Dick rein, gesagt wird nichts» – ungesagt blieb von diesen tiefen Weis- und Wahrheiten keine. Neu war mir der von Heinz, so der Name des Dicken, der mir ebenso wie der des Jungen, Jan, nun, da ich in ihrem Bunde der dritte war, nicht mehr vorenthalten wurde, neu also war mir der markante Ausspruch «Auf dem Tisch müssen sie sterben», den Heinz von sich zu geben pflegte, wenn er volle Stiche nach Hause brachte. Jans Skat-Wortschatz war noch nicht so reichhaltig entwickelt; immerhin war ihm der Vers «Aus dem Keller dröhnt es dumpf, Dame, Bube, Herz ist Trumpf» geläufig, den er ein ums andere Mal zum besten gab, selbst wenn Pik Trumpf war. Er legte auch noch einen aggressiv-ungestümen Sturm-und-Drang-Stil an den Tag, dem routinierte Abgeklärtheit ganz abging, so daß er nicht selten ins Messer unserer gelassenen Contras lief, die er mit voreiligen Res zudem unnötig und zu seinem Nachteil dramatisierte. Demgegenüber entpuppte sich Heinz als Skatroutinier reinsten Wassers, der eine abwartende Defensivtaktik bevorzugte, die aber niemals ins Hinterhältige abglitt, so daß man von «mauern» nicht sprechen konnte. Ich selbst hielt eine gesunde Mittellage zwischen den Stilen, analytisch, doch auch spontanen Intuitionen folgend, durchaus kämpferisch, doch stets mit aller gebotenen Vorsicht. Leser meiner Bücher dürften in der Art meines Skatspiels unschwer auch meine stilistischen Eigenheiten wiederentdecken. Meine, wenn man so will, ironische Spielweise verschaffte mir rasch ein bequemes Punktepolster, und an Kommentaren wie «astrein geschnitten», «goldrichtig angezogen» oder «sauber blankgespielt» merkte ich, daß ich im Ansehen Heinz' stieg.

Schon sah ich den Moment gekommen, ganz nebenbei mein Manuskript zur Sprache zu bringen, als Jan nach einem überraschend gewonnenen Null ouvert die Bemerkung «sauber weggewichst» fallenließ, womit ein plötzlicher Erinnerungsschub an jenes Kapitel des Romans in mir ausgelöst wurde, in dem Franz Kienast während der zweitägigen Pokerpartie mit dem geheimnisvollen Fremden im Zug versteht, wie seine pubertären Onanieorgien durch seine Spielsucht ersetzt worden sind: Die Betonung der leidenschaftlichen Tätigkeit der Hände, Mischen, Austeilen, Einstreichen und so fort, ist für diese Ableitung ausschlaggebend. Wirklich ist, denkt Kienast in Analogie zu Freud, dessen Theorien er eigentlich feind ist, die Spielwut ein

Äquivalent des alten Onaniezwangs. Mit keinem anderen Wort als «Spielen» war in Kienasts Kinderstube die Betätigung der Hände am Genitale benannt und euphemisiert worden.

Kienasts Onaniezwang im Kòpf statt die richtigen Abkommer auf der Hand, verlor ich das erste Spiel der jetzt einsetzenden Ramschrunde haushoch, da Heinz tückisch geschoben hatte und Jan darüber hinaus Jungfrau blieb. Jan verschwand nach diesem Erfolgserlebnis für einen Moment auf dem Klo, kam zurück und kratzte sich, bevor er sich wieder zu uns setzte, noch einmal genießerisch grinsend am Sack, womit meine Konzentration völlig zusammenbrach. Statt abgespielte Karten und Augen mitzuzählen, versuchte ich mich daran zu erinnern, warum überhaupt und wie sich im Roman die philosophischen Implikationen der Spieltheorie in ihrer Entgegensetzung von Freiheit und Notwendigkeit, von Spontaneität und Ordnung wiederfinden. Diese Entgegensetzung ließ ich, wenn ich mich recht erinnerte, auf denselben Dualismus von Subjekt und Objekt zurückgehen, der die Illusionstheorie infiziert. Beiden liegt die Vorstellung zugrunde, daß ästhetische Erfahrung Erleichterung und Entrinnen vom Druck der Wirklichkeit sei. Vorausgesetzt ist bei meinem Protagonisten Kienast natürlich, daß Freiheit nur dann erlangt werden kann, wenn persönliche Aktivität von der Kontrolle durch objektive Faktoren gelöst wird. Aber gerade die Existenz, wenn es denn überhaupt noch eine Existenz war, eines Kunstwerks wie «Nachtexpress nach Babylon» macht deutlich, daß es keinen solchen Gegensatz zwischen der Spontaneität des Subjekts und objektiver Ordnung und normativem Gesetz gibt. In meinem Roman wird das spielerische Verhalten zum Interesse an der Umwandlung des Materials, das dem Zweck einer sich langsam entwickelnden Erfahrung dient. Wunsch und Bedürfnis können nur durch objektives Material erfüllt werden, und deshalb ist das Spiel ebenfalls an einem Objekt interessiert, was ich erst neulich an Jakob beobachtet hatte, als er...

– Ich bin gesund, hörte ich Heinz befriedigt sagen.

– Ich auch, ergänzte Jan leicht gepreßt.

– Ich auch, schloß ich mich ohne nachzudenken der Mehrheit an und mußte im folgenden Spiel feststellen, daß ich alles andere als gesund war und also mit den beiden Alten auf der Faust doch viel besser Grand Hand gespielt hätte, doch die manische Erinnerung an den Roman raubte mir die Sinne, und während Heinz und Jan feixend ein Pfund nach dem anderen auf meine Kosten abwimmelten, sah ich vor meinem geistigen Auge Franz Kienast mit seinem falschen Vater am Schachtisch sitzen. Die außerordentliche Klarheit und Strenge des richtigen Zugs verbindet sich bei Kienast im Verlauf der Partie mit dem Gefühl eines unerbittlichen Drucks und kulminiert schließlich im erbarmungslosen Endspiel. Dem Gefühl überwältigender Meisterschaft auf der einen Seite entspricht unentrinnbare Hilflosigkeit auf der anderen. Ohnmacht und Größenwahn, die beiden Seelen, die ebenso in der Brust eines Schachspielers wie in der eines Schriftstellers ihre Heimstätten finden, vermischen sich unheilvoll. Der analsadistische Charakter des Spiels ist für Kienast die Ursache, daß die Partie so glänzend dafür geeignet ist, sowohl die homosexuelle als auch die feindliche Seite des Sohn-Vater-Verhältnisses zu befriedigen. Im Schach gibt es

318 979 654 000 Möglichkeiten (in Worten: Dreihundertachtzehnmilliardenneunhundertneunundsiebzigmillionensechshundertvierundfünfzigtausend), die ersten vier Züge zu spielen; bei den ersten zehn Zügen erhöht sich die Zahl auf ungefähr 169 518 829 100 544 000 000 000 000 000 (in Worten: Einhundertneunundsechzig... also, das bekomme ich nicht auf die Reihe, und ich wage sogar zu bezweifeln, ob ein italienischer Finanzminister diese Zahl verbal auf die Reihe bekäme; wahrscheinlich ist nur ein Finanzgenie wie Dagobert Duck zu solcher Sprachgewalt fähig). Und ich brachte auch nicht mehr auf die Reihe, welchen Sinn diese Unsinnsziffern im «Nachtexpress nach Babylon» überhaupt haben, brachte es mithin auch nicht mehr auf die Reihe, wieviel Augen meiner Pik-Flöte inzwischen bereits von Jan und Heinz abgewimmelt worden waren und hatte, ohne mir dessen sonderlich bewußt geworden zu sein, den dritten Ramsch in Folge vergeigt.

Heinz rieb sich die Hände. Jan wußte nicht, wie ihm geschah, daß er mit seinen Katastrophenblättern so ungeschoren über die Runden kam.

Ich hatte inzwischen vier oder fünf Bier getrunken und verspürte den Drang, diese abzuschlagen. Während ich dem Klo nun jene Funktionserfüllung zukommen ließ, die ich ihm vorhin lediglich symbolisch hatte angedeihen lassen, kam ich wieder zu mir. Es war falsch, im «Nachtexpress nach Babylon» Schach spielen zu lassen. Auch das mußte also noch geändert werden! Skat mußte gespielt werden, Skat. Denn der Reiz dieses Spiels lag doch wesentlich im Kampf des einzelnen gegen die doppelte Übermacht, bildete also eine Chiffre für Franz Kienasts

Kampf gegen das Doppelagententum. Hinzu kamen die ständig wechselnden Koalitionen, die es erforderlich machten, sich spontan auf verschiedene Spielstile und Mentalitäten einzustellen, womit ich im Roman die Promiskuität von Doris symbolisieren könnte, die ja schließlich in dem verhängnisvollen Dreiecksverhältnis aufgehoben wird. Und nicht zu vergessen war der Ramsch, jene quasi anarchistische Variante des Spiels, in der jeder gegen jeden antrat. Da lag sie doch auf der Hand, die sinnlich konkrete Form des Menschen als Wolf des Menschen, die spielerische Umsetzung des babylonischen Prinzips an und für sich, die…

– Chef hat eben angerufen, empfing mich Heinz, als ich wieder ins Büro kam. – Kommt doch nicht mehr. Hier, du hebst ab.

Ich hob ab, ließ «Nachtexpress nach Babylon» für heute abend fahren, wohin er wollte. Und jetzt spielte ich wirklich. Für diesen Abend erteilte ich mir Absolution von dem Druck, das Werk wiederzufinden: Morgen wäre wohl auch noch ein Tag. Es wurden wunderbar gedankenlose Stunden; ewig hätte ich so sitzen bleiben können, in Mittelhand. Langsam, aber sicher holte ich die im Ramsch erlittenen Verluste wieder auf, und irgendwann begannen wir alle, in unregelmäßigen Abständen zu gähnen.

– Letzte Runde? fragte einer von uns gegen zwei Uhr morgens, und die anderen beiden nickten.

Mir blieb es vergönnt, das letzte Spiel der letzten Runde zu machen, nachdem ich den hartnäckigen Heinz hoch hatte ausreizen müssen, was ihn zu der Bemerkung veranlaßte, jetzt sei er aber mal *sehr* gespannt.

Ich spielte als Hinterhand Pik ohne sechs Spitzen (!) mit

nur vier Trümpfen und gewann haushoch, zwangsläufig Schneider. Heinz und Jan spielten fehlerfrei. Vorhand (Heinz) hatte zwei Drittel der Augenzahl von Mittelhand (Jan). Und jetzt frage ich Sie: Wie waren die Karten verteilt?

10

Hatte ich Sie auf Seite 87 nicht ausdrücklich gebeten, mich daran zu erinnern, Kerzen für den Weihnachtsbaum einzukaufen? Und? Sie hätten mich nicht beim Skatspielen stören wollen? Zugegeben, eine vergleichsweise honorige Entschuldigung, aber... Wie bitte? Derartige Eingriffe des Lesers in den Text seien gar nicht möglich? Ich solle mich lieber zu meiner Vergeßlichkeit bekennen und jetzt endlich mal zur Sache kommen? Und mit diesem Autor-Leser-Spielchen aufhören, das doch der reine Quatsch...? Ich sage nur: Appellstruktur des Textes, sein Fetischcharakter, Verfremdungseffekt und...

Also gut, Sie haben recht, ich habe meine Ruhe, und der Weihnachtsbaum hat immer noch keine Kerzen. Gegenüber Nora und den Kindern hatte ich überhaupt keine Erklärung für meine Vergeßlichkeit – und übermorgen war Heiligabend! Daß ich meinem Manuskript nachgespürt hatte, wäre als Begründung noch einigermaßen akzeptabel gewesen; daß ich aber im Verlauf eines männerzermürbenden Dauerskats wie ein Hund, dem man ein rohes Kotelett vorwirft, die Witterung verloren hatte, daß mir für einige Stunden holder Sinnlosigkeit der Verbleib des verschollenen Wortkunstwerks völlig gleichgültig geworden war, daß ich, vom Druck des permanenten Künstlertums vorübergehend erlöst, nicht einmal meinen Weihnachtsmannpflichten nachgekommen war, sondern einer Leidenschaft gefrönt hatte, deren Ekstasen meiner Frau auf ewig fremd bleiben werden – dafür hätte Nora keinerlei Verständnis aufgebracht. Infolgedessen behielt ich den zweiten Teil des gestrigen Abends für mich und speiste Nora mit einer derart windigen Ausrede ab, daß ich mich nicht einmal traue, sie hier noch einmal zu Papier zu bringen.

Als Resultat der Aufholjagd nach meinem zwischenzeitlichen Einbruch beim Ramsch hatte ich gestern abend immerhin noch DM 12,34 gewonnen, die ich mir vornahm, in einen Blumenstrauß für Nora zu investieren – ein Schuldgeständnis, kombiniert mit einem Sühneopfer. Heinz und Jan hatte ich beim Abschied erklärt, heute wiederkommen zu wollen, um den japanischen Kombiwagen zu kaufen, den ich als Grund meines Erscheinens vorgeschoben hatte. Das sei ja astrein, hatte Heinz gelallt, da könne man dann gleich noch die drei offenen Runden nachspielen, während ich den unumstößlichen Vorsatz faßte, bei der Gelegenheit den Fall der Plastiktüte auf dem Klo frontal und gewissermaßen skrupellos zu klären.

Der Wagen, erzählte ich Nora, entspräche exakt unseren Bedürfnissen und läge auch preislich im Rahmen unserer Möglichkeiten, obwohl ich gar nicht wußte, was er kosten sollte.

– Welche Farbe hat er denn? wollte Nora wissen.

– Welche Farbe? Typische Frauenfrage! – Weiß nicht...

– Weiß ist auch zu empfindlich, befand sie.

– Nein, ich meine nicht die Farbe. Das ist doch auch ziemlich egal.

– Ich finds aber wichtig, sagte sie.

– Ich glaub, der ist blau, mutmaßte ich schlagfertig, da Blau Noras Lieblingsfarbe ist.

– So? sinnierte sie einen Moment. – Na gut, wir können ihn uns ja mal ansehen.

– Is der *so* blau? schaltete sich hier Anna ein und hielt mir den grünen Wachsstift vor die Nase, mit dem sie soeben sehr freie Ornamente, die offenbar einen stilisierten Weihnachtsbaum darstellen sollten, auf die Tür des Gläserschranks...

– Anna! Auf Papier! Wie oft muß ich dir noch sagen, daß du nur auf Papier malen sollst?

– Papie, Papie, maulte sie. – Papie is doof, und trollte sich schmollend.

Wir verstauten uns vier in dem R4, der wahrscheinlich so heißt, weil eigentlich nur drei Personen in ihm Platz finden, setzten Anna am Kindergarten ab und schaukelten durch Schneeregenschauer der Werkstatt entgegen.

Zu meiner Überraschung erwies sich der Wagen tatsächlich als blau, babyekelhaftblau genauer gesagt, was Nora freilich entzückte und sie dem Kauf zustimmen ließ, bevor sich noch herausstellte, daß es sich um einen *Mozdasubi Station Family LX*, Baujahr 82, mit vergleichsweise wenig Kilometern, wenn der Tachostand stimmte, aber vergleichsweise viel überflüssigem Technoschnickschnack handelte.

Heinz und Jan begrüßten mich mit einem unisono angestimmten, dröhnenden Moin, dessen Klang durch die Skatbrüderschaft herzlich gesättigt war. Die Verkaufsverhandlungen führten wir jedoch mit dem nunmehr anwesenden Chef, einem gewissen Herrn Bäkensiefkes, der aus der Intonation der Begrüßung zwischen mir und seinen trefflichen Mitarbeitern schloß, daß es sich bei mir um einen intimen Freund des Hauses handeln mußte, weshalb er seinerseits ein joviales Moin hervorschmetterte, dessen Unterton von «Na, sieht man dich auch mal wieder?» umgekehrt Jan und Heinz bestätigen mußte, daß ich in der Tat mit ihrem Chef auf vertrautem Fuße stand. Nach einer kurzen Probefahrt ließ sich Herr Bäkensiefkes jedenfalls nahezu widerstandslos um glatte DM 1000,– herunterhandeln. Nach erfolgtem Handschlag bat er uns ins Büro, zu den erforderlichen Formalitäten und einem seiner Ansicht nach noch viel erforderlicheren Schnaps. Diesen Teil des Handels überließ Nora mir, vom Blau bestochen, da sie noch dringende Weihnachtseinkäufe erledigen mußte. Ich versprach, selber noch einige notwendige Besorgungen zu machen und vor allem, *(Denken Sie an die Kerzen! Der Setzer)* danke für den Zwischenruf!, die Kerzen nicht zu vergessen, ansonsten aber unverzüglich nach Haus zu kommen, um endlich den Tannenbaum in Festtagsschale zu werfen.

Während also Nora mit Jakob in Richtung Oldenburg verschwand, ließ ich mich mit Herrn Bäkensiefkes am Bürotisch nieder, von dem inzwischen alle Spuren des Spiels getilgt waren. Längst hatte das Chaos wieder die strenge Klarheit und Logik des Skats überwuchert. Bäkensiefkes wischte mit einer routinierten Bewegung das Gröbste zur Seite, stellte Flasche und Gläser auf den Tisch, was Heinz, zweifellos mit der Sitte vertraut, einen Gebrauchtwagenkauf durch einen Schluck Ammerländer Doppelkorn zu besiegeln, veranlaßte, sich zu uns zu gesellen. Jan dokterte in der Halle an einem Trecker herum.

Zwischen Bierflaschen und «Bild-Zeitung», Boris

MACH DEN IVAN ALLE!, blätterte ich den Kaufpreis in bar, was Bäkensiefkes, der wahrscheinlich einen Scheck befürchtet hatte, in solche Begeisterung geraten ließ, daß er gleich noch eine Runde nachschenkte.

– Prost, sagte er.

– Prost, prostete ich zurück.

– Moin, sagte Heinz, eine mir gänzlich neue Variante, die aber die bereits angedeutete Multifunktionalität dieses tiefsinnigen Zauberworts nachdrücklich unterstrich.

Und dann, Franz Kienast nicht unähnlich, der, um von seinem eigentlichen Anliegen abzulenken, die bronzene Pinguinstatue aus Zypern ankauft und mit dem Hehler eine Flasche Whisky leert, was dazu führt, daß er schließlich weder Geld noch Statue noch die gewünschten Informationen hat, dafür aber einen Vollrausch und eine Beule am Hinterkopf, kam ich listenreich zur Sache. Um den wackeren Handwerksmeister Bäkensiefkes nebst seinem Altgesellen Heinz nicht in unnötige Verwirrung zu stürzen, ließ ich in meiner stark gerafften Darstellung des Kasus alles fort, was nach schriftstellerisch-spinnerter Lebensuntüchtigkeit gerochen hätte und sprach lediglich davon, daß der papierene Inhalt der Plastiktüte für mich von größter Wichtigkeit sei.

– Geschäftsunterlagen. Sie verstehen? Worauf die beiden bedeutungsschwer nickten.

Jawohl, sagte zu meiner unbeschreiblichen Erleichterung Herr Bäkensiefkes, an diese Tüte könne er sich genau erinnern. Das heiße, an die Tüte eigentlich gar nicht (das ging ja gut los!), aber an das Papier. Mit dem sei nämlich ein Kunde aus dem Lokus, der Toilette, meine er, gekommen, habe den Stapel geschwenkt und gefragt, ob er ihn behalten könne. Nachdem er, Bäkensiefkes, sich durch einen kurzen Einblick vergewissert habe, daß es sich lediglich um wertloses Altpapier habe handeln können – er habe ja, pardon!, nicht ahnen können, daß derartig wichtige Geschäftsunterlagen auf geradezu kriminellen Umwegen auf seinem bescheidenen Lokus, seiner Toilette, meine er, gelandet seien –, habe er zugestimmt. Und der Kunde sei mit dem Papier abgezogen.

– Wissen Sie noch, wer der Kunde war? Sein Name? Wo er wohnt? Und hat er das ganze Papier mitgenommen? Was ist aus der Tüte geworden? Wie...

– Immer langsam. Immer eins nach dem anderen, mahnte Herr Bäkensiefkes zur Besonnenheit.

Der Kunde sei ein gewisser Herr Teetke oder Lietke oder so ähnlich, der... – Moment mal, ich hab da ja noch den Rechnungsbeleg. Und Bäkensiefkes griff mit erstaunlicher Zielstrebigkeit in das wüste Durcheinander auf seinem Schreibtisch, hob einige lose Blätter an, ließ sie wieder sinken, klappte überquellende Aktenordner auf und zu, bekam schließlich das gesuchte Blatt zu fassen, sagte: – Na bitte, und las: – Rolf Betge, Haarenbrückenweg 19, Oldenburg. War ein VW-Käfer, grün, glaub ich...

– Ne, gelb, unterbrach Heinz.

– Egal, sagte Bäkensiefkes, – daß die Leute so was überhaupt noch fahren! Er schüttelte mitleidig den Kopf.

– Kupplung war hin, Getriebe schon angekratzt, Ölwechsel haben wir auch noch gemacht und...

– Das reicht, unterbrach ich ihn. – Danke, danke. Die Anschrift hatte ich mir notiert. – Aber die Plastiktüte, sagte ich, – ich meine, vielleicht hat dieser Herr Betge ja nicht das ganze Manus..., ich meine, vielleicht hat er nicht sämtliche Unterlagen an sich genommen.

– Tja... Bäkensiefkes kratzte sich die Glatze, schenkte eine weitere Runde Korn aus und zuckte mit den Schultern. Das wisse er natürlich nicht. Altpapier, Kartons und dergleichen würden in dem Container vorne an der Straße gesammelt und alle vierzehn Tage von einem Altpapierverwerter abgeholt. Und dieser Abholtag, der...

– Der war gestern, sagte ich tonlos, dachte an den Lkw, der den Container geleert hatte, als ich eben angekommen war, und sank in mich zusammen. Statt den Container zu durchsuchen, was unmittelbar logisch gewesen wäre, hatte ich Idiot mich in eine Skatrunde locken lassen.

Ob aber die Plastiktüte, unterbrach Bäkensiefkes meine selbstquälerischen Grübeleien, oder deren Inhalt, wenn sie denn überhaupt noch einen Inhalt gehabt habe, in den Container gewandert sei, das wisse er, Bäkensiefkes, natürlich nicht. Und auch Heinz schüttelte in einer Mischung aus Ahnungslosigkeit und Desinteresse den Kopf. Es hätte mich nicht gewundert, wenn er diesen Ausdruck nicht gestisch, sondern durch ein entsprechend resignativ intoniertes Moin zustande gebracht hätte. Doch da leuchtete Heinz unter dem Blitz einer plötzlichen Eingebung auf und sagte: – Wir können mal Jan fragen. Der ist nämlich dafür zuständig, daß hier saubergemacht wird. Und der zerreißt auch immer die Kartons und bringt sie zum Container.

– Jan! schrie Bäkensiefkes durch die Halle. – Jahann! Die Hallenwände vervielfältigten das Echo wie den Urschrei Franz Kienasts auf dem Berg Athos, wo er Einkehr hält, um sein zersplittertes Ich zusammenzusammeln. Er blickt über die Ebenen, sieht das Blau des Meeres, das sich

mit dem tieferen Blau des Himmels vermählt, und...
– Jaaaan! Komm mal eben her!

Metall knallte auf den Betonfußboden. Die Schritte des Lehrlings klatschten durch die Halle. Ölverschmiert und mürrisch erschien er in der Tür. – Was ist?

Bäkensiefkes setzte ihn überraschend präzise ins Bild, doch Jan reagierte achselzuckend: – Nö, keine Ahnung. Mit einem neidvollen Blick streifte er die Kornflasche und die Gläser.

– Na, ist gut, murmelte Bäkensiefkes, – dann mach man weiter.

Und Jan schlurfte wieder ins Halbdunkel seiner Werktätigkeit. Ich verabschiedete mich mit gemischten Gefühlen. Immerhin hatte ich eine handfeste Spur, die nach Oldenburg führte. Im Grunde war das mehr, als ich bei realistischer Betrachtung der Lage hatte erwarten dürfen. Aber ich bin meist kein Realist.

Jan wurde angewiesen, meinen neuen Gebrauchtwagen mit einer roten Nummer zu versehen, damit ich ihn nach Westerstede zur Zulassungsstelle bringen konnte. Heinz führte mich auf den Hof.

– Übrigens, sagte er unvermittelt, – der Karo ohne Drei, den Jan vergeigt hat, da hätten wir ihn sogar Schneider machen können, wenn ich die Zehn gehalten hätte und...

Ich könne mich nicht genau erinnern, sagte ich wahrheitsgetreu, und habe es im Moment auch eher eilig. Wann wir denn die noch offenen Runden nachspielen wollten? erkundigte sich Heinz, was ich mit einem vagen «Nach Weihnachten» beschied.

Jan stand neben meiner Neuerwerbung, den Schraubenschlüssel in der Hand. – Mir ist da noch was eingefallen, sagte er, als Heinz bereits wieder in der Halle verschwunden war. – Vor drei Tagen war Gerold Gerdes hier. Weingroßhändler ist der. Er brauchte etwas, um eine schiefstehende Kiste in seinem Kombi auszugleichen. Und ich hatte gerade Altpapier zum Container getragen. Ich glaube, der Gerdes hat diese Tüte genommen. Und da muß auch noch was drin gewesen sein.

– Bist du dir sicher?

– Glaub schon, nickte Jan. – Der Gerdes hat nämlich noch so 'n Spruch gemacht, Käse zu Wein, das paßt doch, so in der Art.

Ich wußte nicht, ob ich fluchen oder mich freuen sollte. Kaum daß ich die Spur gefunden hatte, teilte sie sich bereits. Immerhin war Jans Information konkret. Ich gab ihm einen Zwanzig-Mark-Schein, und er nannte mir im Gegenzug die Anschrift des Gerold Gerdes aus Rastede.

Und nun hatte ich es eilig. Wohin zuerst? Herr Betge? Oder Gerold Gerdes? Ich beschloß, in alphabetischer Reihenfolge vorzugehen und lenkte den Mozdasubi gen Oldenburg, gab Gas und dachte: Je falscher die Richtung, desto sinnloser das Tempo. Franz Kienast, als er mit der Concorde nach Rio fliegt, notiert sich diesen Satz in einem ersten Schub von Selbstkritik in seinem berühmten braunen Notizbuch, an dem ihn später der verschollen geglaubte Bruder erkennt. Als Kienast in Rio aufs Rollfeld tritt, sieht er schon von weitem...

OLDENBURG, sagte das Ortsschild. 50 km mahnte das Verkehrszeichen.

11

Nie wäre der unsportlich-komfortable, familiengerechte Kombiwagen aus dem Land der aufgehenden Sonne und aus mittlerweile vierter Hand dazu in der Lage gewesen, selbst wenn sein besonnener neuer Besitzer in einem Anfall von Geschwindigkeitsfanatismus das Gaspedal durchs nicht mehr ganz rostfreie Bodenblech getreten hätte, in das auszubrechen, was schon rein semantisch ins pathologisch-weite Feld des Irrsinns lappt: Raserei. Jede automobilistische Tor- und Tollheit liegt mir ebenso fern wie jene gelackte Yuppie-Literatur, die uns derzeit manche Verlage als allerletzten Schrei der Postmoderne anzudienen versuchen.

Obwohl ich bekanntlich ein angesagter Feind aller Betroffenheits- und Autobiographie-Schreiberei bin, muß das schonungslose Selbstzeugnis in Sachen automobiler Geschwindigkeit an dieser Stelle publik gemacht werden, um nicht in den schmierigen Verdacht zu geraten, ich sei bezahlter oder – was schlimmer wäre – unbezahlter Wasserträger für die temposüchtigen Mühlen des ADAC. Was nämlich den Autofahrer, der es im Oldenburger Straßenverkehr zufällig und ausnahmsweise einmal eilig hat, wie ein in Zeitlupe geschwungener Vorschlagshammer in die

Polster seines Automobils depressiert, das ist das auf hiesigen Straßen angeschlagene (ich zögere, das mißverständliche Wort niederzuschreiben) «Tempo». Tempo? In Oldenburg? Je nun... Das Wort bezeichnet ein Relatives: Ein Un- oder Nicht-Tempo kann es in der Bewegung nicht geben. Oder etwa doch? Erfüllen die auf Oldenburgs Straßen praktizierten 45 bis maximal 49 Stundenkilometer nicht geradezu frappierend den Tatbestand des physikalisch unmöglichen Tempo-Gegenteils?

Wahrhaft quälende, in relativitätstheoretische Dimensionen lappende Grübeleien, die mich bei dem Versuch überkamen, möglichst unverzüglich bei Herrn Betge vorzusprechen, um im Anschluß daran den Wagen anzumelden und auf dem Rückweg eventuell sogar noch den Weingroßhändler Gerdes heimzusuchen. Allein, mit der Unverzüglichkeit war es nicht so weit her, gestattete doch das Oldenburger Verkehrsaufkommen schlichtweg keine Unverzüglichkeit. Gewiß: Die Straßenverkehrsordnung wollte es, nahm man sie sklavisch beim Wort, scheinbar so – oder doch zumindest fast so, denn exakt 50 wären, wie entsprechende Hinweisschilder ausdrücklich betonten, durchaus noch im Rahmen des gesetzlich Statthaften. Und gewiß: Oldenburg war nicht Rio, nicht Rom, nicht Paris und noch nicht einmal Hamburg, Orte, an denen die Polizei ziemlich prinzipiell das erlaubte, was tempomäßig ging, damit überhaupt etwas ging – und das dann möglichst zügig. Ein in typisch oldenburgischer Schnarchfahrt dahintändelndes Fahrzeug würde an diesen Orten liberaler Geschwindigkeitsauffassung unverzüglich einer mißtrauischen Kontrolle unterzogen: Motor defekt? Fahrer besoffen?

Insofern war, das wurde mir im zähen Fluß um den aus unerfindlichen Gründen als Verkehrsknotenpunkt geltenden Pferdemarkt geradezu grell bewußt, unser Umzug, der uns im letzten Jahr aus Hamburg ins Herz des Provinziellen geführt hatte, ein fataler Fehler, der auch durch Argumente wie Kinderfreundlichkeit und Leben in vergleichsweise natürlicher Umwelt nur unwesentlich gemildert wurde.

Würde denn, fragte ich mich und sah abwechselnd auf die gähnende Tachonadel und die munter vorantickende Zeituhr, würde denn die hier ortsansässige Polizei wirklich ein- oder gar durchgreifen, führe man statt der üblichen 47,4 km/h die erlaubten 50? Selbst 51, 52, ja verwegene 53 Sachen gingen, das behaupte ich auf die Gefahr hin, mich der Verherrlichung von Straftaten schuldig zu machen, unbeanstandet durch. Warum also dennoch dies quasi masochistisch selbstauferlegte, in der Seele des hier häusigen Menschenschlags offenbar tief verwurzelte, das Erlaubte stets haarscharf unterschreitende Tempo-Limit?

War die angestrengte Konzentration schuld, die annähernd schizoid auf den kriechenden Verkehr rund um den Pferdemarkt und zugleich auf die Magie der um 48 pendelnden Tachonadel gerichtet ist und in einer Art antinervöser Unterreaktion an der Chance scheiterte, einmal im Leben über die Stränge zu schlagen und sage und schreibe satte Fuffzich zu fahren – um doch tragisch immer und immer knapp darunter zu bleiben? Hing es vielleicht mit der träge-beschaulichen Gelassenheit des norddeutschen Typus zusammen, der stets und jederzeit bereit zu sein scheint, während der Autofahrt Blumen zu pflücken oder Grünkohl zu rupfen?

Fragen über Fragen. Fragen, die bereits die Grenze zum Metaphysischen zu überschreiten drohten; Fragen, die lieber im Raum stehen oder besser noch auf der Straße liegenbleiben sollten, wo der interessierte Automobilist sie bei Tempo 48 jederzeit aufsammeln könnte; Fragen, die, als ich den gordischen Knotenpunkt Pferdemarkt durchbissen hatte, auf dessen als Verkehrsinseln bezeichneten Grünflächen wilde Kaninchen ein krisensicheres Biotop gefunden haben, Fragen also, die sich mit den noch verwirrenderen Fragen verknäulten, warum um alles in der Welt dieser Herr Betge, der einen VW-Käfer fuhr, ausgerechnet mein Manuskript an sich genommen hatte? Und warum nur einen Teil? Gefiel ihm etwa der andere Teil nicht? Unvorstellbar. Was wollte er überhaupt damit? Und wollte er überhaupt den Text? Oder ging es ihm schnöderweise nur um die beträchtliche Menge Papier, um sie zu entwürdigenden Zwecken zu verwursten wie dieser Weinhändler? Käse und Wein, das paßt doch. Unerhört. Vielleicht hatte Herr Betge im Keller eine dieser Preßanlagen zur Herstellung von Briketts aus Altpapier und verpreßte jedes ihm erreichbare Fitzelchen Bedrucktes oder Unbedrucktes als Futter für einen Kachelofen oder Kamin? Vielleicht renovierte er auch gerade seine Wohnung und benötigte Papier, um seinen wahrscheinlich geschmacklosen Teppichboden damit abzudecken, während er die Wände mit Blümchentapeten vollkleisterte? Wenn der Farbeimer dann ausgerechnet auf dem 13. Kapitel zu stehen käme, in dem ans Licht kommt, daß die ungemalten Bilder des Adoptivvaters von Kienast gar nicht im Sinne innerer Emigration ungemalt sind, sondern überhaupt nicht existieren, dann wäre das zwar ein ironischer Streich, den das dumpfe Leben der Kunst spielt, aber einer, auf den ich doch gut und gerne verzichten konnte. Allerdings: Die Idee war so übel nicht. Was, wenn ich die betreffende Passage nicht dialogisch aufbaute, wie geschehen, sondern dergestalt, daß Franz Kienast geheime Aufzeichnungen des Kunstmalers in die Hände fallen, sozusagen dessen ungeschriebene Memoiren, die aber doch wohl schriftlich vorliegen müßten, nicht ahnt, um welch erschütternde Dokumente es sich handelt, und, statt sie zu lesen, damit seine Jacke ausstopft, als er bei minus 27 Grad Celsius auf dem Bahnsteig von Hammerfest auf den Zug wartet, der... Moment, irgendwas ging mir da jetzt durcheinander. Konnte ich mich schon nicht mehr genau erinnern? Oder gab es womöglich gewisse Schieflagen in der Dramaturgie des Ganzen?

Ich mußte den Rekonstruktionsversuch abbrechen, da ich inzwischen den Haarenbrückenweg erreicht hatte. Haus Nummer 19 entpuppte sich als waldgrün gestrichenes Einfamilienhaus, dessen Architektur an die Villenbauweise des Jugendstils angelehnt, vermutlich aber erst in den zwanziger Jahren errichtet worden war. Warum war eigentlich damals noch kein Kulturtheoretiker, und davon gab es damals wie heute mehr als genug, auf die Idee verfallen, das Zitat als Stilsignum jener Epoche zu kennzeichnen? Wenn überhaupt etwas postmodern war, außer dem Leben an sich natürlich, dann doch wohl die kulturelle Entwicklung der Weimarer Republik mit all ihren Gleich- und Ungleichzeitigkeiten, ihrer Auflösung der Ismen, ihrem unvermittelten Nebeneinander von...

Betge vermerkte erwartungsgemäß, in recht neusachlicher Typographie, das Namensschild neben dem Messing-Klingelknopf, den ich energisch, willens, unmittelbar zur

Sache zu kommen, niederdrückte. Von innen hörte ich das gedämpfte Kling-Klang. Nichts rührte sich. Ich drückte wieder nieder *(Guter Reim. Der Setzer)*. Nichts. Ein dritter, diesmal Dauerdruck *(Noch besser. Der Setzer)*. Dann schlurfende Schritte, die sich zögernd der Tür näherten. Sie öffnete sich, noch von einer Vorhängekette gesichert, einen Spaltbreit. Eine alte Dame linste heraus. Frau Betge?

– Guten Tag. Entschuldigen Sie bitte die Störung. Mein Name ist Domcik. Könnte ich bitte Herrn Betge sprechen?

– Wie bitte?

Ich sah, wie die Dame an ihrem Ohr herumfummelte. Offenbar versuchte sie, dort die Antenne eines Hörgeräts in die Richtung auszurichten, aus der meine Stimme kommen mußte.

– Kann ich Herrn Betge sprechen? sagte ich lauter.

– Was denn?

– Herrn Betge! brüllte ich.

Die alte Dame zuckte zusammen. Wahrscheinlich war es ihr im gleichen Moment, da ich meine Lautstärke intensiviert hatte, gelungen, ihren Wackelkontakt zu beheben.

– Schreien Sie doch nicht so, junger Mann, sagte sie entrüstet, als wollte sie sagen: Ich bin doch nicht schwerhörig. – Was wollen Sie denn von Herrn Betge?

– Das würde ich lieber selbst mit ihm besprechen.

– Ja, also... Mein Sohn ist mit seiner Familie in Weihnachtsurlaub gefahren. Ich hüte hier nur ein. Die Blumen, der Staub. Wissen Sie, das war früher doch alles anders. Ich meine, verstehen Sie mich nicht falsch. Ich hüte natürlich gern ein, aber...

– Wann kommt Familie Betge denn zurück? heischte ich präzisere Auskunft.

– Ja, wissen Sie ... Wie bitte?

Das Hörgerät hatte wieder Störsender eingefangen. Ich wiederholte meine Frage in doppelter Lautstärke.

– Ach so, zurück, ja ... Ja, im neuen Jahr wohl, Anfang des Jahres, denke ich. Sie bleiben nicht einmal Weihnachten hier. Das ist doch traurig. Wissen Sie, so etwas hätte es früher wirklich nicht ...

– Gut, danke sehr. Ich schau dann im Januar noch einmal vorbei.

– Auf Wiedersehen, junger Mann. Und Fröhliche Weihnachten.

– Danke gleichfalls. Auf Wiederhören.

Ich wandte mich der Straße zu. Die alte Dame sah mir nach.

– Ach, Moment bitte noch. Ich drehte mich wieder zur Tür. – Sagen Sie bitte, wird das Haus hier gerade renoviert? Neue Tapeten und so?

Sie schüttelte verständnislos den Kopf.

– Oder hat Ihr Sohn vielleicht einen Kamin? Oder einen Kachelofen oder etwas in der Art?

– Sind Sie Vertreter? Oma Betges Stimme vereiste.

– Nein, nein ... Es ist nur ...

– Wir kaufen, die Tür fiel ins Schloß, – nichts! gedämpft von innen. Schlurfende Schritte.

Da stand ich nun am Haarenbrückenweg, starrte auf die träge Bewegung des Flüßchens und war genauso schlau wie vorher. In Oldenburg, ich deutete es bereits an, herrscht ein anderes Tempo als anderswo. Was du heute nicht besorgen kannst, das hat auch bis zum nächsten Jahr Zeit – das schien das Motto dieser sogenannten mittleren Großstadt zu sein. Nun ja, wollte ich im freiwillig gewählten Exil hier in der

Provinz ein Bein auf den Boden und mein Manuskript zurückbekommen, dann hatte ich mich wohl oder übel der Schwerkraft dieser trägen Verhältnisse zu beugen.

Vielleicht hatte Verleger Altmeyer gar nicht einmal so unrecht gehabt, als er mir dringend davon abriet, aus der Großstadt ins Oldenburger Umland zu ziehen.

– Literatur und Provinz, hatte er geunkt, – schließen sich gegenseitig aus. Literatur ist schriftgewordene Urbanität. Sie werden da versauern, Domcik. Ihnen wird was ganz Entscheidendes abhanden kommen.

Und damit hatte Altmeyer ebenfalls nicht ganz unrecht gehabt, wenngleich er es anders gemeint hatte.

– Und Arno Schmidt? hatte ich gekontert. – Wo der Schreibtisch des Dichters steht, ist egal, wenn es nur der Schreibtisch eines Dichters ist.

– Ja ja ja, hatte Altmeyer abgewunken, – Schmidt, verkauft sich doch alles nicht. Außerdem sind Sie Lukas Domcik, und Ihr «Nachtexpress nach Babylon», das soll, wenn ich recht informiert bin und das Exposé hält, was es verspricht, das soll doch wohl potenzierte Urbanität werden, Kritik der globalen Verstädterung, Stadt als Chiffre für Postmoderne schlechthin und so weiter et cetera pp. Kommen Sie mir hinterher aber bloß nicht mit einem «Nahverkehrszug nach Wiefelstede» an, oder wie Ihr Kaff da heißt.

– In Wiefelstede gibts gar keinen Bahnhof, hatte ich geantwortet, aber Altmeyer war schon aus Ralf Scholz' Zimmer verschwunden, in dem diese denkwürdige Unterredung stattgefunden hatte.

Scholz versuchte in seiner Eigenschaft als Knautschzone zwischen Verleger und Autor mich wieder aufzubauen, indem er mir aus dem Stegreif, quasi *ex aermulo*, einen druckreifen Kurzessay vorimprovisierte, in dem es darum ging, daß wir nach Lyotards Argumentation (kennt man ja!) Zeugen einer massiven Delegitimierung gesellschaftlicher Basiskodizes seien, Zeitgenossen eines zunehmenden Verschwindens des Metanarrativen zugunsten der kleinen Alltagsgeschichten, die in der Heterogenität von Sprachspielen thesauriert wären. An die Stelle der bürgerlichen Helden seien die kleinen, die zweideutig schönen Helden getreten. Vom Tod Gottes zum Tod des konzentrischen Autors und dem Tod des Vaters, von der Verspottung der Autorität, aber Vorsicht bei Altmeyer!, bis zur Revision der Lehrpläne werde die Kultur entkanonisiert, Wissen demystifiziert, werde die Sprache der Macht, der Begierde und der Täuschung dekonstruiert. Ridikülisierung und Revision aber seien klassische Formen der Subversion. Und diesen ganzen Sermon brachte Ralf Scholz dann mit einigen schwindelerregenden Analogieschlüssen in einen Zusammenhang mit Land und Provinz als Dekanonisierung des Urbanen, eine Schlußfolgerung, die ich damals nicht begriff *(Haben Sie den Rest begriffen? Ich versteh kein Wort. Der Setzer)* – und ehrlich gesagt bis heute nicht begriffen habe.

Selbst wenn ich die wolkigen, herzlich gut gemeinten Ausführungen Ralf Scholz' begriffen hätte, dann hätten sie mir am Haarenbrückenweg Nr. 19 auch nicht weitergeholfen, so daß ich mich ziemlich mutlos und frustriert ins Auto setzte, um noch vor Schalterschluß die Zulassungsstelle in Westerstede zu erreichen, was mir, ein mildes Erfolgserlebnis in der rauhen Wirklichkeit der Bürokratie und des Lebens an und für sich, auch gelang.

Zugelassen und frisch abgestempelt erreichte ich unser

Haus, wo Anna mich mit der Aufforderung empfing, unverzüglich die mitgebrachten Weihnachtsbaumkerzen auszupacken und...

– Welche Weihnachts... Ach du Scheiße!

Anna brach in Tränen aus, und Jakob, wiewohl des Metanarrativen noch nicht mächtig, heulte aus Solidarität gleich mit. Demystifiziert und entkanonisiert war schlagartig meine Rolle als treusorgender Familienvater; selbstsüchtig kam ich mir vor, und die bodenlose Enttäuschung war nur dadurch abzufedern, daß ich Anna versprach, sie heute nachmittag zum Kerzenkauf nicht nur mitzunehmen, sondern ihr auch *Kinderüberraschung* zu kaufen.

Was das ist, *Kinderüberraschung*? Sie haben recht: Mich hat wieder die Abstraktionslust übermannt, wahrscheinlich eine Spätfolge des Versuchs, Ralf Scholz zu paraphrasieren. Ich will Ihnen also *Kinderüberraschung* narrativ entfalten: Ein in dünnes, buntbedrucktes Stanniolpapier gehülltes, eiförmiges Gebilde aus *sehr* süßer Schokolade, deren Außenseite schokoladenbraun, deren Innenseite jedoch milchweiß ist, enthält in den verschiedensten Variationen jeweils ein kleines, billiges Spielzeug aus Plastik – ein Tier, ein Auto, ein Haus, ein Miniaturmusikinstrument und dergleichen (wie der Werbefachmann zu sagen pflegt:) Gimmicks mehr. Aufschlußreich ist nun, daß der Produktname *Kinderüberraschung* weder auf das zweifarbige Schokoladenei noch auf den darin dottergleich seiner Enthüllung harrenden Gimmick abhebt, sondern vielmehr auf das immaterielle Lustmoment der Überraschung, die dadurch zustande kommt, daß ein das Ei zerbeißendes Kind noch nicht weiß, auf welchen Gimmick es treffen respektive beißen wird. Nicht zuletzt deshalb weist *Kinderüberraschung* strukturelle Analogien zur Literatur auf. Denn man könnte das Schokoladenei mit dem materiellen Gebilde Buch gleichsetzen und das inwendig liegende Spielzeug mit der Materialität des Textes. Im Zerbeißen, dem lustvollen Akt des Buchaufschlagens vergleichbar, und im freien, spielerischen Umgang mit dem dort vorgefundenen Text, mithin dem Rezeptionsverhalten, entsteht die Literatur erst im Leser – und dieser Entstehungsprozeß ist immer überraschend, vorausgesetzt, daß es sich um ein gutes Buch handelt, gut wie beispielsweise «Nachtexpress nach Babylon». Handelt es sich um ein schlechtes Buch, Beispiele nenne ich hier jetzt keine, kann das natürlich auch eine Überraschung sein. Neulich hat Anna eine dieser *Kinderüberraschungen* auf der Heizung liegenlassen, was eine verklumpende Einschmelzung von Ei und Plastik im Medium des Stanniolpapiers nach sich zog. So etwas kommt vor. Und auch solche Bücher gibt es viele. Von den Lesern einmal ganz zu schweigen ...

Übrigens mahnt Nora immer wieder, die Kinder mit solchem Naschwerk nicht zu verwöhnen, allein schon der Zähne wegen. Damit hat sie recht. Zuviel Lektüre macht ja auch das Gehirn kariös, was vor allem dann lästig ist, wenn man wie ich dies Gehirn zum Verfassen eigener Bücher benötigt. Gute Zahnärzte sollten selbst keine Löcher in den Zähnen haben, sonst werden sie unglaubwürdig; und gute Schriftsteller sollten beim Lesen Maß halten und überhaupt kein Zuckerzeug lesen, das das Gehirn schädigt.

Anna und ich besorgten also *Kinderüberraschung*, die

diesmal ein grünes Plastikkrokodil enthielt, und vergaßen auch die Weihnachtsbaumkerzen nicht *(Respekt. Der Setzer)*.

Um mir einen ähnlich erfolglosen Auftritt wie bei der aushäusigen Familie Betge zu ersparen, schlug ich im Branchenbuch die Telefonnummer des Weingroßhändlers Gerold Gerdes aus Rastede nach, rief dort an und bekam von einer entweder sehr sinnlichen oder leicht beschwipsten Frauenstimme die Auskunft, Herr Gerdes sei erst wieder am 27. Dezember «vor Ort», da dann das Silvestergeschäft «abgehe». Das Weihnachtsgeschäft sei für diesmal gelaufen.

Nicht so bei uns. Da begann es erst.

12

Heilig-Abend-Morgen ist mit oder ohne Bindestrich eine unschöne Wortkonstruktion, in der das schlechthin Symbolische mit der Gewalt des Faktischen zusammengepfercht wird. Säkularisierte, weihnachtsresistente Zeitgenossen pflegen diesen Wortwechselbalg mit einem sachlichen «Morgen des 24. Dezember» zu umschiffen, doch erfüllt diese herzlos-kalte Sachlichkeit in einem Haushalt mit Kindern, die Weihnachten entgegenfiebern, aufs herbste den Tatbestand des Desillusionierend-Entzaubernden und kam insofern für uns nicht in Betracht. Es ist allerdings merkwürdig, daß sich gewisse Sprachpuristen sehr wohl am Moin eines Oldenburgers stoßen, wenn dieser sich Nachts aus einer Kneipe verabschiedet, Heilig-Abend-Morgen (mit oder ohne Bindestrich) aber wohlwollend bis bedenkenlos durchgehen lassen. Vermutlich stimmt eine mit Kindern durchsetzte Weihnachtsatmosphäre noch den hartgesottensten Karl Kraus-Epigonen milde...

– Heilichabendheilichabend! weckte mich jedenfalls Anna aus Träumen, die etwas mit tropischen Gewässern und massenhaft darin wimmelnden Gefahren zu tun hatten.

– Auftehn Papa, Heilichabend! und Jakob, der seit einigen Tagen unterwegs auf dem langen Marsch zum aufrechten Gang war, zog sich an der Bettkante hoch und unterstützte Annas Begeisterung mit einigen emphatischen «Gra-Gras», eine von ihm selbst entwickelte Lautfolge, deren Ursprung Nora und mir dunkel blieb.

Mein Interpretationsvorschlag, wir wären bei Jakobs Zeugung möglicherweise bekifft gewesen, wurde von Nora mit dem schlagenden Hinweis falsifiziert, daß ich in einem solchen Zustand erfahrungsgemäß zu Zeugungsleistungen nicht fähig sei. Wenn die Sprachentwicklung eines Kindes überhaupt ursächlich mit dem Zustand seiner Erzeuger während seiner Erzeugung in Zusammenhang gebracht werden konnte, was aber sowohl entwicklungspsychologisch wie linguistisch mehr als zweifelhaft war, dann, so Noras feinsinnige Beobachtung, würde Jakob wohl eher die Lautfolge «Mumm-Mumm» als erste Wortmeldung eines kleinkindhaften Esperanto bevorzugen. Nora hielt nämlich, was allerdings nicht mit letzter Sicherheit zu beweisen war, jenen Abend für die Transformation unseres Sohnes aus dem Stadium eines geilen Gedankens in den der Zellteilung, an dem wir nach der Party bei dem Kollegen Bernhard L. ziemlich sektselig nach Hause gekommen waren und unverzüglich damit begonnen hatten, uns gegenseitig...

Nun ja, das führt jetzt abgrundtief in familieninterne Erotika, die Sie vermutlich gar nicht interessieren und die im übrigen auch weder der Sache «Nachtexpress nach Babylon» dienen, sieht man vom Verhältnis Geist und Geschlecht einmal ab, noch der Wahrheitsfindung im Hinblick auf den Spracherwerb eines Schriftstellerkindes sonderlich zuträglich sein dürften.

– Heilichabendheilichabend! verkündete Anna aufs neue.

– Morgen, desillusionierte ich schläfrig.

– Nein, heute. Heute is Heilichabend, belehrte sie mich eines Besseren.

– Ja klar, räumte ich ein. – Aber heute abend. Jetzt ist erst Morgen.

– Nein, heute. Jetzt ist heute. Heuteheilichabend.

– Also gut. Heuteheilichabendmorgen, gähnte ich kompromißlerisch und watete aus den letzten Resten dieser tropischen Traumlagune zur Dusche, die Reflexe auf die scharfe Biegung des Flusses zurückwarf, in dessen Ufergeröll sich die Lagune ausbreitet. Zwischen den flachen Steinen des unbewegten Wassers siedeln die Krebse in einem Reich, das Franz Kienast unermeßlich scheint. Die Lagune ist ein Gewässer für sich, das sich zwischen die üppige Wirrnis des Dschungels und das schon kultivierte Areal der Plantagen hineingestohlen hat. Das Bambusrohr wächst an den drei dem Wald zugekehrten Rändern bis zu der Höhe, wo die starren Wipfel der Fächerpalmen beginnen, und auf dem wie ein dunkler Feueropal schimmernden Spiegel der Flut breiten sich in Wagenradgröße die Blätter jener Wasserrose aus, die man hier, in der urdämonischen Landschaft aller Wurzelanfänge, Tuja téta nennt, die Augen des Mondes. Franz Kienast beobachtet, wie der feuchtheiße Wind über dem unteren Flußlauf aus den Mondaugen den mehlweißen Blütenstaub hochwirbelt und ihn über das Wasser zerstreut, als wolle er aus dem feuerfarbenen Kristall ein weißes Porzellanbecken machen oder ein Schneefeld, um sich darin zu kühlen. Es ist die Paarungszeit der Krebse. In dem schlammigen Wurzelgrund sind ihre Liebesspiele von solch leidenschaftlicher Heftigkeit, daß sich armdicke Schaumringe auf dem Lagunenspiegel bilden und die schweren Blätter der Mondaugen hin und her schaukeln. Das Wasser stand mir schon bis zu den Knöcheln. Irgend etwas verstopfte den Abfluß des Duschbeckens. Ich bückte mich und fummelte mit den Fingerspitzen im Ausguß herum, bekam einen kleinen Gegenstand zu fassen und hob ihn ins Trockene: Das kleine grüne Krokodil aus Annas *Kinderüberraschung*.

Ich stellte es auf die Spiegelkonsole und betrachtete es nachdenklich, während ich mich abtrocknete. Es erinnerte mich an den einsam in U-Haft sitzenden, weihnachtswehmütigen Krokowski, der einem wahrhaft trüben Heiligabend entgegensah. Der Mann tat mir leid. Gewiß, ohne seinen unseligen Entschluß, meinen Wagen zu stehlen, steckte ich jetzt nicht in diesem schrecklichen Gestrüpp einer sich zerfasernden Spur, die mein Manuskript durchs Oldenburger Land zog. Ohne Krokowski wäre «Nachtexpress nach Babylon» von Ralf Scholz längst redigiert, das hieß: auf die Hälfte zusammengestrichen und vielleicht schon gesetzt *(Vielleicht aber auch nicht. Der Setzer)*.

Unbegreiflicherweise ergriff mich während des Frühstücks das Gefühl, Krokowski habe mir eine Art Dienst oder Gefallen erwiesen. Denn das Manuskript war, wenn schon nicht direkt fehlerhaft, so doch allemal verbesserungswürdig. Die gesamte Südamerikareise, an die mein Traum mich unter der Dusche erinnert hatte, konnte ersatzlos gestrichen werden. Was sollte dieser effektgeile Kotau vor dem plötzlichen Interesse deutscher Verlage, Kritiker und Leser an lateinamerikanischer Ekstaseliteratur, in denen mythische Vögel glutvolle Frauen schwängerten,

Macho-Männer ihre Macheten durchs Dickicht hieben und Cholera und Schlafkrankheit ganze Landstriche heimsuchten? Selbst deutsche Kollegen wie etwa Rolf Ronderschreck entdeckten plötzlich ihr Herz für Tequila, Señoritas und Tortillas und versuchten, ihre Lebens- und Schreibkrisen dadurch zu überlisten, daß sie in die Dschungel brachen wie eine Bulldozerschreibmaschine. Und warum sollte mein Franz Kienast in Brasilien auf diese dämliche Lagune starren und Krebsen bei der Paarung zuschauen, wenn er in Hamburg genausogut auf die Alster gucken und die Paarung mit Doris höchstpersönlich vornehmen konnte?

Darüber mußte noch einmal gründlich und grundsätzlich nachgedacht werden, und nun tat Krokowski mir nicht mehr nur leid, sondern vielleicht war ich ihm sogar zu Dank verpflichtet. Also packte ich kurzentschlossen ein Päckchen mit Schokolade und Noras selbstgebackenen Spekulatius, tat eine Flasche *Mumm* dazu, vergaß auch die Zigaretten nicht und deckte das ganze Arrangement dekorativ mit einem Tannenzweig und einigen Streifen Lametta ab. Dazu legte ich eine Kerze, wir hatten ja nun genug davon, sowie ein Kärtchen mit der Aufschrift *Danke für die Hilfe und Frohe Weihnachten*, unterschrieb, versah das Päckchen mit der Aufschrift *Herrn Karl Krokowski, c/o UG-Oldenburg*, fuhr, von einer kopfschüttelnden Nora verabschiedet, zum Untersuchungsgefängnis und gab mein Präsent dort an der Pforte ab. Es war Heilig-Abend-Mittag, und nun war ich auch bereit, Heilig-Abend-Abend ins Auge zu sehen.

Bei meiner Rückkehr machten Nora und Anna, assistiert von einigen zustimmenden oder ablehnenden «Gra-Gras» Jakobs, den Tannenbaum zum Objekt ihres weiblichen

Schmücktriebs. Wir haben einen Karton, in dem einmal die Belegexemplare meines Romans «Kopf-Reise» verpackt gewesen waren, und dieser sinnbeladene Karton dient nun dem Christbaumschmuck als Behältnis, in dem er übersommert und seinem großen Auftritt entgegenträumt. Da dieser Schmuck ein kunterbuntes Sammelsurium gekaufter, geschenkter, geerbter oder sonstwie an uns gekommener Dekorationsgegenstände ist, entspricht unser Tannenbaum kaum den innenarchitektonisch strengen Kriterien, die andere Kulturmenschen an die Gestaltung ihres Baumes anzulegen pflegen. Die kritisch-theoretisch motivierte kalte Schulter, die man während der siebziger Jahre dem Weihnachtsbrauchtum entgegenhielt, ist ja mittlerweile allüberall wieder aufgetaut, und nur ganz beinharte Ideologiekritiker verzichten immer noch auf jedes Weihnachtsornament – oder fahren über die Feiertage gleich nach Gran Canaria, so daß es vor der afrikanischen Küste inzwischen zu einer Art revolutionärer Kaderschmiede gekommen ist (aber nur über Weihnachten). Ansonsten wird heute wieder viel Wert auf hausgemachte Kreativität und ästhetische Stimmigkeit gelegt; man kombiniert also keine roten Äpfel mit gelben Kerzen und kein silbernes Lametta mit goldenen Sternen oder Kugeln. Ton in Ton ist angeblich angesagt, wobei in den letzten Jahren das coole Silber-Weiß zu dominieren schien.

Bei uns ist das, wie gesagt, bemerkenswert anders. Bei uns kommt alles an den Baum, was im Karton ist: kleine Holzfiguren, Weihnachtsmänner, Zwerge, Engel, Wintersportler, auch Modellautos und Miniatureisenbahnwaggons, dazu natürlich Lametta und Kugeln und Sterne und Kerzen in allen möglichen Farben.

Anna bestand außerdem darauf, daß einige Teile ihres Puppengeschirrs aufgehängt werden müßten, und zwischen einem Schokoladenkringel und einer Eichelhäherfeder, die Anna im Sommer gefunden hatte, entdeckte ich zu meiner besonderen Freude an exponierter Stelle der Gesamtkomposition auch das von mir gerettete Plastikkrokodil.

Trat man einige Schritte zurück, dann verschwammen all diese Details zu einem bunten und fröhlichen Ganzen, zu einem funkelnden Mosaik, dessen Kombination im Halbdunkel des Kerzenscheins nicht mehr rekonstruierbar war. Auf eine diffuse Art schien mir unser Baum die Kompositionstechnik des Romans zu spiegeln, aber nicht nur die meines «Nachtexpress nach Babylon», sondern die des zeitgenössischen Romans schlechthin. Eine exakte Analogiebildung war verständlicherweise nicht möglich, doch war mir so, während Heiligabend schließlich und endlich Heilig-Abend wurde, als mache am Ende wohl ein Goethe-Wort der Weisheit letzten Schluß, wurde doch auch im Anblick unseres wahrhaft postmodernen Weihnachtsbaumes nachdrücklich und unübersehbar das Unzulängliche wieder einmal Ereignis.

13

Gerold Gerdes' Groß- und Einzelhandel für Wein hieß nicht etwa *Gerold Gerdes' Groß- und Einzelhandel für Wein*, sondern *Weinboutique chez Gérard*. So prangte es jedenfalls in roter Schrift auf einem weißen, blauumrandeten Schild über dem Schaufenster, in dem sich Flaschen und Glasballons türmten. An der Eingangstür informierte ein Plakat, auf dem eine im Belle Époque-Stil breithüftig und schmaltailliert gekleidete Dame einem befrackten Herrn zuprostete (und zwar eindeutig mit Champagner, wie an den entsprechenden Schalengläsern und der Farbe des darin perlenden Getränks ersichtlich war), daß der neue Beaujolais eingetroffen sei – eine für diese Jahreszeit, man schrieb immerhin bereits den 27. Dezember, hoffnungslos veraltete Neuheit. Es sei denn, die französischen Winzer hätten inzwischen raffinierte Kultivier-, Zucht- oder zumindest Konservierungsmethoden entwickelt, die den neuen Beaujolais das Jahr hindurch neu hielten. Nach allem, was in den letzten Jahren neben der sprichwörtlichen Wahrheit aus den verschiedensten Weinen zum Vorschein gekommen war, hätte es mich auch gar nicht sonderlich überrascht, wenn in Zukunft der neue Beaujolais erst nach etlichen Jahren Kellerlagerung so richtig neu schmecken würde.

Es war morgens, zehn Uhr; eine für Weinboutiquen vermutlich nachtschlafende Zeit, denn als ich unter dem verkaufsfördernden Klingeling der Türglocke in den Laden trat, fand ich diesen menschenleer: kein Kunde, aber auch kein Personal. Der Raum war mit Kisten, Fässern und Flaschen bis unter die Decke vollgestopft, es roch nach den Ausdünstungen von mindestens sieben durchzechten Nächten. Aus den Lautsprecherboxen an der Rückwand schunkelten schwerfranzösische Akkordeonelegien, deren beschwingte Tristesse, die bekanntlich dem Rhythmus abgelauscht ist, die der Wellenschlag der Seine an den steinernen Brücken von Paris verursacht, auch Franz Kienast bezaubert, als er während seines einjährigen Aufenthalts im Quartier Latin statt Poststrukturalismus an der Sorbonne zu studieren der Nachtclubsängerin Pia Féerique verfällt. Ihr betörender Gesang erotisiert ihn so mächtig, daß er seine demütigende Hörigkeit nur brechen kann, indem er sich eigenhändig mit Handschellen an ein Heizungsrohr kettet, einen Kopfhörer aufsetzt und während des Auftritts der Féerique deren Gesang, der durch die dünne Wand dringt, mittels einer voll aufgedrehten Beethoven-Symphonie zu überdröhnen versucht. Den Schlüssel für die Handschellen wirft er aus dem Fenster, bemerkt jedoch zu spät, daß er statt Beethoven versehentlich ein Endlosband mit französischer Discomusik aufgelegt hat, deren gallischer Stumpfsinn nun pausenlos auf den Wehrlosen einstampft, was bei ihm zu einer schweren Regression des Hörens führt, die in totaler Besinnungslosigkeit endet, so daß er bei Morgengrauen von seinem Freund Jules ohnmächtig aufgefunden und vom Heizungsrohr abgesägt wird. Jules bringt ihn mittels einer

Überdosis Cognac wieder zu Bewußtsein, und inzwischen schien auch den Betreibern der Weinboutique zu Bewußtsein gekommen zu sein, daß ein unerwartet früher Kunde in ihr Etablissement vorgedrungen war.

– Moin, gähnte mir eine weibliche Altstimme durch den Perlenschnurvorhang hinterm Tresen entgegen, ein der Lokalität insofern kongenialer Gruß, als ich bereits weiter oben darauf hingewiesen habe, daß «Moin» unmittelbare Strukturanalogien zum französischen «Salut» aufweist. – Ich komm sofort, fuhr die Stimme, die gleiche, die mir telefonisch erklärt hatte, das Weihnachtsgeschäft sei gelaufen, leicht gepreßt fort, als wäre der zu der Stimme gehörige Körper soeben in eine kräftezehrende Tätigkeit verwickelt. – Muß nur mal eben die leeren... ein ohrenbetäubendes Klirren, Bersten, Scheppern, Brechen, Klackern, Deppern, Rumpeln, Rasseln, Knirschen, das verebbte, um dann in einem langgezogenen, im Falsett angestimmten: – Ach du Scheiße! zu münden.

– Kann ich helfen? rief ich pfadfinderhaft-hilfsbereit durch den Perlenvorhang, der in heftige Bewegung geraten war.

– Jetzt nicht mehr, sagte die Stimme resigniert.

Der Vorhang teilte sich und hervor trat eine beträchtliche Oberweite, der eine herzlich unfranzösisch aussehende Blondine, Typ Elke Sommer im Herbst, folgte.

– Scheißkisten, fluchte sie und strich sich ein paar verschwitzte Haarsträhnen aus den dunkel umrandeten Augen. – Zu hoch gestapelt.

Die Bemerkung erinnerte mich schlagartig an jene Stelle im «Nachtexpress nach Babylon», als Franz Kienast im Aufzug des Hotels, in dem er vorübergehend als Liftführer untergeschlüpft ist, ein Exemplar der «Bekenntnisse des Hochstaplers Felix Krull» findet, anhand des eingelegten Exlibris-Streifens die Besitzerin ausfindig macht, eine inkognito reisende Exil-Russin, und drauf und dran ist, in die nächste Affäre zu stolpern, denn sie empfängt ihn im Negligé mit den Worten...

– Was darf's sein?

– Nein, falsch. Treten Sie näher, junger Freund, sagt sie und...

– Wie bitte?

Die weibliche Altstimme brachte mich auf den Tatsachenboden *chez Gérard* zurück. Die Stelle war ebenfalls ersatzlos zu streichen.

– Pardon! beeilte ich mich, Mißverständnissen vorzubeugen, – ich meine Entschuldigung. Ich war mit meinen Gedanken gerade ganz woanders.

– Ja, ja, lächelte die Blondine, die ihre Kundschaft wohl einzuschätzen wußte. – So früh am Morgen und so kurz nach Weihnachten...

– Ich hätte gern Herrn Gerdes gesprochen, unterbrach ich ihre Spontanspekulationen über das Stadium meines Alkoholismus.

– Ach so, sagte sie nüchtern. – Jerry, sie sagte tatsächlich Jerry (wie Lewis), während ich eher, wenn überhaupt mit einem internationalisierenden Kosenamen, mit Gérard gerechnet hätte, – Jerry kommt gleich, glaub ich. Muß ja auf Liefertour, nicht.

– Kann ich auf ihn warten?

– Ob Sie das können, sagte sie kokett, – weiß ich nicht. Aber Sie dürfen, sonorte sie sinnlich und wies mir mit lasziver Geste eine Kiste voll leerer Weinflaschen als Sitzgelegenheit an. Sie verschwand wieder hinter dem Vorhang, der ihre Figur flatterhaft umschmeichelte, und machte sich, den Geräuschen nach zu urteilen, an die Beseitigung des zusammengestürzten Turmbaus aus Weinkisten.

Ich hockte auf den leeren Flaschen Bordeaux, stützte die Ellbogen auf die Knie und den Kopf in die Hände. War das Hochstapeln nicht ein wesentliches Charakteristikum unserer Gegenwart, materiell wie geistig, als Wolkenkratzer wie als Systemtheorie? «Nachtexpress nach Babylon» entlarvt diese Hochstapelei an allen Fronten, doch inzwischen zwackten mich leise Zweifel, ob die Methode, den Teufel mit Beelzebub auszutreiben, die Schaumschlägerei mit einem besonders griffigen Quirl zu stoppen, die allgemeine Wirrnis durch Darstellung des Verwirrten zu geißeln, überall überzeugend gelöst war. Auf die eine oder andere Weise mußte das Manuskript überarbeitet werden, und um es überarbeiten zu können, mußte ich es zurückbekommen. Soweit war alles klar. Denkbar war natürlich auch die Methode des pfiffigen William Goldman, der in seinem Roman «Die Brautprinzessin» nur so tut, als bearbeite er das Buch eines gewissen S. Morgenstern. Diese Editionsfiktion erlaubt ihm dann ein hemmungsloses Suhlen in Kolportage, ein Bad in allem, was einem sonst Kritik und Lektorat um die Ohren hauen würden, ohne daß der Roman selbst kolportagehaft wird. Das Modell hatte zweifellos seine Vorzüge. Wie, wenn ich auf die nervenzerfetzende Wiederbeschaffung meines Manuskripts einfach verzichtete und statt dessen einen Roman darüber schrieb, wie ein Schriftsteller seinen eigenen Roman bearbeitet, und zwar so lange und gründlich, bis von diesem Roman nichts mehr bleibt als die Erinnerung an eine größenwahnsinnige Konzeption? Nein, das war erstens viel zu literaturintern: Nichts langweiliger als diese Literatur aus und über Literatur, diese Germanistenromane, diese Dichterbekenntnisse über die Schwierigkeiten, Romane in einer Zeit zu schreiben, die keine Romane mehr zuläßt; und zweitens erinnerte es mich fatal an die naiven Anfangsgründe meiner Schriftstellerei. Ich hatte damals, als knapp zwanzigjähriger Gymnasiast, in weniger als einem Monat einen 300 Seiten-Roman mit dem Titel «Hoppla jetzt komm ich» heruntergeschrieben (und zwar noch mit Hand!), hielt die kurze Entstehungszeit für den besten Beweis meiner ausgebrochenen Genialität und schickte das Manuskript, ohne es auch nur ein einziges Mal gegengelesen zu haben, an die großen Verlage, von denen es mit vorgedruckten, Bedauern heuchelnden Ablehnungen zurückkam. Als auch die kleineren und ganz kleinen Verlage von dem Unsinn nichts wissen wollten, schob ich das nicht etwa auf die Nullsubstanz des Textes, sondern auf die mir gerüchteweise bekannte Tatsache, daß in Verlagslektoraten sowieso keine Manuskripte gelesen würden – und die von unbekannten und verkannten Genies schon gar nicht. Ich ging deshalb dazu über, in den beigefügten Anschreiben das Werk zu charakterisieren, und zwar immer ausführlicher, so daß ich schließlich, statt einen Roman mit einem Anschreiben einzuschicken, ein 300seitiges Anschreiben hergestellt hatte. Mein Glück war, daß ich zu diesem irrsinnigen Zweck das Ganze noch einmal schreiben mußte, und dabei dämmerte mir dann langsam in einem Schub erwachender Selbstkritik, wie unsäglich grauenvoll der ganze Quark war. Dieses 300seitige Anschreiben habe ich nicht etwa vernichtet, sondern an einer besonders unzugänglichen Stelle meines Archivs abgelagert. Ich bin inzwischen selbstbewußt genug, mich zu meinen Jugendsünden zu bekennen; zwar nicht gleich jetzt sofort, aber ich hätte nichts dagegen, wenn nach meinem Ableben dies Dokument ununterbietbarer Talentlosigkeit, vermischt mit spätpubertärem Größenwahn, als abschrekkendes Beispiel für hoffnungsvolle Nachwuchsautoren und solche, die es werden wollen, zur Pflichtlektüre wird. Immerhin war ich damals vorübergehend von dem Wahn befreit, Dichter werden zu müssen, studierte ordentlich und arbeitete was Vernünftiges, bis mich zehn Jahre später doch die Musen wieder heimsuchten, inzwischen aber auf ein geläutertes Gefäß trafen, in das sie sich ergießen konnten, so daß meine Bücher...

– Wollen Sie vielleicht mal unseren trockenen Sherry probieren? sang mich die Stimme der Bedienung aus meiner Vergangenheitsbewältigung. – Haben wir ganz neu im Sortiment.

Sie hatte ihre Aufräumarbeiten beendet, stand vor einem Glasballon und zapfte daraus, ohne meine Antwort abzuwarten, eine goldbraune Flüssigkeit in zwei Gläser.

– Vielleicht noch etwas früh für Alkohol, wandte ich ein, mußte mich aber von der Blonden belehren lassen, daß Sherry «eigentlich gar kein Alkohol» sei.

Sie hielt mir ein Glas hin, lächelte und flötete: – Ich bin übrigens Renate. Prost.

– Lukas, sagte ich und dachte: Na ja, ein Gläschen, was solls? – Na denn, Prost.

Der Sherry war vorzüglich.

– Gut, ja, schluckte ich und bemühte mich, eine irgendwie kennerhafte Miene aufzusetzen.

– Nicht wahr? Sie hatte sich einem Holzfäßchen zugewandt, kehrte mir ihren wohlgeformten Rücken zu, zog den Pullover mit einer streichelnden Bewegung glatt.

– Nun kosten Sie aber mal diesen hier. Halbtrocken, sehr mundig.

Sie drehte sich wieder zu mir und warf wie schmollend die kräftig bemalten Lippen auf.

– Ich, äh... wollte ich abwehren, aber da hatte ich schon ein zweites Glas in der Hand, der Farbton satter, ins Bernsteinfarbene spielend, der Geschmack süffiger, sanfter.

– Doch, ja, durchaus, nickte ich unter einigen gourmetartigen Kaubewegungen, – auch nicht übel.

– Na sehen Sie, strahlte sie mich an. – Sherry trinkt sich irgendwie immer. Ich meine, was heißt hier schon zu früh für uns zwei beide?

Sie kicherte leise vor sich hin, wobei ihr Busen in beträchtliche Wallung geriet, eine Wirkung, die ich der unscheinbaren Kicherursache eigentlich nicht zugetraut hätte.

– Noch einen?

– Ich, ich wollte eigentlich nur mit Herrn Gerdes... ich meine...

– Ach, Schnickschnack, säuselte sie. – Herr Gerdes. Der Jerry, der kommt schon noch. Der kommt immer zu spät. Oder zu früh...

Sie kicherte wieder.

– Hier, das ist unser Süßer, unser Cream.

Der Cream war in der Tat cremig und für meinen Geschmack viel zu süß.

Ich zöge doch den zweiten vor, sagte ich unvorsichtigerweise, denn ehe ich mich's versah, hatte sie bereits ein weiteres Glas vom zweiten gezapft und mir in die Hand gedrückt, wobei sie mit ihren sehr gepflegten, dunkelrot lackierten Fingernägeln über mein Handgelenk streifte.

– Medium, hauchte sie mit einem vibrierenden Timbre, das sie aus tiefsten Tiefen ihrer Kehle holte. – Medium, jaaa... Macht mir auch am meisten Spaß. Wenn Sie verstehen, was ich meine?

– Ich denke... ja, glaub schon.

– Nicht wahr? Der Trockene ist... Wie soll ich sagen? Irgendwie...

– Zu trocken? schlug ich vor.

Sie kicherte wieder.

– Nein, irgendwie zu dünn, wenn Sie verstehen, was ich meine.

– Doch doch, schluckte ich und versuchte, im Geschmack des Medium das Volumen zu entdecken.

– Und der Cream, gluckste sie, – der ist mir eben einfach zu dick. Genau in der Mitte muß er sein. Dann gefällt er mir am besten. Dann geht er am besten rein.

– Ja, ja, der Medium... Wenn ich vielleicht noch ein Gläschen...? Danke. Ja, kommt prima. Genau in der Mitte. Sie haben recht. Er hat auch so einen... so einen tiefen, dunklen Beigeschmack, wie...

– Ach ja, seufzte sie. – Das ist es. Das ist spanisch.

Sie füllte nach.

– Die Spanier, die wissen, wie man's macht. Haben Sie mal gesehen, wie die so im hohen Bogen einschenken? Wie der da reinflutscht und spritzt. Und man wundert sich immer wieder, wie die so genau zielen können. Dies schmale Glas und so ein breiter Strahl... ja.

– Ja, im Fernsehen. Ich glaub, ich hab das mal im Fernsehen gesehen...

– Ach was, sagte sie. – Fernsehen … Da muß man beigewesen sein. Das kann man im Fernsehen gar nicht richtig zeigen. Das läßt sich auch gar nicht richtig beschreiben. Ich meine, wenn der da so reinflutscht… Und dann dies leicht Sämige im Geschmack, mmmh, wie der einem auf der Zunge zergeht… aaah.

– Ich … es ist heiß hier drin.

– Ja. Der Thermostat ist kaputt. Kommen Sie, wir gehen ins Hinterzimmer. Da läßt sich das besser regeln.

Sie füllte eine leere Flasche mit Medium. Ihre Finger umklammerten den Flaschenhals. Als die Flasche langsam vollief, schob sie gemächlich ihre Hand vom Hals zum Bauch hinunter.

– Nehmen Sie Ihr Glas mit, sagte sie und schob sich durch die Vorhangschnüre, die wie tausend Finger an ihrem Körper entlangstrichen.

Im Halbdunkel des Hinterzimmers erkannte ich vage einen Schreibtisch mit Aktenordnern; an den Wänden waren Weinkisten hochgestapelt, und neben dem Schreibtisch stand eine kleine, durchgelegene Couch, auf der sie sich niederließ, die Beine übereinanderschlug und dann mit der flachen Hand leicht auf den Platz neben sich klopfte, genau wie Doris, als Franz Kienast ihr Vorhaltungen darüber machen will, daß sie in diesen billigen Pornofilmen mitgewirkt hat, einfach ihre Hand auf das Laken legt und wortlos auf- und abreibt. Er gerät völlig aus dem Konzept, kann immer nur ihre Hand anstarren, vergißt, warum er überhaupt gekommen ist, findet sich neben ihr liegend wieder, sie öffnet ihm das Hemd, ihre Hände nun auf seiner Brust, tiefer rutschend, genau in der Mitte, ihre Lippen folgen ihrer Hand, er läßt endlich allen Widerstand fallen, als, Klingeling, verkaufsfördernd die Türglocke anschlug, sie sich hastig aufrichtete, den Pullover glattzog und flüsterte: – Ach du Scheiße, Jerry kommt.

– Renate, rief es aus dem Verkaufsraum. – Renate? Wo steckst du denn?

– Komme schon, komme gleich, rief sie, öffnete eine Hintertür und schob mich hinaus.

Ich fand mich auf einem kahlen Hof zwischen überquellenden Mülleimern, aus denen überall die Reste des Weihnachtsfestes hervorlugten, leere Flaschen, Fetzen von Geschenkpapier. Irgend jemand hatte sogar schon seinen Tannenbaum abgetakelt, und er lag nun, all seines Schmucks beraubt, ein paar vergessene Lamettafäden an den kahlen Zweigen, in einem schmutzigen Haufen zusammengeschaufelten Schnees, der dem Tauwetter nicht mehr lange würde standhalten können.

Für einige Augenblicke war mir unklar, ob dieser trübe Hof das war, was ich sah, oder die Erinnerung an irgendeinen schlechten Film; ob ich auf diesem Hof stand oder nur an irgendeiner Stelle meines Manuskripts hängengeblieben war.

Wind strich um Häuserecken, blies mir die Stirn frei. Auf der Straße hupte ein Auto. Ich hatte mich wieder.

14

Karl Kraus, der offenbar schwer Bescheid wußte, hat einmal «die Frauenseele» im Ergebnis folgender Bruchrechnung zu ermitteln versucht:

> X zum Quadrat plus Wurzel aus einunddreißig mal vier minus zwanzig plus vier mal sechs minus Klammer auf vier mal zwei Klammer zu plus Y zum Quadrat plus zwei mal Y minus Klammer auf nullkommadreiundfünfzig plus nullkommasiebenundvierzig Klammer zu
>
> – Bruchstrich –
>
> Klammer auf X plus Y Klammer zu zum Quadrat minus drei mal acht plus sechs minus sechs mal zwei

F zweihundertachtundachtzig Komma eintausendundneun Komma S. fünfzehn ist nicht etwa das Resultat, sondern die Quellenangabe dieser Rechnung, damit niemand auf die Idee kommt, ich hätte mir dies komplex-komplizierte Zahlengefüge aus den Fingern gesogen.

Ich habe übrigens vergeblich versucht, diesen Bruch zu einer irgendwie sinnstiftenden Zahl zusammenzukürzen. Entweder hat sich in Karl Kraus' Berechnungen ein Denk- oder Druckfehler eingeschlichen, oder die Unlösbarkeit hängt damit zusammen, daß sich selbst die Mathematik verrechnet, wenn eine Frau im Spiel ist. Während Franz Kienast letzterem zuneigt, lassen meine eigenen, sozusagen autobiographischen Erfahrungen beide Möglichkeiten zu. Beispielsweise scheinen bei Renate aus der Weinboutique Frauenseele und angewandte Mathematik in heftiger Fehde miteinander gelegen zu haben, hätte sie es sich doch an fünf Fingern ausrechnen können, daß ihr famoser Jerry irgendwann auftauchen mußte, um die von ihr eingefädelte Sherry-Probe, die gerade im Begriff war, richtig gemütlich zu werden, platzen zu lassen. Andererseits vermag Nora, wenn es ihr paßt, die sprichwörtlichen zwei und zwei zum positivistisch-korrekten Ergebnis zu addieren – und zwar mit größerer Selbstverständlichkeit, als mir dies bisweilen gelingt.

Denn die Mathematik Mathematik sein zu lassen, das Wahrscheinliche gelegentlich zum Unwahrscheinlichen zu beugen (und umgekehrt), das ist doch gerade einer der größten und erfreulichsten Vorzüge einer dichterischen Existenz. Manchmal wünsche ich mir jene Schulstunden zurück, in denen mein Mathematiklehrer Dorke mich mit Bannflüchen wie «Ziffernignorant» oder «geometrische Ahnungslosigkeit» belegte. Ich würde ihm heute entgegenschleudern, daß sich hinter Ignoranz und Ahnungslosigkeit in Wahrheit der romantische, doch hochnotwendige Protest eines unterdrückten ästhetischen Bewußtseins verbirgt, das gegen die Vermessung und Verzifferung der Welt aufbegehrt, um die Diktatur des Kausalnexus zu brechen. Die Chance zu solcher Schlagfertigkeit hatte ich freilich schon damals gehabt – und kläglich vertan; denn auf die resignierende Frage des Mathematiklehrers: «Domcik, was wollen Sie bloß mal werden?», antwortete ich nicht etwa «Dichter», sondern, zur durchaus beabsichtigten Erheiterung der Klasse: «interstellarer Kernphysiker»; eine Erheiterung, die Zahlmann, so der wenig originelle Spitzname Dorkes, mit der Bemerkung trockenlegte, in dem Falle empfehle er mir eine einjährige Wiederholung des Stoffes.

Und so geschah es. Doch hat auch diese Wiederholung mich nicht vor der Schriftstellerei bewahren können. Wer nichts wird, wird Wirt; wer bei Pi nicht Kreisumfang assoziiert, sondern kindliches Urinalverhalten oder bestenfalls einen Buchstaben des griechischen Alphabets, der ist Psychologe geworden – oder Schriftsteller. Wenn so einer dann die Frauenseele mathematisch materialisieren will, kann sich natürlich schon mal der eine oder andere Fehler einschleichen. Und Karl Kraus hat dann auch, soweit ich sehe, im weiteren Verlauf seines Schaffens darauf verzichtet, Geist und Geschlecht mathematisch ins Verhältnis zu setzen. Nur den Bruchstrich, der an seiner Formel vermutlich das Wesentliche ist, diesen Bruchstrich zwischen Werk und Weib, den hat er immer wieder gezogen. Und das hätte ich mir eine Lehre sein sollen lassen, als ich mich von Renates Sherry-Verkostung becircen und beinah übermannen ließ. Denn nun war mein Textbegehren weiterhin ungestillt, und meine Hände, die sich von den Gehalten des Pullovers dieser Dame hatten irreleiten lassen, waren so leer wie zuvor.

Nora erklärte ich, wieder mal auf die Sekunde unpünktlich gewesen zu sein und Gerold Gerdes knapp verpaßt zu haben. Doch die hektische Vielwortigkeit, mit der ich meinen unerwarteten Einbruch im Bruchstrich zu kaschieren versuchte, hervorgestammelt auf einer Wolke trockenen, halbtrockenen und gar nicht trockenen Sherry-Aromas, ließen in Nora die strenge Mathematikerin erwachen, die zwei und zwei zusammenzählen kann – und dank ihrer Frauenseele doch die falschen Schlüsse zieht.

– Frühschoppen? lächelte sie mich halbtrocken an. – So kriegst du dein Manuskript natürlich nie wieder. Du solltest was Neues anfangen, anstatt immer noch dem alten nachzulaufen. Vielleicht gibt es das Manuskript gar nicht mehr, wahrscheinlich sogar.

Die aus diesen Worten zu mir sprechende Stimme der Vernunft im Ohr, verfügte ich mich an meinen Schreibtisch, blätterte lustlos in der unvollendeten Hörspielfassung, legte sie wieder zur Seite, rang mir noch lustloser zwei Seiten der Übersetzung ab, die der Verlag mir hatte zukommen lassen (O-Ton Altmeyer: «Strohbold läßt seine Autoren nicht im Stich»), dichtete zwischendurch zwei oder drei Zeilen eines Gedichts, das sich um die Worte Spur, Verlust und Trübsinn gruppierte und Fuji-Kato hätte heißen können, wenn ich es je geschrieben hätte, entwarf einen fahrigen Brief an Ralf Scholz, in dem ich mitteilte, daß ich mich entschlossen hätte, von nun an Wolfgang-Koeppen-mäßig zu schweigen, zu verstummen, zu ver... zerriß ihn wieder, machte mir eine Tasse Kaffee, rauchte eine Zigarette, machte mir eine zweite Tasse Kaffee, saugte Staub von meinen Bücherregalen, rauchte noch eine Zigarette, räumte das Durcheinander auf meinem Schreibtisch von der linken auf die rechte Seite, hatte die Idee zu einem Aphorismus, räumte die Unordnung wieder auf die linke Seite, rauchte eine dritte Zigarette, verwarf die Idee, suchte das Notizbuch, in dem ich solche Sätze notiere, verfluchte Anna, die das Notizbuch garantiert mißbraucht hatte, fand es unter dem Stapel unbezahlter Rechnungen, schlug es auf, wollte den Aphorismus hineinschreiben, obwohl er nichts taugte, hatte ihn inzwischen aber glücklicherweise vergessen.

Draußen legte sich die Dämmerung grau auf das satte Schwarz des Ackers, die Bäume versackten im Nebel. Ich übersetzte noch eine Seite des amerikanischen Romans mit dem Titel «Patchwork», in dem ein erfolgloser Schriftsteller, der als Lehrer arbeitet, die Schriftstellerei zu vergessen sucht, indem er einen Roman über einen Lehrer schreibt, den man irrtümlich für einen Schriftsteller hält, wollte mir gerade eine besonders gut gelungene Stelle notieren, um sie eines fernen Tages unauffällig in einem meiner Werke zu verwerten, als Anna hereinkam und verkündete, das Abendessen sei fertig. Ich hielt die Fiktion des fleißig arbeitenden Vaters aufrecht, indem ich antwortete, ich käme, sobald ich den unheimlich wichtigen Absatz, an dem ich soeben schriebe, geschrieben hätte, blickte fünf Minuten aus dem Fenster ins Dunkle und hörte dem Wind zu, der über die Baumwipfel strich.

Schließlich stand ich wie erlöst auf, aß wenig, trank viel, half dabei, die Kinder ins Bett zu bringen und las ihnen das schöne Märchen «Die drei Sprachen» vor, das Jakob mit einigen unmotivierten «Gra-Gras» kommentierte, um an der Stelle einzuschlafen, da der Sohn zum grausamen Vater sagt, er habe gelernt, was die Vögli (sic!) sprechen, während Anna erst die Augen schloß, als der Sohn sagt: «Vater, ich habe dieses Jahr gelernt, was die Frösche quaken.»

Ich klappte das Buch zu, setzte mich zur strickenden

Nora auf die Couch, schaltete den Fernseher ein, der mich prompt darüber informierte, daß die Frühlingsherrenmode für jeden Geschmack etwas bringe, daß eine Seilschaft aus sieben körperbehinderten Alpinisten das Matterhorn bezwungen hatte, daß der Winter in diesem Jahr zwar auf sich habe warten lassen, daß aber nun ein Kälteeinbruch vor der mitteleuropäischen Haustür stehe, daß Robert Lembkes Rateteam nicht dazu in der Lage war, mit zehn gezielten Fragen den Beruf einer Toilettenfrau zu erraten, daß ein gewisser Cliff Barnes wieder einmal den nützlichen Idioten für einen gewissen J. R. gespielt hatte, daß ein nun noch folgendes Kleines Fernsehspiel durch den kompromißlosen Experimentcharakter seiner Bildsequenzen von der Innovationsfreude seines Regisseurs zeuge, der soeben irgendeine Filmakademie absolviert hatte, erwachte beim kompromißlosen Piepton des Testbilds, ging zu Bett, dachte, wenn ich ein Angler wäre und der heutige Tag ein Fisch, den ich gefangen hätte, würde ich ihn wieder ins Wasser werfen, nahm mir vor, den Satz morgen früh aufzuschreiben, verwarf den Vorsatz wieder, weil das Bild schief und ich kein Angler war, lauschte auf Noras ruhige Atemzüge, erinnerte mich an die Stelle im «Nachtexpress nach Babylon», da Franz Kienast mit verstellter Stimme bei seiner Halbschwester anruft, um den Wohnsitz seines angeblichen Vaters herauszufinden und tatsächlich die gewünschte Auskunft erhält, sich mit dem total überflüssigen Satz: «Man muß der Spur folgen, solange man sie sieht» mitten in der Nacht unverzüglich auf den Weg macht, nahm mir vor, den Satz zu streichen, ansonsten aber noch soviel wie möglich von Franz Kienast zu lernen, und schlief irgendwann ein.

15

Ich erwachte frisch aus erquickendem Schlafe auf einem mit biodynamisch-atmungsaktiver, südindischer Baumwolle handgestopften Echt-Japan-Futon, der seinerseits auf einem mit absolut umweltfreundlich-giftfreier Holzhoniglasur behandelten Edelholzlattenrost von den Philippinen ruhte, hüllte mich in einen Morgenmantel aus Naturseide von wildlebenden, vordermongolischen Seidenraupen, frühstückte ein mineral-, vitamin- und vor allem ballaststoffreiches, mit Sojatrunk angerichtetes Frischkornmüsli aus Sechskornschrot, das ich am Abend zuvor in einer handgearbeiteten Getreidemühle mit kanadischem Granitsteineinsatz so sensibel gemahlen hätte, daß keinem einzigen Körnchen auch nur das leiseste Quentchen seiner lebensspendenden Nährsubstanzen entquetscht worden wäre, und dem ich über Nacht hinreichend störungsfreie Quellzeit gegönnt hätte, um seine Enzymstruktur hemmungslos zu entfalten, tränke dazu neben frischgepreßtem Saft bio-organischer Karotten und Roter Bete ein Schälchen Yogi-Tee, das Schälchen von einer ostfriesischen Landkommune handgetöpfert, sonnengetrocknet und auf Ziegendungfeuer gebrannt, den Tee – wenn überhaupt! – gesüßt mit naturbelassen-handgeschleudertem Lindenblütenhonig, gesammelt von fleißig freifliegenden Bienenvölkern Mittelschwedens, putzte mir dann mit nichtschäumender, sandähnlicher Sole-Zahncreme die Zähne, wässerte meinen biologisch gedüngten Bonsai mit Britta-Filter-gefiltertem Wasser, verfügte mich anschließend auf eine aus koreanischem Edelschilf gewebte Meditationsmatte, versenkte mich in Mantra-Meditation, wobei zu beachten wäre, Om nicht mit Moin zu verwechseln, vollführte nach einigen Minuten autosuggestiver Massage morgendliche Atemübungen der gesetzlich geschützten Yogi-Rhama-Methode, denen sich noch einige streng abgezirkelte Schattenboxübungen aus der nordchinesischen Quang-Schule anschlössen, um endlich, Yin und Yang nun harmonisch ausbalanciert, in bequeme Ur-Boots mit Islandmooseinlagen zu schlüpfen, mich auf dem bandscheibenentlastenden Kniesitz vor einer Schreibtischplatte aus syrischem Zedernholz mit naturbelassener Korkschicht niederzulassen, den nach Dr. Kauckens Erkenntnissen anatomisch einwandfrei geformten Faserschreiber zur Hand zu nehmen, dem Manilabast-Ordner einen Bogen umweltfreundlich-ungebleichtes, holzfreies Papier zu entnehmen und mit einem Haiku wie beispielsweise diesem niederzukommen:

Wunderbar ist doch
einen Haiku zu schreiben
hast du meditiert

Erschöpft von dieser mentalen Energieleistung, machte ich mich an die makrobiotisch vollbewußte Zubereitung eines mittäglichen Imbisses, bestehend aus zwei Kichererbsenbratlingen mit Tofubällchen in Kefirsauce, wobei unbedingt die richtige Drehung der Milchsäuren zu beachten wäre, garnierte mit einigen proteinspendenden Nüssen, wobei unbedingt deren radioaktive Strahlenbelastung zu beachten wäre, kaute jeden Bissen sechsunddreißigmal, wobei unbedingt ein einwandfreies Mitzählen zu beachten wäre, tränke anschließend ein Täßchen Nicaragua-Kaffee, wobei zu beachten wäre, daß dies Getränk zwar nicht pestizidfrei ist, von Biodynamik zu schweigen, doch hätte sich zum Ausgleich das letzte Zucken eines Spätachtundsechziger-Bewußtseins in diese revolutionären Bohnen hineingerettet, wodurch die Sandinodröhnung meiner neuen Körperseligkeit die ideologiekritische Absolution erteilte, deren Stärkung mich zu einem wuttraurig-betroffenen Artikel für das Dritte-Welt-Magazin aufputschte, den ich meiner Lebensgefährtin, die soeben vom Mondzyklus-Menstruationskursus nach Prinzipien Yogi Lhamas zurückkäme, beim gemeinsamen Abendessen im radikalvegetarischen Vollwertrestaurant *Golden Shrine* vorläse, um sie schon mal einfühlsam, aber eindringlich auf jene hinterhymalaiischen Sexualselbsterfahrungspraktiken vorzubereiten, mit denen ich mich befaßte, seitdem der Echt-Japan-Futon...

– Nee du, das ist mir echt zuviel Yang jetzt, verstehst du? riß mich die Stimme des Bioladen-Besitzers aus meinem verträumten Versuch, ein schreibendes Leben in Einklang und Harmonie mit Natur, Umwelt und Kosmos, mit Yin, Yang und Yoga experimentell zu konstruieren.

Ich sah auf die Uhr und stellte fest, daß ich nun schon vollwertige anderthalb Stunden in der Leseecke des Bioladens *Sommer-Sprossen* verbracht hatte; anderthalb Stunden freilich, die mir unter der Lektüre einschlägiger Bücher, Broschüren, Propagandaschriften und Flugblätter wie im Nu verstrichen waren. Gänzlich unvertraut war mir die eigentümliche Szene und das daraus imaginierte Szenario insofern nicht, als auch wir unsere Ernährung seit einigen Jahren in Richtung Vollwert umorganisiert hatten, undogmatisch allerdings und aufgelockert durch gelegentliche Exzesse bei *McDonald's*; diese Bulettenabfüllstationen erinnerten mich immer an Bahnhofsbuchhandlungen: In beiden verkauft man Fleisch mit Sauce zwischen zwei Pappdeckeln. Schon Nietzsche hatte erklärt, er interessiere sich vehement für eine Frage, an der mehr das Heil der Menschheit hinge als an irgendeiner Theologen-Kuriosität, die Frage der Ernährung nämlich. Und er hatte die Herkunft des deutschen Geistes aus betrübten Eingeweiden abgeleitet: «Der deutsche Geist ist eine Indigestion. Er wird mit nichts fertig.» Entsprechend verreckt im «Nachtexpress nach Babylon» der ständig Haxen und Knödel verschlingende Gatte der Halbschwester Franz Kienasts auf einer öffentlichen Toilette im Münchner U-Bahnhof an Verstopfung, woraus die Boulevard-Presse den 37. Drogentoten des Jahres macht (was im übrigen auch nicht falsch ist). Und im Nachlaß des schizophrenen Lyrikers Müller-Bellefleur finden Kienast und Doris die beiden folgenden diätetischen Gedichte:

Das Ende des Kannibalismus

In Papua-Neuguinea,
lese ich,
ist eine der letzten
intakten Kannibalen-Sippen
tot aufgefunden worden.

Die Obduktion der Leichen
durch ein unabhängiges
internationales Ärzte-Team
ergab als Todesursache
hochgradige Lebensmittelvergiftung,

hervorgerufen durch
den einmaligen Genuß
einer mit Fast-Food ernährten
Touristengruppe.

Eine Person die Fleisch isst

Eine Person die Fleisch ißt
Will ihre Zähne in etwas schlagen
Eine Person die kein Fleisch ißt
Will ihre Zähne in etwas anderes schlagen
Wenn diese Gedanken dich
Auch nur einen Moment lang interessieren
Bist du verloren

Die Gedichte sind beide ziemlich erstklassig, was schon darauf hinweist, daß Müller-Bellefleur nicht ihr Urheber sein kann. Und in der Tat kommt im Lauf der Recherchen des den Nachlaß edierenden Literaturwissenschaftlers Malzahn heraus, daß Müller-Bellefleur die Gedichte lediglich abgeschrieben beziehungsweise übersetzt hat, gleichwohl in dem Wahn lebt und stirbt, ihr Schöpfer zu sein. Mit diesem Motiv zeigt «Nachtexpress nach Babylon», wie Totalitäten und Synthesen, gesellschaftliche, erkenntnistheoretische und eben sogar poetische, dem postmodernen Menschen ein Greuel sind. Daher ja auch seine Vorliebe für Montage, Collage und zufällig gefundene oder zerlegte literarische Objekte; parataktische Formen werden hypotaktischen, die Metonymie der Metapher und die Schizophrenie, wie im Fall Müller-Bellefleur, der Paranoia vorgezogen. Geistiger Diebstahl und Plagiarismus werden durch die Zitation der Gedichte mit dem Begriff der besinnungslosen Einverleibung gekoppelt, woran sich dann noch, glaube ich, die große Diskussion über Echtheit in der Kunst anschließt.

– Was heißt hier zuviel Yang, ey? hatte sich inzwischen eine weibliche Stimme energisch gegen den ganzheitlichkeitsheischenden Vorwurf des Bioladenbesitzers zur Wehr gesetzt. – Das ist doch bloß Musik, Mann.

– Aber voll auf Negativspur, du. Echt, das läuft hier nicht. Das zerstört die Atmosphäre, die Vibrations, wenn ich das aufhänge.

– Negativspur? Du hat ja 'n Rad ab, Mann. Killerkopp sind einfach geil, ey. Da fliegen dir die Ohren ab, Mann. Echt...

– Nee du, wirklich nicht. Du mußt das mal positiv sehen. Das muß alles harmonisch schwingen, sonst kommt dein Karma durcheinander. Killerkopp ist mir echt zu aggressiv.

Ich war inzwischen aus meiner Ecke hervorgekommen und beobachtete, wie der vollbärtig-langhaarige, latzhosenbekleidete Ladenbesitzer seinen Abwehrkampf gegen das führte, was ihm von einer ganz in schwarzes Leder gekleideten Frau mit hohen Schnürstiefeln an den Füßen und alpin-toupierter, rot- und grüngesträhnter Punkfrisur unter die Nase gehalten wurde: Ein Plakat, das den Auftritt der Rockgruppe *Killerkopf* ankündigte.

– Hast wohl Schiß, daß deine Milchsäuren verkehrt rum rotieren, was? Ist doch wahr, ey...

– Du, also wirklich du, das ist mir jetzt aber echt zuviel Stress.

– O.K., O.K. Die Frau ging zur Eingangstür, riß sie auf, rief: – Körnerkacker, beschissener! und knallte die Tür hinter sich zu, daß die Scheiben klirrten.

– Total gestörtes Karma, sagte der Ladenbesitzer achselzuckend, – müßte mal 'ne Fastenkur machen. Oder auf Makrobiotik umsteigen.

Er hatte mehr zu sich selbst als zu mir gesprochen, sah mich aber jetzt an und bemerkte mit bezwingender Logik, ich sei «ja immer noch da». Offenbar war ihm mittlerweile entfallen, daß in seiner Bücherecke jemand Informationen über einen einwandfrei biodynamischen Lebenswandel sammelte.

Ich hatte nämlich listigerweise heute vormittag mit verstellter Stimme in der Weinboutique angerufen, mich nach Gerdes erkundigt und von Renate die Auskunft erhalten, Jerry sei auf Auslieferungstour. Im frühen Nachmittag wäre er bei den Bio-Läden, also auch bei *Sommer-Sprossen*, und gegen Abend dann im Bistro *White House*.

– Und außerdem, hatte Renate schnippisch angefügt, – brauchst du gar nicht so gequält zu sprechen, Klaus-Dieter. Ich weiß sowieso, daß du dran bist.

Da war sie wieder aufgeblitzt, die wunderbare weibliche Fähigkeit, den Schein der Dinge zu durchschauen und dann schließlich doch die falschen Schlüsse zu ziehen.

Jedenfalls lag ich jetzt im Hinterhalt der *Sommer-Sprossen*, um den guten Gerdes abzupassen, mußte jedoch auf die Frage des Ladenbesitzers, ob ich mich zu etwas Bestimmtem entschlossen hätte, die Maske des umstellungswilligen Normalernährten fallen lassen und erklärte, der Wahrheit entsprechend, lediglich auf Gerdes zu warten.

– Jerry, ach ja, nickte der Ladenbesitzer und blickte zur Uhr. – Hätte eigentlich längst hier sein müssen. Na ja, so ist der eben. Und du, warum wartest du auf ihn?

– Ich... äh... stotterte ich und dachte: Was geht denn dich das an? – Ich bin...

– Kollege von Jerry? half der Biobart mir aus der Verlegenheit.

– Genau, ja. Kollege gewissermaßen. Ich...

– Du, hör mal, hakte sogleich der Karmakenner ein, – das trifft sich ja gut. Du gehst doch bestimmt auch zu dem Schwefel-Wochenendseminar, nicht?

Um meine neue Identität nicht umgehend wieder dementieren zu müssen, nickte ich beiläufig.

– Klar doch, wichtige Sache irgendwie...

– Genau. Unheimlich wichtig, du. Paß mal auf, wir von der Bioladenkooperative Oldenburg-Ammerland-Ostfriesland, Bolammo, wir haben da so ein Paper vorbereitet. Und es wär schon irre wichtig, wenn die Weingrossisten das mittragen würden und sich da auch einbringen. Wir hatten doch neulich erst das Problem mit dem *Mußbach Hintertreppler Riesling*, den von der Ruwer Koop. Du weißt schon. Angeblich bio. Aber Schwefel, Schwefel, Schwefel. Was sich so alles bio nennen darf, ist echt 'n Skandal, du.

– Na ja, sagte ich, – es kann ja auch nicht alles Chianti Classico sein, was zwischen Lappland und Südafrika als Chianti Classico so weggetrunken wird.

– Wie meinst du das?

– Soviel Chianti Classico gibts gar nicht. Und mit Bio-Wein, da darf man das auch alles nicht so eng sehen.

Diesen Appell zur Großzügigkeit hätte ich mir nun allerdings besser verkniffen, denn der Schwefelfeind riß einen Zettel aus einer Schublade im Tresen, rief überraschend energisch, das müsse man aber ganz, ganz eng sehen, und versuchte, mir unter Zuhilfenahme des Zettels, der vermutlich das besagte Paper war, klarzumachen, daß Schwefel dem Wein als Schwefeldioxid zugeführt werde und sich in der Flüssigkeit zu schwefliger Säure umbaue. Der größte Anteil werde zwar an weineigene Substanzen, an Gärungsnebenprodukte wie Acetaldehyd, an Glucose und organische Säuren gebunden, womit dieser Anteil für den Verdauungsvorgang des Menschen ohne Belang bliebe. Dennoch, und das sei jetzt aber haargenau «der Knackpunkt», er habe extra einen Lebensmittelchemiker befragt, und zwar den Dings, der mit der Marion, na, ich wisse schon, und ich nickte präventiv, der also mit der liiert sei, dennoch bliebe nach Auskunft dieses Lebensmittelchemikers, der übrigens auf der Tschernobyl-Demo reichlich «was auf die Ohren» bekommen habe, dennoch bliebe, Moment, was habe er doch gleich noch sagen wollen? Ach so, der Knackpunkt. Dennoch bliebe ein Teil der schwefligen Säure als freies Schwefeldioxid, also SO_2, jawohl, er verzog das Gesicht, als habe er ein Viertel Schwefeldioxid pur und ex getrunken, in Wein gelöst. Tja. Und nun käme ich.

– Na ja, versuchte ich abzuwiegeln, da der Mann in hektisch-nervöse Erregung geraten war, – Schwefel ist doch irgendwie auch was Natürliches und...

Nun wurde ich aber mit gesteigerter Lautstärke darüber informiert, daß neben der durch Nahrungsmittel aufgenommenen Menge an Schwefeldioxid, und die Aussprache verschwamm hier in wahlverwandte Nähe zu Dioxin, im Stoffwechsel während der Verdauung beim Um- und Abbau schwefelhaltiger Aminosäuren zweitausendvierhundert Milligramm Schwefeldioxid gebildet würden.

– Na also, sagte ich, – der Körper macht das selbst. Das kannst du doch jetzt nicht einfach alles auf den Wein schieben.

Während ich das verblüffte Gesicht des Bioeiferers genoß, fiel mir jene Szene ein, in der ich Franz Kienast von innen ausleuchte, indem ich den Weg eines Steaks durch seinen Körper darstelle. Die Erzählperspektive ist in dieser Passage also an das Steak gebunden, das dem Leser, während es zerkleinert, durchspeichelt, geschluckt wird, Auskunft über das Innenleben des Essenden gibt. Das Steak gerät in eine erregte Diskussion mit dem weißen Wein, den Kienast in Ermangelung von rotem dazu trinkt. Sie beschimpfen sich gegenseitig, aber nicht wegen des Schwefeldioxids, sondern wegen der mangelnden Harmonie zwischen Steak und weißem Bordeaux. Schließlich gelangen sie jedoch zu einer symbiotischen Fraternisierung im Magen, wo sie sich über ein wachsendes Geschwür lustig machen. Allerdings vergeht ihnen die Schadenfreude schnell, weil Kienast ihnen eine kräftige Dusche Aquavit verpaßt. Ihre Wege trennen sich dann in Dünn- und Dickdarm, wobei der Wein dem Steak noch zuruft, die Bauchschmerzen habe Kienast ihm zu verdanken, was das Steak mit der Bemerkung kontern will, daß die Kopfschmerzen aber vom Wein kämen, jedoch mitten im Satz bereits von Darmbakterien attackiert wird. Kienast trinkt dann noch erhebliche Mengen des Weines und macht im Laufe des Abends die Bemerkung, er bekäme Kopfschmerzen, wenn er daran denke, mit Kopfschmerzen aufzuwachen.

– Und was die berüchtigten Kopfschmerzen angeht, fuhr ich nun wieder laut fort, – die häufig nach Weingenuß auftreten, so ist daran nicht der Schwefel schuld, sondern höchstens die Fuselalkohole in billigen Weinen; eine noch größere Rolle spielt aber das Bewußtsein, mit Kopfschmerzen aufzuwachen. *Self fulfilling prophecy,* ja. Das Bewußtsein...

Der Ladenbesitzer sah mich nachdenklich an. – Kannst du das noch mal wiederholen? bat er. – Zum Mitschreiben? Das muß noch ins Paper. Bewußtsein. Mensch, Klasse du. Das hatten wir noch gar nicht richtig eingebracht in...

Das Telefon hinter dem Tresen schlug an und bewahrte mich davor, noch tiefer in Fragen nach enzymatischen Körpervorgängen in Leber, Niere, Herz und Dünndarm gezogen zu werden.

– Ist gut, hörte ich den Ladenbesitzer sagen. – Nee du, das macht nichts. ... Morgen reicht auch, doch. ... Gut, ja. Also tschüs... Halt! Moment! Scheiße... Schon aufgelegt. Du, wandte er sich wieder an mich, – dein Freund Jerry war das. Der kommt doch erst morgen. Hab leider vergessen, ihm zu sagen, daß du hier wartest. Er hatte schon aufgelegt.

– Und wo ist er jetzt?

– Na ja, wahrscheinlich im *Casablanca.*

– Wo ist das denn?

– *White House*, kennst du das nicht? Wir Insider sagen alle *Casablanca*. Nie gehört?

Er sah mich mitleidig an.

Mit wachsender Deutlichkeit dämmerte mir, daß ich, um in Oldenburg und Umgebung zum Insider zu werden, diese Provinz noch weit tiefer würde umgraben müssen, als ich das bislang getan hatte.

– Ich muß los, sagte ich. – Tschüs.

– Tschüs du. Gut, daß wir mal über alles gesprochen haben. Wir sehen uns dann ja beim Schwefel-Wochenendseminar.

– Was? Ach so, ja sicher...

Es wurde kälter. Mein Atem gefror zu Kondenswolken. Draußen war es fast dunkel. Rückstrahler von Autos rot in der Dämmerung, wie Schlußlichter von Zügen, die man verpaßt hat.

16

Im Gegensatz zum herkömmlichen Roman, dessen Handlungsaufbau in direkter Proportion zum zurückgelegten Weg des Helden steht, bis schließlich eine Lösung oder zumindest Pointe entwickelt ist (bestes Beispiel: Mein Roman «Die gelbe Glut»), produziert «Nachtexpress nach Babylon» in unauffälliger Anlehnung an Thomas Pynchons «Gravity's Rainbow» einen sich ständig steigernden Zuwachs an Information, einen Zuwachs, der dem Tempo des Nachtzugs parallelisiert ist, später noch dem Tempo der Concorde, mit der Kienast überflüssigerweise nach Südamerika jettet. Und in diesem sich steigernden Tempo produziert der Roman nichts anderes als einen Zuwachs an – na? – genau: Entropie! In seiner progressiven, gelegentlich wahrscheinlich etwas unübersichtlichen Vermischung bestehender Figuren, Organisationen und Positionen tut mein Roman genau das, was Friedrich Kittler an Pynchons Werk nachgewiesen hat: Er wiederholt und simuliert mehr oder weniger planvoll den zweiten Hauptsatz der Thermodynamik. Und in exakt diesem technischen Sinn ist der Roman wie ein guter Film. Schon das konsequent, manchmal vielleicht etwas zwanghaft durchgehaltene Präsens aller Episoden (im Gegensatz zum klassischen Präteritum des überkommenen Romans) stellt eine Art Vergeßlichkeit her, die lineare Verkettungen von Ursachen und Wirkungen gar nicht erst aufkommen läßt.

Diese raffinierte Konstruktion hatte für mich allerdings den einen und ziemlich entscheidenden Nachteil, daß die Vergeßlichkeit sich gegen mich selbst wandte, wenn ich versuchte, den Roman zu rekonstruieren. Die an innovativen Filmtechniken geschulte Erzählstruktur erinnerte ich jedenfalls fast komplett, als ich auf das *White House* zuging, eine Kneipe, die mit einem sogenannten Programmkino gekoppelt ist. Während ich mich in der Glastür des Eingangs gespiegelt sah, fiel mir zwar immer noch nicht ein, warum der Roman überhaupt diese Filmtechnik braucht, dafür erinnerte ich mich aber an Pynchons These, es gäbe eine eigentümliche Affinität des deutschen Geistes zum Suggerieren von Bewegung durch eine rasche Folge sukzessiver Einzelbilder. Urheber dieser Affinität sei Leibniz, der, als er das Infinitesimalkalkül entwickelte, den gleichen Ansatz gewählt hatte, um die Flugbahnen von Kanonenkugeln aufzulösen. Das technische Medium aber, das Bewegung als Infinitesimalkalkül zum Ausdruck bringt, ist der Film. Was man sich unter Infinitesimalkalkül vorstellen darf, weiß ich nicht *(Ehrlich währt am längsten, aber das hätten Sie auch kürzer ausdrücken können. Der Setzer)*, und die mir von Mathematiklehrer Dorke verordnete, einjährige Wiederholung des einschlägigen Stoffs hatte mich dem Problem auch nicht näherbringen können. Dennoch schien mir die filmische Schreibweise im «Nachtexpress nach Babylon» durch diese schwindelerregende These glänzend gerechtfertigt, aber aus irgendwelchen kühlen Gründen, die mir nicht einmal sonderlich unangenehm waren, bekam dies bis vor kurzem noch Glänzende inzwischen einen trüben Schein.

Die Wände des *White House* waren, wie wir alle schon ahnten, ganz in Weiß gehalten, dekoriert mit Standfotos und Plakaten alter Filme. Und diese Dekorationen waren genaugenommen die schlagende Gegenthese zur Behauptung Pynchons. Von Bewegung im technischen oder gar psychischen Sinn konnte überhaupt keine Rede sein; oder wenn doch eine Bewegung feststellbar war, dann eine rückwärts gewandte, die sich weniger den zweiten Hauptsatz der Thermodynamik als vielmehr eine beschauliche Ruhe zum Ziel gesetzt hatte. Möglicherweise lautet der erste Hauptsatz zur Thermodynamik: Hinterm Ofen ist gut ruhn.

Wie sonst, grübelte ich, als ich mich an einem der kleinen, runden Bistrotische niederließ und einen doppelten Espresso orderte, wie sonst ließ sich verstehen, daß die Kinos aus allen Nähten platzten, wenn alte Heinz Erhardt- oder Fuzzy-Filme gezeigt wurden, deren filmische Armseligkeit heute als «schrill» gefeiert wurde; daß man sich bei gewagteren Streifen, beim an sich eher harmlosen Godard begann es schon, aber mit einigen Unentwegten allein im Saal wiederfand. Ich überlegte, ob man nicht eventuell saudumme Bücher schreiben sollte, um dann darauf zu hoffen, von einer späteren Generation als «schriller Autor» entdeckt zu werden (oder wie das in Zukunft gerade marktgängige Adjektiv immer lauten würde)? Man müßte das nur so geschickt hinkriegen, müßte ein so exaktes Timing entwickeln, daß einen dieser Schrill-Effekt noch zu Lebzeiten einholte. Dann wäre die Altersversorgung gesichert und die Künstlersozialkasse könnte mir gestohlen bleiben.

Sollte mich der Schrill-Effekt jedoch erst postum erreichen, dann wären Anna und Jakob die Nutznießer. Es war jedenfalls an der Zeit, entsprechende Verfügungen zu treffen, damit es später keinen Erbenstreit um den Nachlaß gäbe. Vor allem das 300seitige Anschreiben wäre vermutlich als turboschrille Sensation zu werten.

Mein Blick strich über die Wanddekorationen im *White House*, in dem ich zu dieser blauen Stunde der einzige Gast war: Caterina Valente, Humphrey Bogart, Peter Kraus, Klaus Kinski, Greta Garbo, Robert Redford, Elizabeth Taylor... die großen und die schrillen Stars hingen einträchtig nebeneinander; nur die ausgefallenen, die angeblich avantgardistischen, die, die Bewegung gebracht hätten, fehlten.

Nun ja. Das Leben war träge. Und in einer sich im chronischen Halbschlaf befindlichen Provinzstadt wie Oldenburg besonders. Von Tempo, Entropie, Infinitesimalkalkül und rascher Folge sukzessiver Einzelbilder konnte jedenfalls kaum die Rede sein. Zwar hatte ich «Nachtexpress nach Babylon» zu großen Teilen noch vor unserem Umzug in die idyllische Umgebung Oldenburgs zu Papier gebracht, sozusagen noch unter dem Einfluß der Droge Urbanität, doch machte sich in mir das Gefühl immer breiter, nicht New York, Paris, Rio oder Hamburg seien die wahren Repräsentationsorte eines postmodernen Lebenszusammenhangs, sondern das zeitlupenhafte Gedämmer der Provinz. Ralf Scholz hatte mir da schon die richtigen Legitimationsstichworte geliefert, keine Frage. Und überhaupt: Nicht die Literatur, nicht die Kunst war postmodern, sondern, wenn etwas überhaupt postmodern war, dann war es das Leben selbst. Und Oldenburg war einwandfrei der Nabel dieses postmodernen Lebens, das postmoderne Weimar sozusagen, denn hier hinkte alles mit mehrjähriger Verspätung dem hinterher, was andernorts gerade modern war. Insofern war ich geneigt, Postmoderne nunmehr als das zu definieren, was der Moderne nachläuft, ohne sie je einzuholen. Und das war eine höchst originelle Definition, mit der ich im intellektuellen Eiertanz um das goldene Feuilleton-Kalb Postmoderne allemal noch eine Eintänzerfunktion hätte übernehmen können. Aber es reichte mir jetzt. Ich wollte nur noch eins: Das Manuskript zurückhaben und dann mit mutigen Strichen all das daraus eliminieren, was von der postmodernen Seuche infiziert war. Fraglich war freilich, ob dann von den 643 Seiten überhaupt noch etwas übrigbliebe. Eine Kurzgeschichte vielleicht? Ein Aphorismus?

Ich bestellte noch einen Espresso und erkundigte mich bei der Kellnerin, ob Gerold, – ich meine Jerry, Gerdes bereits eingetroffen sei, um Wein anzuliefern, was mit dem Hinweis verneint wurde, er müsse aber jeden Augenblick...

– Da ist er ja schon.

Herein kam ein kräftiger, untersetzter Mittvierziger, blonde Halbglatze, gerötete Wangen wie von großer Anstrengung, frischer Luft oder zuviel Alkohol, mit kleinen, munter hin und her wandernden Augen und einem dröhnenden Stimmapparat, dem er ein derartig voluminöses Moin entlockte, als sei die Kneipe voll besetzt und alle Besucher sollten in den Genuß dieses Grußes gelangen, in dessen Untertönen geschäftsmäßige Jovialität mitschwang sowie eine Art akustische Werbung für seine Waren. Dies Moin hieß unter anderem auch: Hallo Leute, wie gehts uns denn so? Hier kommt übrigens Jerry, der immer den tollen Wein liefert. Kommt doch mal in meiner Boutique vorbei und macht 'ne kleine Probe. Renate ist auch da.

Gerdes ging in einem wiegenden Seemannsschritt zum Tresen und reichte der Kellnerin einige Papiere, wechselte ein paar Worte mit ihr und wandte sich wieder dem Ausgang zu. Noch einmal wollte ich ihn natürlich nicht verpassen, sprang also auf, lief ihm nach, preßte ein knappes Moin mit dem Untersignal «schrecklich wichtige Sache» hervor und fragte, ob er ein paar Minuten Zeit habe: Ich müsse ihn *dringend* sprechen.

– Komme gleich, komme sofort, antwortete er, als kenne er solche dringlichen Annäherungsversuche zur Genüge. – Muß nur eben die Lieferung in den Keller bringen.

Er verschwand und kam nach zehn Minuten tatsächlich zurück, die Wangen noch geröteter als zuvor, Schweißperlen auf Stirn und Nase, und setzte sich auch sofort an meinen Tisch.

Lautstark verlangte der Weinhändler nach einem – jawohl – Bier und erklärte mir, ohne daß ich ihn gefragt hätte, Fischhändler könnten auch nicht den ganzen Tag Fisch essen, da müßte manchmal auch Fleisch und Gemüse her, und also müsse bei ihm manchmal Bier her, denn er habe, – Danke, Irene. Aaaaah... jetzt gerade mal tierischen... aaaah... Bierdurst. Gut aaah... Irene. Zapf mal gleich noch eins an! Um was gehts denn?

Die dröhnende Jovialität machte mich skeptisch. Dies war einer der Typen, die einem jeden Gefallen tun, wenn es sie selbst nichts kostet. Wahrscheinlich würde er mir alles mögliche über das Manuskript erzählen, nur nicht das Entscheidende. Dennoch erklärte ich ihm umstandslos und in mich selbst verblüffender Direkt- und Straffheit, ich sei auf der Suche nach gewissen Papieren, wichtigen Geschäftspapieren, aus jener Plastiktüte, die ihm, Gerdes, von Jan, dem Lehrling in der Kfz-Werkstatt des Herrn Bäkensiefkes, ausgehändigt worden wäre, und zwar irrtümlich, schrecklich irrtümlich, um damit eine Weinkiste...

– Genau, unterbrach Gerdes mich. – Alles klaro. Weiß Bescheid. Bin voll im Bilde. Käse und Wein, paßt doch prima.

– Sie wissen... «Sie» war hier wohl nicht recht am Platze, – ich meine, Irene! Ich nehm auch 'nen Halben! Also, du erinnerst dich an diese Tüte?

– Aber immer. Aber ganz haargenau. *Käse aus Deutschland.* Logo, ich weiß Bescheid.

– Das ist ja... das ist ja wunderbar.

– Da war so 'n Haufen Altpapier drin. Beschrieben. Irgend so 'n intellektueller Quatsch. Ich hab mal kurz reingeschaut und gleich alles wieder weggestopft. Und das, das sollen wichtige Unterlagen sein?

Er sah mich erstaunt an und prostete mir mit dem frischen Bier zu.

– Was bist du denn von Beruf? Professor, was? Einer hier von der Uni, nicht? Ich bin im Bilde. Ihr Jungs kauft ja manchmal bei mir. Wer viel denkt, muß auch viel trinken. *In vino verinass* oder wie das bei euch so heißt, was? Haha...

– Ich... nein, nein, nicht direkt von der Uni. Jedenfalls sind diese Papiere für mich von unschätzbarem...

– Tja... aaaah, gut, ja, so 'n Pilschen. Also, ich kann mich deshalb so genau erinnern, weil...

– Ja?

– Weil ich nämlich die Tüte mit dem Papier gleich weitergegeben hab. Gleich am gleichen Tag noch. Tja...

Das durfte doch nicht wahr sein!

– Das darf doch nicht wahr sein!

– Wieso nicht? Ist es aber. Ich konnte doch nicht ahnen...

– Natürlich nicht. Ich mach dir ja auch keine Vorwürfe...

– Wär ja auch noch schöner.

– Eben.

– Eben. Aber an wen haben Sie, hast du das denn weitergegeben?

– Na ja, wie immer. An Olaf halt.

– Olaf Halt? Wer ist...

– Nicht Halt, Jung. Olaf Jung. Ofen-Olaf aus Wapeldorf. Kennt doch jeder.

Außer mir.

– Also, das war so, und zwar ganz genau. Ich kam von der Werkstatt zurück, hatte Ärger mit dem Blinker links vorn, ne, Moment mal, rechts vorn. Kam also nach Haus in meine Weinboutique... Kennst du die eigentlich? Du, da mußt du mal vorbeikommen. Renate, meine Frau, die ist auch immer da. Komm ruhig mal vorbei... Ach so, die Tüte. Lad da also meinen Krempel aus und da kommt Olaf mal wieder vorbei und kauft Wein. Ach ne, ich glaub, der hatte grad Sherry gekauft, bei Renate, als ich auf Tour war. Na, ist ja auch egal jetzt. Der Olaf, der baut nämlich Öfen. Ganz prima Kumpel ist das, echt. Kamine und Kachelöfen und diesen ganzen Kram. Der holt sich die alten Kacheln für 'n Appel und 'n Ei aus Abbruchhäusern in Berlin. Also, in Berlin möcht ich ja nun überhaupt nicht wohnen. Du?

Na siehste. Der schafft die Kacheln hier rüber und bastelt die wieder zusammen. Ganz clever, wirklich. Noch 'n Pils? Ja, was? Irene, zwei noch! Und weil das zum Teil ganz alte Kacheln sind, so antik, die dürfen überhaupt keinen Kratzer abkriegen, nix, sonst meckern die Leute, deshalb packt er die immer in Altpapier ab. Und in Pappe und so. Tja, und ab und zu, wenn er grad mal Wein kauft oder beziehungsweise auch mal ab und zu Sherry, dann nimmt er sich Verpackungsmaterial mit. Den ganzen Kram, den ich nicht mehr brauchen kann. Schmeiß ich doch eh weg den Scheiß. Holzwolle, Stereopur oder wie das heißt, auch eben das alte Altpapier das. Ja ja, so ist das nämlich. Und als er sich an dem Tag Wein geholt hat oder was, da kommt er grad aus meiner Boutique raus, als ich ankomme und auslade. Brauchste was Packpapier? sag ich noch zu Olaf. Und der sagt, immer her damit oder so, nimmt die Tüte, ich sag noch, ist gar kein Käse drin, ha ha. Nimmt also die Tüte und knallt sie in seinen Bully rein. Und dann ist er abgedüst. Ja. Exakt. Ganz genauso war das nämlich, nicht.

Ach du Scheiße!

– Ach du Scheiße, sagte ich. – Dann kann ich meinen Ro... meine Unterlagen ja wohl vergessen.

– Nö, meinte Gerdes zwischen zwei Schlucken und einem kräftigen – Aaah. Nicht unbedingt, nicht. Wenn Olaf zwischenzeitlich gar kein Papier gebraucht hat, dann hat er die Tüte doch vielleicht noch. Kann doch sein, nicht. Mußt ihn mal fragen oder was.

Die Euphorie, die in mir aufgekeimt war, als Gerdes sich so überraschend präzise an Tüte samt Inhalt erinnern konnte, war inzwischen wieder versickert wie

Schaumreste auf einem Bierdeckel. Jetzt auch noch ein Ofensetzer? Wo sollte das denn noch hinführen? Das waren ja kompliziertere und unwahrscheinlichere Verwicklungen als die fiktiven des Romans, Verwicklungen, die eben keine pointierte Lösung finden, sondern katastrophal entropisch enden, was durch den Verstopfungstod des Halbschwagers von Franz Kienast auf physiologischer Ebene schon vorbereitet wird und sich dann auf diesem Leuchtturm am Persischen Golf linguistisch fortsetzt, indem niemand des anderen Sprache versteht und deshalb fatal falsche Signale gesetzt werden. Ahnungslos zieht der Tanker seine Bahn im türkisblauen Wasser, als... Laß es sein, hörte ich eine nicht unsympathische Stimme in meinem Innern säuseln. Gib's auf und schreib lieber gleich was Vernünftiges, anstatt hier den Pfadfinder deiner eigenen Dämlichkeit zu spielen und...

– Hier, unterbrach Gerold Gerdes' Kraftmannsorgan meine guten Vorsätze, – hier, das ist die Anschrift von Olaf, nicht. Und die Telefonnummer auch. Ruf bei dem lieber erst mal an, bevor du da ankommst. Der Olaf, der liebt keine Überraschungen, nicht. Gewerbeaufsichtsamt und so, diese alten Gauner. Du verstehst?

Gerdes kniff konspirativ ein Auge zu.

– Schwarzarbeit und so, nicht. Na, wen juckts, sag ich immer. Sag einfach, du kommst auf meine Empfehlung. Sag, du kommst vom Jerry. Dann weiß der Olaf Bescheid. Dann haut das auch immer hin, nicht.

Ich griff nach dem Zettel, den Gerdes von einem Tresenblock abgerissen und mit klobigen Schriftzügen bedeckt hatte: *Olaf Jung, Wapeldorf, Telefon...*

– Danke, sagte ich.

– Alles klar, bin im Bilde. Nichts zu danken, nicht. Also, ich muß jetzt weiter. Irene, zahlen!

– Das übernehme ich, sagte ich.

– Ist gut, geht klar, antwortete er in einem Ton, als habe er auch nichts anderes erwarten können. – Also tschüs und viel Glück. Grüß Olaf von mir, nicht.

– Ja. Tschüs. Und nochmals vielen Dank.

Er winkte lässig ab, schlingerte dem Ausgang entgegen und rief mir im Hinausgehen zu, ich solle mal in seiner Weinboutique vorbeischauen; dort sei alles «erste Sahne».

Und ich nickte, starrte auf die Anschrift Olaf Jungs und dachte an den abgetakelten Weihnachtsbaum, der hinter Jerrys Weinboutique im Schnee lag.

Vielleicht war er aber auch schon abgeholt worden und lag auf einer Müllkippe. Vielleicht...

17

Da er elegante Beleidigungen durchaus zu würdigen wußte, hatte Arno Schmidt nichts dagegen, von einem Kritiker als «präseniler Postselene» beschimpft zu werden. Die Schelte war unter anderem auf Schmidts Mondfetischismus, oder sollte man gar sagen: -süchtigkeit? gemünzt, eine ins Hörige lappende Versessenheit auf die Geheimnisse und Schönheiten unseres inzwischen ja gar nicht mehr so geheimnisvollen Trabanten. Dieser Postselinismus hat bei Schmidt zu einem nahezu wahnhaften Inquisitorentum geführt, ob in Büchern, in denen der Mond eine Rolle spielt (und solche Bücher gibt es viele – und Arno Schmidt kannte noch viel mehr), eben dieser gute, alte Mond auch in seinen exakten Phasen und Standorten am Himmel benannt worden ist.

Schmidt legitimierte sein auf Tabellen gestütztes Abfragen der Mondtüchtigkeit und -festigkeit anderer Kollegen mit der Meinung, daß im literarischen Werk «auch Landschaften und Beleuchtungen genau so echt sein sollten, wie Gestalten & Vorgänge», daß «Kalender & Wetterberichte jener Tage», in denen literarische Handlungen angesiedelt werden, in exakter Analogie zu den «tatsächlichen» Tagen und klimatischen Verhältnissen, den «tatsächlichen»

Voll-, Halb- oder Viertelmondverhältnissen zu stehen hätten.

Diese Forderung des wunderlichen Einsiedlers steht im, wenn man so sagen kann: vollmondigsten Widerspruch zur bei Schmidt sonst durchgängig feststellbaren Überzeugung, daß die Literatur wirklicher als die sogenannte Wirklichkeit ist und sich an ihrem schnöden Faktenraster weder messen lassen kann noch darf, um das Recht des Gedichteten gegenüber dem Geschehenen zu behaupten. Es handelt sich vermutlich um die unvermeidliche Ausnahme von der eigenen Regel, eine der vielen Macken des Maestros, möglicherweise hervorgerufen durch allzu intensive Betrachtung der nächtlicherweise sonnenerhellten Kraterlandschaft zu unseren Häuptern: Ihr Zwielicht hat schon ganz andere Romantiker und Radikale als den Zettelzausel Schmidt zu Selbstwiderspruch und Schlimmerem getrieben.

Was nun meine Kleinigkeit betrifft, so würde ich zwar nie behaupten, es könnten sich in der Literatur poetische Notwendigkeiten ergeben, um Mitternacht die Sonne auf- oder während der Hundstage einen Schneesturm niedergehen zu lassen (obwohl wahrscheinlich Expressionisten wie Surrealisten selbst in solchen Fällen noch mit sich handeln ließen); wenn aber beispielsweise Franz Kienast in den Hagelschauer gerät, geraten muß, dessen kathartische Wirkung für die ästhetische Stimmigkeit des «Nachtexpress nach Babylon» von so fulminanter Bedeutung ist, dann wird mir ein metereologisch-beckmesserischer Besserwisser nur ein müdes Arschrunzeln abringen, käme er mit dem naseweisen Hinweis, am 20. April 1986 habe es in Hamburg gar nicht gehagelt. April, April! riefe ich da, die Kunst macht was sie will. Und manchmal muß sie halt Dinge wollen, die das faktengläubige Glotzen auf jene Stelle, an der die Welt mit Brettern vernagelt ist, anders will.

Sie ahnen vermutlich schon, daß diese Diskussion dichterischer Freiheit unter besonderer Berücksichtigung von Sonne, Mond, Sternen und dem Wetter etwas mit jenem ominösen Kälteeinbruch zu tun hat, den ich seit drei Kapiteln unauffällig ins feine Fabuliernetz eingesponnen habe. Sie ersparen sich viel Arbeit, wenn Sie darauf verzichten, in der Tradition Arno Schmidts auszuforschen, ob ein derart drastischer Frosteinbruch um die Jahreswende, von der hier berichtet werden muß, «tatsächlich» stattgefunden hat. Ich meinerseits verspreche Ihnen, nicht zu übertreiben und von tot, weil erfroren vom Himmel fallenden Vögeln zu sprechen oder von ausgestorbenen Wölfen, die sich vor unserem abgelegenen Haus zur Fütterung einstellten. Nein nein... Es geht einfach darum, daß der See, an dem wir wohnen, zu Silvester so fest zugefroren sein mußte, daß er betreten werden konnte – was wir dann ja auch ausgiebig taten. Und alles nur der ästhetischen Stimmigkeit zuliebe, auf die zum Beispiel Ralf Scholz so große Stücke hält.

Zuvor hatte ich aber noch versucht, Olaf Jung telefonisch zu erreichen. Nach mehrmaligen, fruchtlosen Versuchen gab ich es auf und entschloß mich, die Lage an Ort und Stelle zu peilen: Wapeldorf liegt ja nur ein paar Kilometer von unserem Haus entfernt. Hausnummern gibt es hier nicht. Der Ort besteht aus zwei Dutzend Häusern, die sich im Winkel an zwei voneinander abzweigenden Straßen entlangziehen. Ich fragte Kinder, die am Straßenrand spielten, nach dem Anwesen des Olaf Jung und erhielt die Auskunft, direkt davor zu stehen. Das Haus lag, halb verborgen von Hecken, Büschen und Bäumen, die rauhreifstarr im Ostwind raschelten, in einem großen Garten. Die Einfahrt war mit einem weißgestrichenen, doppelflügeligen Holzgatter verschlossen. Ich versuchte vergeblich, es zu öffnen, sah dann, daß es unten zusammengekettet war, rüttelte, rief – Hallo, hallo, ist hier jemand?, aber nichts rührte sich. Rechts neben dem Wohnhaus stand eine Werkstatt oder ein Schuppen, über dessen Dach etwas aufragte, was wie ein Schiffsmast aussah. Die Leute in dieser meernahen Gegend hängen an der Seefahrt, und je näher man der Nordsee kommt, desto häufiger sieht man Anker, Ruder, Taue oder Segel vor den Häusern.

– Hallo! Herr Jung! rief ich erneut. – Sind Sie da?

Aus dem Haus auf der gegenüberliegenden Straßenseite kam ein steinalter Mann geschlurft, gebeugt, aber ohne Stock oder Krücke, das Haar wie der Rauhreif, das Gesicht tief verwinkelt und durchfurcht. Er blieb vor mir stehen und ließ ein Moin erschallen, das so ähnlich klang wie ein plattdeutsch gemurmeltes «Immer langsam mit den jungen Pferden», erklärte mir dann, Familie Jung sei verreist.

Wann denn die Jungs wieder zurück wären? fragte ich den Alten, und er antwortete, das müsse so etwa in einer Woche sein. Ich bedankte mich, stieg wieder ins Auto und fuhr nach Haus.

Herr Betge samt Familie verreist. Olaf Jung samt Familie verreist. Wintersport? Lanzarote? Bahamas? Solche Eskapaden konnte ich meiner Familie nicht bieten. Die Schriftstellerei ernährte uns schlecht und recht: Übersetzungen, Rundfunk, Zeitschriftenartikel brachten das Geld und müßten, da «Nachtexpress nach Babylon» mittelfristig nicht die erwarteten Tantiemen einfahren würde (wenn überhaupt!), demnächst noch mehr bringen. Und ein Ofensetzer fuhr einfach mal so zwischendurch in Urlaub? Der konnte sich das also leisten. Mithin verdiente ein Ofensetzer mehr als ein mittelmäßig bekannter Schriftsteller. Giftgrün und frostig griff der Neid nach mir, und die Sehnsucht nach jenen längst vergangenen Tagen stellte sich wieder ein, als ich Monat für Monat mein gutes Gehalt auf dem Konto vorfand, Weihnachts- und Urlaubsgeld dazu, Kranken- und Sozialversicherung ohne endloses Verhandlungswirrwarr mit der chaotischen Künstlersozialkasse bestens geregelt. Aber dann fiel mir wieder der Satz ein, den mir einmal ein älterer Kollege warnend mit auf den Weg gegeben hatte, nachdem es daran gescheitert war, mir eine Existenz als freier Schriftsteller auszureden. «Wer's wählt», hatte der weise Mann gesagt, «wer's wählt, muß es tragen.» Der Satz stimmte. Und er hätte mich auch besänftigt, wie er mich sonst zu besänftigen pflegte, wenn ich staunend die Gehälter von Lehrern mit deren Arbeitsleistungen verglich oder von Prämien las, die Bundesligafußballer dafür kassierten, daß sie ihren Job einigermaßen vernünftig absolvierten, doch diesmal erzürnte mich der Gedanke, daß ja nicht bloß irgendwelche Handwerker- oder Beamtenfamilien zu teuren Urlaubsreisen aufbrachen, die für uns in weiterer, symbolischer Ferne lagen als die konkreten Ziele dieser Leute, während Oma hier und Opa dort die Häuser hüteten; was mich erzürnte war die Tatsache, daß ausgerechnet jene Subjekte durch die weite Welt gondelten, die allem Anschein nach höchst widerrechtlich im Besitz meines Manuskripts waren. Der Gedanke, daß es sich um unersetzliches Material handelte, kränkelte sie offenbar in keiner Weise an. Daß das Werk zu überarbeiten war, konnten sie ja nicht wissen, während sie sich an heißen Stränden aalten, von Palmen umfächelt, eiskalte Drinks schlürfend, mit exotischen Schönheiten flirtend – und ich armes Schwein jagte bei immer noch fallendem Thermometerstand der Arbeit mehrerer Jahre nach und brachte meine Familie mit Übersetzungen durch. «Patchwork» lautete der Titel, den ich schön und richtig mit «Flickwerk» übersetzt hatte, doch in der Vertreterversammlung des Verlags soll es, so Ralf Scholz, einen einzigen Aufschrei gegeben haben: So könne man den Titel natürlich nicht verkaufen; «Sonnenuntergang am Hudson» müsse er heißen, so in der Art. Es war immer das gleiche. «Nachtexpress nach Babylon» war vielleicht auch gar kein so guter Titel. Vielleicht mußte ich darüber noch einmal grundsätzlich nachdenken, mußte überhaupt...

– Schittschuh sin schaaf, Schittschuh sin schaaf, Papa! empfing mich Anna und hielt triumphierend meine alten Schlittschuhe hoch, die Nora zum Schleifen gebracht hatte, bei welcher Gelegenheit sie gleich ein Paar Kinderschlittschuhe für Anna gekauft hatte. Jakob würde noch ein, zwei Jahre warten müssen, bevor er sich kufenbewehrt aufs Eis wagen konnte; einstweilen würde er als eine Art Ganzkörperkufe in die Freuden und stürzenden Leiden dieses nordischen Wintervergnügens eingeweiht werden. Das konnten die Bahamas Herrn Betge natürlich nicht bieten, und auch Herr Jung schwitzte jetzt vielleicht gerade seine Langeweile in einem Hotelklotz in Weißichwo aus, sehnte sich zurück nach der frostigen Klarheit eines Winters im Oldenburger Ammerland.

Silvester war es soweit. Das Eis trug, war wegen der Windstille spiegelglatt und schneefrei, die Bedingungen geradezu olympisch. Und gleich werden Sie auch narrativ entfaltet bekommen, warum Arno Schmidts Wetterverdikt mich so kalt läßt. Anna stand zum erstenmal auf Schlittschuhen, doch die Doppelkufen der Kinderspezialanfertigung hielten sie, wiewohl erfahrungs- und übungslos, leichter im Gleichgewicht als unsere frischgeschliffenen Einkufer uns. Zum Glück nistet die Erinnerung nicht bloß in unseren Hirnen: Das wäre fatal und würde vermutlich ziemlich schnell zu gründlichem Vergessen führen. Nein, sie nistet auch in unseren Gliedern und Bewegungen als, wie Proust wußte, *mémoire involontaire des membres*, ein unwillentliches Gedächtnis der Gliedmaßen. Deshalb kehren einmal gelernte Bewegungsabläufe nach einigen tastenden Anknüpfungsversuchen an die alte Anmut auch unweigerlich zurück, nicht mehr so elegant, selbstvergessen und jugendfrisch wie damals, als wir sie spielend lernten – aber immerhin. Franz Kienast macht diese Erfahrung beim Entkorken der Champagnerflasche, als er von Pia Féerique verführt wird: Die bald ziehende, bald sanft gegendrückende, bald drehende und windende Bewegung, die sich endlich im süffigen Plopp des gezogenen Korkens entlädt, und der vom ekstatischen Aufschäumen des nun zügellosen Getränks wie durch einen Kohlensäuretusch applaudiert wird, erinnert ihn in einem gen unendlich saugenden Bilderstrom an all die Sekt- und Champagnerflaschen, die er in seinem Leben bereits geöffnet hat. Die Situationen, in die diese Öffnungen eingebettet waren, beleben sich vor seinem geistigen Auge zu einem wilden Reigen, offizielle Feiern seiner Kindheit und Jugend wie Konfirmation und Abitur werden abgelöst von den Gelagen der Studienzeit, durchprikkelt von den Reizen hemmungsloser Promiskuität, und münden schließlich in den Clubs und Séparées und Salons der Metropolen, deren Halb- und Unterwelten er auf der Suche nach der Frau durchstreift, die schwer zu finden ist.

Das hatte Stil, dachte ich beschwingt, drehte eine gewagte Schleife, traute mir fast schon eine Pirouette zu – und landete krachend auf dem Arsch. Stil hat alles, wußte ich augenblicklich; fragt sich nur, was für einen. Ich rappelte mich wieder hoch, bevor Anna sich noch erkundigen konnte, warum ich hingefallen war, nahm mir vor, mich in Zukunft von solchen unausweichlichen Stürzen schneller aufzurappeln, der verlorenen Anmut und Unschuld nicht nachzutrauern, sondern das Groteske ihres Verlustes beim Schopf zu packen, zum Thema zu machen, mithin also nicht mehr dem sowieso unerreichbaren Ideal nachzujagen, sondern den Augenblicken, an denen es mit der Gewalt der Wirklichkeit in Konflikt geriet.

Anna bat, von mir geschoben zu werden, und Jakob wollte gleichzeitig auf dem Schlitten gezogen werden. So schob ich Anna mit der linken Hand, hielt mit der rechten die Leine des Schlittens, bat Nora, mir Schwung zu geben und setzte mich schwerfällig in Bewegung. Vor mir liefen die beiden Parallelspuren von Annas Doppelkufen, hinter mir ließ ich die unruhigen, abgehackten Spuren meiner eigenen Schlittschuhe, denen die schöngeschwungene, klare Linie von Annas sanfter Spur abgehen mußten, weil in ihnen die Anstrengung aufs Eis geschrieben wurde. Und dahinter glitt Jakob lachend und juchzend auf dem Schlitten dahin, und die Spuren von Anna und mir liefen zwischen den Spuren des Schlittens hindurch. Am Südufer machte ich Pause, verschnaufte und sah zurück. Aus den verschiedenen Mustern unserer Spuren war eine gemeinsame

Fährte geworden, die quer über die erstarrte Unruhe des Sees auf uns zu oder von uns weg lief; das kam auf den Standpunkt, die Haltung an, darauf, ob man Optimist oder Pessimist war. Ich war wahrscheinlich beides, gibt es doch nichts Falscheres als notorisch optimistische Literatur, aber um überhaupt Literatur zu produzieren, muß man einen Optimismus pflegen, der sich von nichts verwüsten läßt. Nora lief in der von uns gezogenen Fährte auf uns zu. Diese von vier Menschen auf insgesamt zehn Kufen produzierte Spur erfüllte mich mit einer unerklärlichen Freude über meine Existenz, über meine Familie, aber auch nahezu unsinnigerweise mit Freude über das Geschick, das meinen «Nachtexpress nach Babylon» ereilt hatte. Ich wußte nicht, wie es weitergehen sollte, aber ich wußte, daß es ein Ende haben würde; ein Ende, in dem kein Schrecken lag.

Es war das Gefühl, das der Maler und Schriftsteller Max Peintner einmal in Worte gefaßt hatte, als er sich daran erinnerte, wie er bei einer Wanderung im Schnee in der hereinbrechenden Dunkelheit die Orientierung verlor: «Die Spur, etwas so offenkundig Zusammenhängendes, bot sich mir als das übergreifende Bild, in das ich mein Enthaltensein in den Bildern sammeln konnte. Das Bild der Spur hielt die ineinanderfließenden Bilder in der Schwebe; in die Spur verwandelt, war ich der, dem sein Handeln unverlierbar bestehen bleibt, der auch nicht mehr sich zu erinnern gebraucht hätte, ein Besänftigter, einer, der von dem Druck befreit ist, sich wiederzufinden.»

Genauso. Oder doch so ähnlich...

Als wir vom See zurückkehrten, begann es zu schneien. Unsere Freunde aus Hamburg, die mit uns Silvester feiern wollten, waren bereits eingetroffen. Um Mitternacht gingen wir wieder auf den See. Das Eis arbeitete und knackte. Wir schleuderten Steine über die dunkle Fläche, deren weithin vibrierendes Schollern und Rumpeln uns das Feuerwerk ersetzte.

Mit dem Durchbruch zweier Backenzähne, die ziemlich genau in dem Moment die Schmerzgrenze erreicht haben mußten, als bei uns im Haus alles ruhig geworden war und wir sektselig ins neue Jahr schnarchten, zelebrierte Jakob sein höchstpersönliches Silvesterfeuerwerk. Das Wimmern aus dem Kinderzimmer hielt ich anfangs für das Gejammer des Lektors Ralf Scholz, im Traum der dritte Mann einer Skatrunde, an der neben ihm und mir noch ein Unbekannter beteiligt war, den Scholz dauernd mit «Herr Kienast» ansprach, der aber, wie ich sicher wußte, durchaus nicht Herr Kienast war, sondern ein gewisser Fred Steinmann, genannt Feuerstein, ein alter Freund aus Hamburger Tagen, der mit mir und Kurt Steenken so manche Nacht in der *Alten Mühle* durchgezockt hatte. Feuerstein und ich ließen in stiller Übereinkunft Ralf Scholz in dem irrigen Glauben, Franz Kienast vor sich zu haben. Die Spielkarten bestanden aus Manuskriptseiten des «Nachtexpress nach Babylon», und der gute Scholz fluchte ein ums andere Mal darüber, «total beschissene Blätter» auf die Hand zu bekommen; er versuchte auch, uns mit unorthodoxen Reizfolgen wie «Achtzehn, Zwanzig, Stilblüte» oder Spielansagen wie «Bestseller ohne Vier, Ladenhüter angesagt» aus dem Konzept zu bringen, doch hielt ich stets einen Trumpf mehr auf der Hand, stach Scholz' Schneideversuche gnadenlos ab, und Feuerstein butterte bei jeder sich bietenden Gelegenheit seine Pfunde hinein, daß es eine

Lust war. Alles nur Ramschblätter, jammerte Scholz, Ramsch, Ra, raa, raaah, raaah, raaaaah...

Nora knuffte mich in die Seite und murmelte undeutlich, diesmal sei *ich* aber mal dran.

Jakob stand brüllend ans Gitter seines Betts geklammert, wurde ruhiger, als das Licht anging und blickte mir mit einem Gesichtsausdruck entgegen, der Ähnlichkeit mit der Bitternis unschuldig Verurteilter hatte, die an Gefängnisgittern rütteln und sofort, aber sofort ihren Anwalt sprechen wollen. Ich trug Jakob nach unten in die Reste unseres Festes, bot ihm Zwiebäcke an, Plastikbeißringe, Rasseln, mein Feuerzeug, eine leere Sektflasche – aber nichts vermochte ihn zu besänftigen. In unregelmäßigen Intervallen, die sich durch tiefes Luftholen ankündigten, ließ er seinen biologisch-hochdynamischen Sirenenton aufheulen.

Schließlich verfiel ich auf die Idee, ihm das zu bieten, was sonst für ihn tabu ist: mein Arbeitszimmer. Und siehe, das Verbotene tat seine heilsame Wirkung. Nach einigen unwillig abebbenden Heulern verstummte Jakob und krabbelte begeistert an den Bücherregalen entlang, riß hier einen Döblin aus seiner Verankerung, biß dort auf Brecht, begrabbelte Goethe, verschmähte alles Theoretische, passierte die Lexika-Linie, ließ Etymologie und Psychologie herauspurzeln, bevor ich intervenieren konnte, amüsierte sich köstlich mit Thomas Mann, kommentierte Arno Schmidt mit einigen aufmerksamen Gra-Gras, Günter Grass jedoch mit indifferenten Gu-Gus und die Masse des «Mann ohne Eigenschaften» mit ausdrücklich gelangweilten Bla-Blas. Ich beobachtete die erwachende Bibliomanie meines Sohnes nicht ohne Wohlwollen, schritt jedoch energisch ein, als er sich über einen Stapel alter, aus meiner

Kinderzeit hinübergeretteter Donald Duck-Hefte hermachte und schon drauf und dran war, jene Geschichte in ihre Einzelteile zu sezieren, in der Donald sich an diesem Preisausschreiben für Halberstädter Äpfel beteiligt und den genialen Slogan erfindet:

«Wer keine weiche Birne hat,
kauft harte Äpfel aus Halberstadt.»

Das ging entschieden zuweit. Um Jakobs destruktiven Charakter dennoch antiautoritär zu befriedigen, überließ ich ihm vom Zeitungsstapel einige Nummern der Feuilleton-Beilage der FAZ zum wohlfeilen Verriß. Er ließ sich auch nicht lange bitten und arbeitete sich berserkerhaft durch die ganzseitige Eloge auf den neuen Gedichtband des Lyrikers Ulrich Huhn, dessen verzuckerte Verse sich Jakob genüßlich auf der Zunge zergehen ließ. Als er auf einen ausführlichen Essay mit dem Titel «Emblematik, Allegorie und Symbolik als Signum postmoderner Poesie» gestoßen war, zeigte meine schlaue Strategie eindrucksvoll Wirkung: Jakob begann zu gähnen, seine Bewegungen wurden fahriger, seine Augen trübten sich, der Essay entglitt seinen Fingern und Zähnen. Ich nutzte die Gunst des Augenblicks, nahm Jakob in die Arme, stimmte «Now it's time to say good-night, good-night, sleep tight» an und trug ihn zurück ins Bett, wo er unverzüglich einschlief.

Ich ging noch einmal nach unten, um das Licht zu löschen. Das etymologische Wörterbuch hatte sich beim Herausfallen geöffnet und lag nun wie gekreuzigt mit gespreiztem Deckel auf dem Fußboden. Ich hob es auf und sah hinein. *spucken, Spuk, Spule, spülen, Spur.* Spur? Jawohl. Spur, sieh an. Das altgermanische Substantiv hatte auf allerlei verworrenen Wegen etwas mit «zucken» und «zappeln» zu tun, und die Spur, die mein verschwundenes Manuskript vor mir herzuziehen begonnen hatte und in der ich ihm nachlief, brachte mich ja auch in der Tat zu den albernsten Zuckungen und Zappeleien, so daß ich mir manchmal schon wie der Hampelmann meines eigenen Werks vorkam. Allerdings, und das war vielleicht das geheime Innenleben des Hampelmanns, war *Spur* ursprünglich ein Jägerwort, und das Lexikon empfahl mir überflüssigerweise, Wendungen wie «auf die Spur bringen» zu beachten. Schon früh, las ich weiter, sei die übertragene Bedeutung «hinterlassenes Zeichen» entstanden. «Hinterlassen» war ja nun wohl kaum das richtige Wort! Geklaut worden war es mir, geklaut und aufgespalten in, wie es schien, mindestens zwei Teile. Im Neuhochdeutschen hatte sich übrigens diese Bedeutung mit dem Begriff des Geringen, kaum Merkbaren verbunden, was bei 643 Seiten freilich schwer untertrieben war, und das Lexikon wartete zu allem Überfluß noch unverzüglich mit dem Beispiel «keine Spur von Leben» auf, womit es nun wiederum übertrieb. Zugegeben, «Nachtexpress nach Babylon» hatte etwas Künstliches, Synthetisches, und je länger ich ihm nachlief, desto lebloser schien es zu werden, während umgekehrt das pralle Leben sich in genau dieser Spur auszutoben schien, die das leblose Manuskript zog.

Ich stellte das Buch ins Regal zurück und bückte mich nach dem «Wörterbuch der Psychologie», das zumindest ordnungsgemäß auf dem hinteren Buchdeckel gelandet war und mich eigentümlich herausfordernd ansah. *Sprache*, nun ja, darum ging's immer, wenn unsereiner ans Werk ging, *Sprachstörungen* wie Stottern, Stammeln, Lispeln kamen nicht weiter in Betracht. *Sprechflüssigkeit* meinte nicht etwa Speichel oder Spucke, sondern verwies mit einem Pfeil auf *Intelligenz*, und dann, tatsächlich, *Spur*. Die Psychologie bezeichnete mit diesem Wort physiologisch-neurale Veränderungen beziehungsweise Erregungskonstellationen im Nervensystem, Erregungskonstellationen war ja überhaupt nett gesagt, dachte ich an Renate aus der Weinboutique!, die sich angeblich nach einer jeden Nervtätigkeit und Erfahrung ergäben und die Grundlage des Erinnerns (Pfeil auf *Gedächtnis*) in Form sogenannter (Pfeil) *Gedächtnisspuren*, aha, oder (Pfeil) *Engramme*, was'n das?, sein sollten. Wenn ich recht verstand, hätte sich demnach in meinem Gedächtnis eine physiologisch-neurale Veränderung ergeben, und zwar ganz unabhängig davon, ob das Manuskript weg war oder nicht. Denn die durch die Erfahrung der Niederschrift hervorgerufene Erregungskonstellation mußte mir eingraviert sein, unverrückbar, unverlierbar, und insofern konnte es mir also auch ziemlich gleichgültig sein, ob ich das Manuskript je zurückbekäme. Weg war, wie ich aus inzwischen ziemlich leidvoller Erfahrung hinlänglich wußte, weg, aber wie mir nun das Lexikon versicherte, war weg nur das Außen, nur das Papier mit der Schrift. Nicht-weg war die Gedächtnisspur, das Engramm, das ich aber lieber nicht mehr nachschlug, denn irgendwie begann ich nun, die Dinge in einer Art Babylon-Syndrom heillos durcheinanderzuwerfen. Weg war also gar nicht weg? Sollte das etwa heißen, daß der ganze Schwachsinn, den «Nachtexpress nach Babylon» ja zweifellos auch enthielt, auf ewige oder zumindest auf Lebenszeit in meinem Gedächtnis eingekerbt war? Das Manuskript hätte ich überarbeiten können, kürzen, umbauen. Aber konnte man ein Autorengedächtnis kürzen und umbauen?

Für diesmal machte ich Redaktionsschluß, stellte die Bücher ins Regal zurück, warf die zerfetzten FAZ-Feuilletons in die gute Gesellschaft leerer Flaschen in den Mülleimer, glättete die Donald Duck-Hefte, wollte wieder zu Bett gehen – als ich mit einem Blick aus dem Fenster feststellte, daß es kurz vor Sonnenaufgang war.

Wie oft hatte ich mir vorgenommen, den Sonnenaufgang zu beobachten, zu sehen, was von seiner so häufig besungenen Inspirationskraft noch übrig war, aber immer war ich zu faul gewesen, extra dafür aufzustehen. Der rosige Rand hinter dem Eichenknick hob sich langsam auf Wipfelhöhe, wurde am Horizont über den Weiden kräftiger, satter, in die von Wolken freigegebenen Himmelsstücke floß ein durchsichtiges Blau, und dann erschien der glühende Rand, unterbrochen von den noch schwarzen Baumstämmen, ließ im Höhersteigen deren dunkle Konturen zu einem lässigen Tanz verschwimmen, ergoß sich in flüssigen Bahnen über den Acker, erreichte die Fundamente unseres Hauses, stieg zu den Fenstern, kitzelte mein Gesicht, und plötzlich wußte ich wieder, warum der Umzug von Hamburg aufs flache Land die richtige Entscheidung gewesen war. Am Schreibtisch sitzend schlief ich ein.

18

Der Schlafwagenschaffner, der Thomas Mann im Nachtzug als Thomas Mann identifizierte, hat es durch eben dies Erkennen inzwischen zu einiger Berühmtheit gebracht, insofern Thomas Mann nämlich den Mann und dessen Befriedigung darüber, Thomas Mann beschaffnern zu dürfen, mit unverhohlener Befriedigung darüber, als Thomas Mann erkannt worden zu sein, in seinem Tagebuch verewigt hat.

Ich kann diese Befriedigung vollauf verstehen, tragen wir Schriftsteller doch gemeinhin nicht wie Film- oder TV-Stars unsere äußeren Gesichter, sondern unsere inneren Gesichte zu Markte. Wenn unsereiner dann ausnahmsweise doch einmal in Supermarkt oder Kneipe erkannt wird, weil sich ein getreuer Leser ans Foto auf der Umschlagsklappe oder in der neuesten Rezension erinnert, das Foto mit der Leibhaftigkeit des vor ihm aufgetauchten Gesichts vergleicht und schüchtern, bescheiden, oder, je nach Temperament, begeistert anfragt, ob man nicht der Schriftsteller Soundso sei, dann handelt es sich a) um einen wirklich guten Leser, also eine Rarität im Literaturbetrieb, und b) um einen kurzen Ausstieg des Erkannten aus dem Ghetto des Elfenbeinturms in einen Bereich, den man mit

Öffentlichkeit bezeichnen könnte, mithin eine zweite Rarität im Literaturbetrieb.

Es gibt natürlich Kollegen, die eisern behaupten, solches Erkanntwerden sei ihnen egal bis widerlich, wie ihnen angeblich auch die Verkaufszahlen ihrer Bücher egal und die Meinungen der Kritiker über ihre Bücher widerlich sind, doch sie lügen wie – hier kann man's mal so sagen: – gedruckt. Wer's wählt, muß es tragen. Ich zitierte diese Einsicht des Poeten bereits, dem ich, nachdem er mich vor der Poesie nicht hatte bewahren können, viel verdanke. Aber wer's wählt, das weiß ich inzwischen, *will* es auch tragen. Dazwischen gibt es nichts außer Selbstbetrug und eitler Koketterie. Wolfgang Hildesheimer hat das einmal auf den notwendig radikalen Punkt gebracht: «Der Haß auf den Literaturbetrieb ist genau so banal wie der Literaturbetrieb. Die größte Banalität ist es vielleicht, sich selbst als Außenstehenden zu sehen. Die wirklich Außenstehenden nehmen den Betrieb nicht wahr.» Was im übrigen heißt: Es gibt keine Außenstehenden.

Warum ich Ihnen schon wieder mit solchen Literaturinterna komme, statt saftig zu erzählen? Damit Sie, wenn Sie mich das nächste Mal auf der Straße, im Kino oder sonstwo erkennen (Dichterlesungen, zumal meine eigenen, zählen aber nicht!), ohne Skrupel auf mich zueilen, sich vergewissern, ob ich tatsächlich der in Deutschland weltberühmte Lukas Domcik bin und mich dann um ein Autogramm, eine Locke von meinem kohlrabenschwarzen Haar oder einen Schnürsenkel bitten, um diese Reliquien dann gerahmt übers Sofa zu hängen oder als Lesezeichen in meinen Büchern zu benutzen? Durchaus nicht! Vielmehr möchte ich Ihnen nunmehr Herrn Betge vorstellen, der mir zwar nicht auf Anhieb, aber doch auf den zweiten Blick sympathisch war.

Je nach Stimmungslage empfinde ich es als schönen oder makaberen Zufall, daß Irrenanstalt, Universität und Schriftstellerbedarf in Oldenburg an einer einzigen Straßenflucht vereint sind. Am Wehnenweg, benannt nach dem Vorort (daß eine Stadt von der «Größe» Oldenburgs Vororte haben kann, mag vielleicht auf Verwunderung stoßen, ist aber Fakt), auf den er zuführt und in dem sich das Psychiatrische Landeskrankenhaus befindet, liegt nämlich nicht nur die hiesige Universität, sondern eben auch jener Schreibwarenladen, in dem ich meine Farb- und Korrekturcassetten einzukaufen pflege. Mein Verbrauch war zwar in den letzten Wochen wegen des Kidnappings meines «Nachtexpress nach Babylon» gesunken, aber der literarische Kleinkram, die Brotarbeit (die ja auch Papierarbeit ist), mußte schließlich absolviert werden, damit Anna neue Schuhe, Jakob neue Windeln, Nora das nette Kostüm und ich Zigaretten kaufen konnte.

Ich hatte noch einige andere Besorgungen in Oldenburg gemacht und war kurz vor Ladenschluß des Papiergeschäfts eingetroffen, das ich nun als letzter Kunde wieder verließ. Der Wehnenweg erreicht an dieser Stelle den inneren Stadtbezirk, um nicht von City zu reden, und läuft bis zur Stadtmitte am Flüßchen Haaren entlang, das auf seinem gegenüberliegenden Ufer von einer Straße gesäumt wird, die sinnvollerweise Haarenbrükkenweg heißt, führen doch mehrere Brücken hinüber und herüber. Ich blickte über die trübe Gemächlichkeit des Wassers, das neben allerlei Unrat auch einige Eisschollen beförderte und seinen Lauf direkt in jene Richtung nahm, in der auf dem anderen Ufer das Haus des Herrn Betge lag.

Im neuen Jahr, hatte Oma Betge gesagt, käme die Familie aus dem Urlaub zurück. Und das neue Jahr war jetzt. War der Mann bürgerlich berufstätig, mußte er eigentlich beizeiten zu Hause sein. Also marschierte ich entschlossen auf die Ihnen und mir ja bereits bekannte Nummer 19 zu, aus deren Fenstern auch hoffnungsfrohes Licht brach.

Vor der Haustür holte ich einige Male tief Luft und klingelte. Geöffnet wurde mir diesmal nicht von Oma Betge, sondern gewissermaßen von ihrem Gegenteil, einem Jungen in Annas Alter, der, einen Blechtrecker mit kreischendem Aufziehwerk hinter sich herziehend, mich neugierig musterte und ein Moin hören ließ, das nach einem wohlwollend-interessierten «Was bist du denn für einer?» klang.

– Moin, erwiderte ich mit der Betonung: Ja, guck mal einer an. Wen haben wir denn da? So einen süßen Jungen, fügte aber relativ geschäftsmäßig hinzu: – Ist dein Vater zu Hause?

– Nö. Der Junge schüttelte den Kopf. – Aber mein Papa ist da.

– Na prima, strahlte ich. – Mit dem möchte ich gern mal sprechen.

– Ist gut, nickte der Kleine. – Guck mal. Er hielt mir eine Monsterfigur hin. – Das ist Bruto.

– Aha.

– Der blutrünstige Barbar. Kennst du den?

– Ich ... äh, also dein Papa ist da?

– Wer ist denn da, Hannes? vernahm ich nun eine Frauenstimme aus dem Hausinnern.

– Wer bist du denn? dolmetschte der Kleine.

– Domcik, sagte ich, – ich heiße Domcik und…

– Dummtick, verballhornte Hannes wenig schmeichelhaft und rief es in den Flur. – Herr Dummtick ist da!

Er grinste mich frech an. Diese Namensentgleisung war offenbar eher ein Sprachspiel denn mangelnde Sprachkompetenz dieser Frechnase.

– Wer? fragte nun näher kommend die Frauenstimme. – Wer ist da?

Im Türrahmen erschien eine sonnengebräunte, dunkelblonde, sehr schlanke Frau meines Alters.

– Wer…?

– Dumm… setzte der Flegel nochmals an, wurde aber von mir auf der letzten Silbe abgefangen.

– Domcik, sagte ich. – Entschuldigen Sie die Störung, aber ich würde gern mit Herrn Betge sprechen. Ist er da?

– Ja schon, sagte die Frau. – Mein Mann ist da. Aber wir sind eben erst aus dem Winterurlaub zurückgekommen. Wir sind noch beim Auspacken.

Und das klang unverhohlen und ja auch fast verständlicherweise nach einem «Sie stören im Moment sehr».

– Es ist… stotterte ich, – ich habe nur eine kurze Frage. Es dauert nicht lange.

– Moment bitte, sagte die Frau, faßte den sich sträubenden Hannes, der mir Grimassen zog, an der Schulter, und die beiden verschwanden, gefolgt von dem metallisch krächzenden Trecker, im Flur.

– Rolf! hörte ich Frau Betge rufen. – Roholf! Da ist wer für dich. Ein Herr Domcik!

– Wer? rief es von irgendwo schwach zurück. – Wer soll da sein?

– Ein Herr Domcik!

Zwei mit Sicherheit nicht...

– Domcik? Die männliche Stimme näherte sich von unten, offenbar einem Keller entsteigend. – Domcik? jetzt bereits im Flur, – Domcik...? im Türrahmen ein gleichfalls gebräuntes Gesicht, schön geschwungen wie ein Fragezeichen.

– Domcik, sagte ich. – Lukas Domcik ist mein Name und ich...

– Ja, aber das ist doch nicht möglich! Lukas Domcik, tatsächlich. Kommen Sie herein, was... Das ist ja eine Überraschung. Und ausgerechnet heute.

– Sie kennen mich? fragte ich mißtrauisch, nahezu überwältigt von einem Verschwörungstheorieschwall, dessen dumpfe Gewalt mir ins Hirn hämmerte, dieser Mann hätte gezielt und mit vollem Wissen das unschätzbare Material an sich genommen. Nun aber klopfte das Schicksal an seine Pforte. Das feingesponnene Netz zerriß. Was sollte das denn überhaupt heißen: Und ausgerechnet heute? Tja, damit hatte er nicht gerechnet, der feine Herr Betge, der Dichterklau. Am Ziel, dachte ich. Du bist am Ziel...

– Was soll das heißen, fragte ich unfreundlich, – ausgerechnet heute?

– Ja, wissen Sie denn nicht? Heute ist der 4. Januar.

– Ja und? knurrte ich, gewillt, mich nicht von der Fährte abbringen zu lassen.

– Der 4. Januar ist doch der Geburtstag von Jakob Grimm.

– Ja und? knurrte ich erneut.

Was sollte das? Wo wollte der Mann mich hinlocken?

– Und zugleich der Todestag von Camus. Von Albert Camus. Ich meine, das ist doch ein wichtiger Tag für die

Literatur, so ganz allgemein... Und ausgerechnet heute stehen Sie bei mir vor der Tür.

– Sie kennen mich also?

– Ja, aber selbstverständlich, nickte Herr Betge.

Seine Stimme klang keineswegs ertappt, verschreckt oder überführt, sondern eher freudig überrascht.

– Sie sind doch der Schriftsteller Lukas Domcik. Ich habe Bücher von Ihnen. Ich hab auch neulich Ihr Feature über Ludwig Tieck im Radio gehört. Sehr gut, obwohl, im Detail nicht unproblematisch... Und die Fotos in den Buchumschlägen, ja tatsächlich. Aber, er hatte mich inzwischen in den Flur geführt, – was verschafft mir die Ehre? Ich meine, warum...

Der Mann war gerissen. Versuchte, mich dadurch einzulullen, daß er den Schriftsteller an seiner empfindlichsten Stelle packte: seiner Eitelkeit. Wenn es stimmte, daß Betge mich erkannte, und das schien ja zu stimmen, wenn er zudem Bücher von mir gelesen hatte, wenn er darüber hinaus einen Teil des «Nachtexpress nach Babylon» in seinen Besitz gebracht hatte, dann mußte dem Mann doch klar sein, warum ich hier war. Warum verstellte er sich? Was hatte er zu verbergen unter der Maske des Literaturfreunds?

– Können Sie sich das nicht denken? fragte ich in einem Tonfall, der meinem alten Widersacher Tress alle Ehre gemacht hätte.

– Eigentlich nicht, schüttelte Herr Betge den Kopf. – Aber bitte, kommen Sie doch herein.

Er führte mich in ein Wohnzimmer, durch dessen geöffnete Schiebetür man einen angrenzenden Raum erblickte, dessen Wände mit Bücherregalen vollgestellt waren.

– Bitte, er schob mir einen Sessel hin, – nehmen Sie Platz. Entschuldigen Sie die Unordnung, er deutete auf geöffnete Koffer und umherliegende Garderobe, – wir sind eben zurück und... Er schüttelte mit dem Kopf und sah mich ungläubig an. – Lukas Domcik, das gibts doch gar nicht...

– Ich komme... wollte ich zur Sache kommen, doch er unterbrach mich, indem er fragte, ob er mir etwas zu trinken anbieten könne.

– Vielleicht einen Whisky-Soda, Halbe-Halbe, mit zwei Stück Eis?

– Wie bitte? Aber wieso...

– Ich bitte Sie, das trinkt doch der Inspektor in «Die gelbe Glut» dauernd, weil er doch gerade auf Kokain-Entzug ist.

Herr Betge lachte und ging in seine Bibliothek, wo er tatsächlich meinen Roman aus dem Regal zog.

– Sehen Sie, hier... Hier, Moment, Seite...

– Nein, nein, winkte ich ab, inzwischen doch durch die Tatsache deutlich korrumpiert oder milde gestimmt, hier auf etwas getroffen zu sein, was einem als Schriftsteller sonst lediglich als abstrakte Vorstellung präsent ist: einen leibhaftigen Leser. Und der hatte nicht nur meine Werke bei sich im Regal stehen, sondern er hatte sie allem Anschein nach sogar – gelesen!

– Sie brauchen nicht zu zitieren. Irgendwie kenne ich das Buch ja schon. Also gut, warum eigentlich nicht? Einen Whisky-Soda. Wenn es Ihnen nichts ausmacht...

Rolf Betge entschwand in die Küche. Durch die geöffneten Türen hörte ich , wie er hastig und aufgeregt mit seiner Frau sprach. Worum es ging, konnte ich nicht verstehen, denn Hannes hatte sich zu mir gesellt und fuchtelte mir mit Bruto, dem blutrünstigen Barbaren, vor der Nase herum. Ich war froh, daß meine Kinder bislang nicht mit solchem Fantasy-Kram spielten, denn...

– Hast du Kinder? wollte Hannes wissen.

– Ja, ein Mädchen und einen Jungen.

– Haben die Star-Wars?

– Nein, noch nicht.

– Schade.

– Na ja...

Rolf Betge kam mit den Gläsern zurück, schickte seinen Barbarenbändiger hinaus. Wir tranken uns zu.

– Sie können sich also nicht denken, warum ich zu Ihnen gekommen bin? setzte ich nach einem tiefen Schluck an.

– Nein. Er schüttelte nachdenklich den Kopf. – Das heißt... er zögerte einen Moment.

– Ja? hakte ich nach.

– Es sei denn, sagte er stockend und errötete, – es sei denn, Sie hätten mein Buch..., also ich meine, vielleicht haben Sie ja mein kleines Büchlein gelesen und...

Er stand auf, ging zum Schreibtisch, der in der Mitte des Bücherzimmers stand und durchaus nach Arbeit aussah, und reichte mir mit einer teils schüchtern-entschuldigenden, teils würdevoll-stolzen Geste einen kleinen Broschurband:

Rolf Betge
«Lob der Langeweile»
Zur Poetik des Provinziellen

Ich blätterte ein wenig, kontrollierte im Inhaltsverzeichnis und Index, ob ich selbst womöglich erwähnt oder zitiert wäre, was nicht der Fall war, klappte das Buch wieder zu und bedauerte, den Mann enttäuschen zu müssen.

– Tut mir leid, nein. Ich komme nicht wegen Ihres Buches. Es war mir bislang auch gar nicht bekannt.

– Ist auch eben erst erschienen, half mir Rolf Betge über die kleine Peinlichkeit hinweg, und während ich desillusioniert darüber nachdachte, daß der wahre und reine Leser, der nichts als Leser ist und nicht auch selbst, wie versteckt oder heimlich auch immer, schreibt, wahrscheinlich eine Autorenfiktion ist, erklärte er mir, daß er Germanist an der hiesigen Universität sei. Das erklärte zwar seine Autorschaft, ließ aber nach wie vor im dunkeln, was mit meinem Manuskript geschehen war.

Nach einem weiteren, kräftigen Schluck ging ich *in medias res* und schilderte stark verkürzt den wahren Grund meiner Anwesenheit.

– Ach du lieber Gott, stöhnte Rolf Betge, als ich mit meinem Bericht geendet hatte, und wand sich unbequem in seinem Sessel. – Das ist ja fürchterlich. Aber ich konnte doch nicht ahnen, daß Sie der Autor... Ich meine, es war kein Titelblatt dabei, auch kein Namenshinweis, keine Adresse. Nichts. Nur diese losen Seiten. Es war doch nur ein... Wie soll ich sagen?

Er schenkte uns noch einen Whisky nach und erzählte dann, gelegentlich von einem nervösen Kopfschütteln begleitet, das einem gestischen «Wie ist es bloß möglich» gleichkam, aber im Lauf seiner Erzählung abebbte und zum Schluß ganz verschwand, daß er, wie wir inzwischen alle schon ahnten, in der Werkstatt die Toilette habe aufsuchen müssen. Auf einem Hocker neben dem Klo habe das Manuskript gelegen, allerdings nicht in der berühmten

Plastiktüte, sondern, wenn er so sagen dürfe, quasi nackt. Es seien auch etwa nur 200 Seiten gewesen, und die Reihenfolge der Seiten sei außerdem völlig durcheinandergegangen. Wahrscheinlich habe bereits vor ihm jemand das Ganze oder diesen Teil aus der Tüte genommen, darin herumgeblättert, dann aber auf dem Hocker liegengelassen.

Das leuchtete zwar als Begründung ein, erklärte auch, daß der andere Teil an Gerold Gerdes beziehungsweise Olaf Jung gelangt war, kränkte aber meine Autoreneitelkeit: So etwas einfach liegenlassen, nachdem man darin geblättert hat? Gut, es wies Mängel auf, aber...

Jedenfalls habe er, Betge, sofort gemerkt, daß es sich um ein literarisches Werk handeln mußte (na also!) und es mit Erlaubnis des Werkstattbesitzers an sich genommen, um eventuell den Urheber oder Eigentümer ausfindig machen zu können. Seine Ehrfurcht vor der Literatur habe es nicht zugelassen, so etwas (so etwas?) auf einem Klo verkommen zu sehen.

– Aber wenn Sie meine Bücher kennen, warf ich ein, – dann müssen Sie doch sofort gemerkt haben, daß ich der Autor bin.

Betge rutschte unbehaglich auf seinem Sessel herum. Er habe in der Tat an mich gedacht (na bitte!), bei einigen Passagen (nur?), sei dann aber zu dem Ergebnis gekommen (na?), daß hier irgend jemand versucht habe, meinen Stil zu kopieren (unerhört!), und zwar, wenn ich ihm diese Bemerkung gestatten wollte (mal sehen), nicht besonders gut (ja, wie denn, was denn?). Außerdem seien die Seiten ja alle durcheinander gewesen. Seite fünf bis zwanzig habe er zwar fortlaufend gehabt (und die waren Scheiße, zugegeben), dann aber wiederum nur Teile zwischen Seite 300 und 400 (wahrscheinlich die Geschichte mit dem Liegestuhl und der Rio-Trip), dann wieder weitverstreute Einzelseiten (na gut, na schön, aber her damit!).

– Na gut, na schön, sagte ich, – dennoch wäre ich Ihnen dankbar, wenn Sie mir diese... äh Bruchstücke zurückgeben würden.

– Es tut mir leid, antwortete er mit belegter Stimme, leichenblaß. – Ich, ich habe die Blätter nicht mehr.

– Was? entsetzte ich mich. – Sie haben das weggeworfen?

– Nein, um Gottes willen. Bitte, es tut mir wirklich sehr leid. Ich habe doch nicht ahnen können, daß Sie... daß Lukas Domcik so einen... Also, es ist so. Hier in Oldenburg gibt es, wie Sie vielleicht wissen, keine ernstzunehmende literarische Szene. Es gibt aber eine Gruppe schreibender Amateure, nein, Dilettanten, ein ziemlich grauenhafter Verein mit dem noch grauenhafteren Namen *Satzbauhaus*. Er wird von einer gewissen Frau Kunz angeführt, Christiane Kunz, Oberstudienrätin an der Emilienschule. Schreibende Hausfrauen mischen sich da unter verkannte Möchtegernschriftsteller, die es als ihren Durchbruch zum kommenden Nobelpreisträger verstehen, wenn irgendein dubioser Verlag ihre Lyrik druckt und die Autoren das bezahlen läßt. Sie verstehen? Und nun...

– Ja?

Welche Abgründe taten sich da auf. Mir schwindelte.

– Ich hatte das Gefühl, daß dies Manuskript, diese Bruchstücke, daß die aus den Reihen dieser Schreibgruppe stammen könnten. Oder daß man dort zumindestens wissen könnte, wer es geschrieben hat. Ich meine, verstehen Sie mich nicht falsch, sonst kam hier in der Stadt überhaupt niemand in Betracht.

– Und ich? fragte ich mit einem letzten Rest Trotz in der Stimme.

– Aber ich bitte Sie... Sie leben doch in Hamburg.

– Nicht mehr. Ich bin vor einem halben Jahr hierher verzogen.

– Tatsächlich? Das ist ja sehr erfreulich, aber das konnte ich nicht wissen. Ich meine, wie um alles in der Welt hätte ich mir zusammenreimen sollen, daß ein Manuskript von Lukas Domcik auf ein Klo gerät...

– Schon gut. Ich winkte ab und fühlte mich müde. Konnte ich dem Mann etwas übelnehmen? Hatte er denn nicht sogar recht, bitter recht mit seiner Bemerkung, das Manuskript kopiere teilweise meinen eigenen Stil? War «Nachtexpress nach Babylon» in der Tat nichts als ein höchst mittelmäßiger Verschnitt meiner vorhergehenden Arbeiten, angereichert mit allen möglichen und unmöglichen Elementen postmoderner Schaumschlägerei, die ich mir von überall aus der dünnen Luft der Feuilletons gegriffen hatte? «Nachtexpress nach Babylon», allein schon der dämliche Titel!, das war höchstens eine mißlungene Selbstparodie. Ich nickte betreten und keinlaut vor mich hin.

– Schon gut, es ist ja meine eigene Blödheit. Im übrigen hätte ich das Manuskript natürlich noch überarbeiten müssen. Das, was Ihnen da unter die Augen gekommen ist, war nur ein Entwurf, eine Skizze, noch nicht einmal eine erste Fassung, nichts Fertiges, meine ich, nichts...

Ich wußte nicht, wie ich weiterlügen sollte und schwieg. Das Eis im Glas war geschmolzen, geschmolzen wie die letzten Reste meiner irrigen Meinung, das Manuskript sei auf die eine oder andere Art so zu bearbeiten, daß es publizierbar würde.

– Ach so, na dann ... meinte Rolf Betge recht vielsagend und schwieg ebenfalls.

– Noch einen Whisky? fragte er nach einigen Augenblikken gegenseitiger Bedenkzeit, und ich nahm dankend an.

– Hat sich denn diese Frau Kunz Ihnen gegenüber geäußert? fragte ich schließlich.

Er schüttelte den Kopf. – Nein. Ich hab ihr das alles per Post zugeschickt und im Anschreiben vermerkt, sie solle es an mich zurücksenden, wenn es nicht jemandem aus ihrer Schreibgruppe gehört. Bislang ist es nicht zurückgekommen. Wenn Sie die Anschrift von der Frau wollen ...

Ich nickte. Das Manuskript mußte wieder in meine Hände gelangen, und sei es nur, um etwas unter Kontrolle zu bringen, was aus der Kontrolle geraten war. In dieser Form durfte das Manuskript unter keinen Umständen an die Öffentlichkeit gelangen. Ich hatte immerhin einen Ruf zu verlieren.

Ich wollte mich verabschieden, doch Rolf Betge verwikkelte mich in ein längeres Gespräch über zeitgenössische Literatur, erwies sich als Kenner mit sicherem Geschmack, hatte ähnliche Vorlieben und Abneigungen wie ich und kannte sich in der Psyche von Autoren so gut aus, daß er das Gespräch, wenn es zu erlahmen drohte, mit Hinweisen auf meine eigenen Werke immer wieder in Gang brachte. Als ich das Haus Haarenbrückenweg Nummer 19 gegen 23 Uhr verließ, hatte ich das Gefühl, den Beginn einer Freundschaft erlebt zu haben. Auch Anna und Hannes, dachte ich auf der Fahrt nach Hause, würden sich gut miteinander verstehen. Sifftteller bittu, hatte Anna einmal zu mir gesagt. Dummtick, hatte mich Betge-Junior genannt. Auf seine Weise stimmte beides.

19

Bip-biep... bip-biep...
– Knack... Moin... klick... Hier spricht... skroch... der automatische... knack... Anrufbeant... spotz... worter... krks... von Olaf... knatterknack... Jung... knarz... Ich bin zur... knirsch... Zeit nicht zu... tütkrk... Hause. Sie können jedoch eine... spotzknack... Nachricht hinter... knirsch... lassen. Wenn Sie Ihre... drrrr... Telefon... krongs... nummer auf Band... tröt... sprechen, rufe ich... spotz... Sie zurück... knaterknack... Bitte sprechen Sie... skrochpeng... nach dem Signal... tüt... ton... fiiiiep!!!

Ich zog es vor aufzulegen, ohne der freundlichen Aufforderung Folge zu leisten. Wer weiß, welchen Verstümmelungen meine Telefonnummer und mein Name ausgesetzt worden wären, spräche ich sie auf dieses Gründermodell eines Anrufbeantworters. Dummtick reichte mir fürs erste. Luknack Domskroch mußte ja nicht auch noch sein...

Eigentlich ist mein Name für die Zwecke eines Schriftstellers nicht übel: einmalig und unverwechselbar, relativ kurz und auch für Anagrammbildungen bestens geeignet. Unter dem Pseudonym Mick Dasulko beliefere ich zum Beispiel diverse Rundfunksender mit exotischen Reiseberichten; ich hoffe, daß die Honorare mir eines fernen Tages die Reisen finanzieren können, von denen ich jetzt schon berichte. Verwirrung stiftet hin und wieder allerdings das «c» in meinem Namen. Manchmal nützt es da schon, wenn ich sage: C wie in Čechov; aber manchmal nützt dieser Hinweis auch gar nichts, weil die Ahnungslosen weder mich noch Cechov kennen und die literaturfesten Witzbolde nachfragen, ob das erste oder das zweite «c» bei Cechov gemeint sei. Nun ja...

– Bip-biep... bip-biep...

– Knack. Guten Tag. Hier spricht Christiane Kunz. Ich bin zur Zeit nicht erreichbar. Der nächste Salon der Autorengruppe *Satzbauhaus* findet am achten Januar statt, wie immer in meiner Wohnung. Es liest, wer will. Manuskripte sind mitzubringen. Für Getränke ist gesorgt. Für die besonders Interessierten spreche ich nun noch eins meiner neuen Gedichte auf Band:

WINTERVISION

Tief treiben Winde Schnee ins Land,
tief hängt die Sonne, Hand in Hand
mit dir, Geliebter, will ich gehn
ins weiße Land, ins Winterschön,
wo unsere Seelen heiß vereint
den Schnee erwärmen, bis er weint.
Knack.

Ob sich Christiane Kunz Zeilenfall, Zeichensetzung sowie Groß- und Kleinschreibung so dachte, wie ich es hier wiedergebe, entzieht sich natürlich meiner Kenntnis. Denkbar wäre es schon, daß in ihrer Originalhandschrift dieser elende Sechszeiler ein noch elenderer Zwölfzeiler ist, womit Frau Kunz dann ja schon fast eine ganze Seite vollgemacht hätte. Mir wurde abwechselnd seelenheiß und schneekalt, wenn ich mir ausmalte, daß dieser – wie soll ich sagen? – Poetin? nein, dieser Satzbauhausbewohnerin mein Werk in die Finger gefallen war. Blieb mir denn gar nichts erspart? Mußte ich nun auch noch, um die Sache hinter mich zu bringen, diesen bittersten aller Kelche trinken und einer Tagung der Gruppe *Satzbauhaus* beiwohnen, wenn anders Frau Kunz nicht erreichbar war? In der Tat hatte ich im hiesigen Stadtmagazin mit dem nicht minder dummdreisten Namen «Mephisto» bereits allerlei über die Umtriebe des *Satzbauhauses* lesen müssen; die Auftritte dieser Vereinigung in der Volkshochschule, in der Gaststätte «Moppel» oder im Evangelischen Gemeindehaus standen stets unter merkwürdigen Mottos wie *Lyrik und Batik, Was Frauen sich zusammenreimen, Bauchladenlyrik* oder *Worte für den Wald.* Das schlechthin Kreative fand hier in der Provinz offenbar gutgedüngten Nährboden und wucherte bereits bis in die Leitungen der Bundespost: Selbstredend war das *Satzbauhaus* auch mit dem Service eines Literaturtelefons befaßt. Bis zum 8. Januar hatte ich zum Glück noch vier Tage Bedenkzeit, um eine Strategie zu entwickeln.

Falls die einschlägige Information nicht im Störfeuer seiner Defekte untergegangen war, hatte der antike Anrufbeantworter Olaf Jungs immerhin offengelassen, ob sich zur Stimme seines Herrn inzwischen auch wieder der Herr selbst gesellt hatte oder ob dieser nach wie vor im Urlaub weilte. Als ich vor Silvester dort angerufen hatte, war kein Anrufbeantworter in Funktion getreten, so daß einiges dafür sprach, daß Olaf Jung inzwischen wieder unter uns Einheimischen wandelte.

Also fuhr ich in der Abenddämmerung erneut nach Wapeldorf, um mein Anliegen von Mann zu Mann, ohne irritierende Zwischenkunft eines tontragenden und -reproduzierenden Mediums vorzubringen. Und siehe da: Das weiße Gatter, an dem ich neulich noch rat- und sinnlos gerüttelt hatte, stand offen, und in der Einfahrt parkte ein Wagen. Ein sehr schöner Wagen übrigens, ein Volvo-Kombi, dessen Baujahr ich auf 1956 schätzte, gut erhalten und fachmännisch gepflegt, gleichwohl deutlich sichtbar als Fortbewegungs- und Transportinstrument im Einsatz und kein reines, automobilnostalgisch-museales Vorzeigeexemplar. Es ist ja, nebenbei bemerkt, seltsam, wie das Technische, das Nicht-Auratische schlechthin, im Lauf der Zeit doch Aura ansetzt, ja zweite Natur werden kann: Das Meckern alter VW-Käfer-Motoren klingt heute doch fast schon so heimelig wie das von Ziegen an griechischen Berghängen. Jedenfalls ging ich voll tiefempfundener Bewunderung um den Wagen herum, tätschelte seine wohlgerundeten Kotflügel, schaute ins Innere, sah auf der Ladefläche diverse Werkzeuge, Säcke und Bananenkartons, in denen papierverpackte Gegenstände lagen, dachte an Franz Kienast, der, von den KGB-Schranzen gehetzt, einen Bugatti-Oldtimer aus der Oldtimer-Parade stiehlt, so daß es auf der Promenade von San Remo zu einer wilden Verfolgungsjagd kommt, die neben etlichen Schaufenstern, Obstständen und Pizzabuden auch zur Totaldemolierung mehrerer geschniegelter Oldtimer führt, bis sich der ganze

Spuk in einer gewaltigen Explosion entlädt, die ich als endgültige Aurazertrümmerung verstanden wissen wollte, weil nämlich: Ja, warum denn eigentlich? Ein übergrober Unfug war das, und die Persiflage auf diverse entsprechende Filme, die an dieser Stelle durchschlagen sollte, war derart platt und aufdringlich geraten, daß sie alles andere als witzig wirken mußte. Mich packte das unabweisbar komische Gefühl, wieder einmal gar nicht komisch gewesen zu sein.

In der reflektierenden Heckscheibe sah ich, daß ein Mann auf einem Fahrrad in die Einfahrt bog, einen Moment lang beobachtete, wie ich in den Volvo hineinschaute und, während ich mich zu ihm umdrehte, das Fahrrad herumriß und schnell auf die Straße zurückstrampelte.

– Herr Jung? rief ich und lief ihm nach. – Herr Jung! So warten Sie doch, ich will...

Er drehte sich, schneller werdend, nach mir um.

– Scheißdreck, fluchte ich, – was hat er denn? sprang in meinen Wagen, der nach zwei Fehlversuchen startete, und fuhr ihm hinterher.

Es war inzwischen fast ganz dunkel geworden, und da Jung, wenn es denn überhaupt Jung war, ohne Licht fuhr, hatte ich ihn bereits aus dem Blick verloren. Nach etwa zweihundert Metern tauchte im Lichtkegel der Scheinwerfer ein Rückstrahler des Fahrrads vor mir auf. Jung hing, weit über den Lenker gelehnt, auf seinem Gefährt, drehte sich wieder um, so daß ich unter einer tief heruntergezogenen Pudelmütze kurz ein vollbärtiges Gesicht erkennen konnte. Ich hatte ihn fast eingeholt, aber da bog er plötzlich nach links von der Straße ab und verschwand im

Schwarz der Wiesen. Als ich meinen Wagen zum Stillstand gebracht hatte, war ich bereits an der Stelle vorbei, an der Jung die Straße verlassen hatte. Ich setzte langsam zurück und entdeckte einen morastigen Feldweg, dessen halbgefrorener Matsch wenig Gutes verhieß; mit seinem Fahrrad konnte allerdings Jung hier erst recht nicht weit kommen. Vorsichtig schwenkte ich den Wagen in die von Treckern ausgefahrenen Spuren und schaltete das Fernlicht ein. Vor mir blitzte im Dunkel der Rückstrahler auf, taumelte hin und her. Erstaunlich, daß der Mann sich überhaupt noch auf dem Fahrrad hielt. Ich gab Gas, schlingerte vorwärts, die Räder drehten durch, faßten wieder, die Lenkung schwamm gummiartig nach beiden Seiten, der Boden zwischen den Fahrspuren schabte und schlug gegen das Bodenblech, plötzlich etwas Schwarzes, Spiegelndes über der ganzen Breite des Weges, es spritzte nach allen Seiten, wieder drehten die Räder durch. Der Wagen kam nicht mehr vorwärts, kam nicht mehr zurück, bohrte sich mit jedem Tritt aufs Gaspedal nur noch tiefer in den Morast. Gurgelnd verreckte der Motor. Ich stieg aus, hinein in die Wasserpfütze, die bereits Teichcharakter hatte; die kalte Brühe reichte mir fast bis zu den Knien. Ich fluchte. Verfluchte mich selbst. Welcher Teufel hatte mich in diesen Abgrund geritten? Und von Jung weit und breit keine Spur. Wie sollte ich hier je wieder rauskommen?

– Herr Jung! schrie ich, dachte, du Schweinehund. – Können Sie mich hören?

Keine Antwort. Nur ein steifer, naßkalter Nordwestwind strich über die schwarzen Felder.

– Herr Jung! (Du alter Hurensohn) Ich habe Ihre Anschrift von Gerold Gerdes! Hören Sie mich?

Keine Antwort. Die Kälte kroch meinen Bauch hoch. Dies gottverdammte Rübenschwein!

– Von Jerry! Ihrem Freund Jerry! Ich möchte nur eine Auskunft von Ihnen!

Nichts. Der Wind wurde stärker. Ich hatte den Eindruck, als versänke mein Wagen tiefer in diesem Loch.

– Herr Jung! Bitte...!

Meine Stimme überschlug sich, wurde heiser, das letzte «bitte» war nur noch ein Flüstern.

– Was schreien Sie denn so? hörte ich eine Stimme direkt hinter mir. – Ich bin doch nicht schwerhörig.

Ich fuhr herum und sah im Scheinwerferlicht, trockenen Fußes neben der Pfütze, einen Mann meines Alters, ziemlich groß, vollbärtig, die Pudelmütze jetzt aus der Stirn geschoben, breit grinsend. Das Fahrrad hielt er neben sich.

– Von Jerry? fragte er.

Ich nickte erschöpft. – Ja, ich wollte nur...

– Warum haben Sie das denn nicht gleich gesagt?

Er lachte. Meine erbärmliche Lage schien ihm Spaß zu machen. Ich rang nach einem vernichtenden Schimpfwort, hatte mich aber so weit in der Kontrolle, daß mir klar war, ohne diesen elenden Ofenwichser hier niemals herauszukommen.

– Wie sollte ich denn? sagte ich ziemlich kläglich. – Sie sind ja sofort abgehauen, als ob ich der Leibhaftige persönlich wäre. Ich...

– O.K., O.K., nickte er gemütlich. – Ich schätze, wir müssen erst mal Ihren Wagen hier rausziehen. Oder schafft die Schlampe das allein?

Ich schüttelte den Kopf. – Wohl kaum.

– Gut. Ich fahr zurück und schlepp Sie raus.

Er schwang sich auf sein Fahrrad und brachte es tatsächlich fertig, diese schlammige Ursuppe, wenn auch schwankend, zu durchradeln. Was, wenn er mich hier hängen ließe? Ich würde mir den Tod holen. Das war eine existentiell weitaus bedrohlichere Situation als die Summe all dessen, was Franz Kienast auf seinen Wegen, Irrwegen und Abwegen erlebt. Warum war dieser Jung überhaupt vor mir geflohen? Hatte er mich etwa absichtsvoll in diese fatale Lage gelockt? Warum? Hatte er Hintermänner? War er beauftragt, mich aus dem Verkehr zu ziehen? Von wem? Von *Strohbold*? Wollten die sich auf diese Weise von Autoren trennen, der Belletristik den Garaus machen und nur noch auf Lebenshilferatgeber und Kochbücher setzen? Nein, nein, soviel Phantasie hatte Ralf Scholz gar nicht. Und Verleger Altmeyer hatte im Grunde ein viel zu gutes Herz, als daß...

Auf der Landstraße rissen Autoscheinwerfer Hoffnungskegel in die Nacht, näherten sich der Stelle, an der der Feldweg abzweigte, wurden langsamer – und fuhren vorbei. Um Gottes willen! Doch nein, gerettet, der Wagen dort draußen am rettenden Ufer drehte nur, die Scheinwerfer schwenkten in meine Richtung, kamen wie Finger göttlicher Fügung auf mich zu. Olaf Jungs Volvo knatterte und spuckte von weitem wie sein Anrufbeantworter, durchpflügte aber mühelos die Schlammassen, um mich aus dem Schlamassel zu befreien.

– Warum stehen Sie denn immer noch im Wasser? rief er mir aus dem heruntergekurbelten Fenster zu.

Gute Frage! Erst jetzt löste sich meine salzsäulenartige Erstarrung.

– Hier! Er warf mir eine Abschleppkette zu, die ich an

der Anhängerkupplung meines Kombi befestigte, während er das andere Ende am Heck des Volvo verzurrte.

– Vielleicht müssen Sie etwas anschieben, rief er, stieg in den Volvo und gab gemächlich Gas. – Schieben! schrie er, – schieben!

Ich watete zum Kühler, warf mein ganzes Gewicht dagegen – als der Wagen einen unerwarteten Satz nach vorn machte, so daß ich der Länge nach in den Matsch stürzte.

– Alles klar! hörte ich Jung, – zieht gut. Sie können nach vorn kommen. Hallo? Wo stecken Sie denn? Hallo...

– Hier, gurgelte ich schwach und spuckte Schlick, der, seinem Geschmack nach, mit Kuhscheiße versetzt sein mußte. – Hier unten.

– Wo?

Ich rappelte mich triefend hoch.

– Hier oben, mein ich.

Er lachte lauthals und trommelte vor Vergnügen auf seinem Lenkrad herum.

– Ist ja wie im Kino...

– Also hören Sie mal, ich find das gar nicht so...

– Steigen Sie hinten auf die Ladefläche, sagte er, und ich kletterte hinein. – Sie können sich ruhig auf die Kartons setzen. Schamotte drin.

– Äh, Moment mal. Ich muß doch lenken, meinen Wagen mein ich.

– Ne, sagte er, – der hängt doch rückwärts am Haken. Die paar Meter ziehen wir den schon so.

Der Volvo schlingerte los. Schlammassen. Schlamassel. Schamotte... Mir drehte sich der Kopf. Ich fror.

– Sie brauchen 'ne heiße Dusche, sagte Jung vergnügt, als wir an seinem Haus angekommen waren.

Ein geheiztes Badezimmer. Zwei Handtücher. Der Himmel auf Erden.

– Hier, er warf mir einen Arbeitsoverall neben die Dusche, – den können Sie anziehen, bis Ihre Klamotten trokken sind.

Der Overall paßte, vielleicht etwas zu lang. Ich schlug die Hosenbeine um. Wie neugeboren...

Olaf Jung erwartete mich in seinem Wohnzimmer. An der Stirnwand stand ein mächtiger Ziegelofen mit aufgemauerter Sitzbank, auf dem Tisch eine Karaffe mit dampfendem Grog.

– Na? Er strahlte mich in aller Unschuld an.

– Tja, sagte ich und wußte nicht, was ich sagen sollte.

– Zucker? fragte er.

Ich nickte. Warum er vor mir geflohen sei, wollte ich wissen.

Ein blödes Mißverständnis, sagte er und streckte die Beine zum Ofen aus. Täte ihm leid. Er habe heute nachmittag einen anonymen Anruf auf dem Anrufbeantworter gehabt, der ihn vor einer Kontrolle des Gewerbeaufsichtsamts gewarnt habe. Er nähme es nämlich, sagte er und kniff ein Auge zu, mit der Steuer nicht immer so ganz genau.

– Ich auch nicht, sagte ich, schlürfte den Grog, der wohlig mein schwergekränktes Gebein durchzog.

– Jerry auch nicht, lächelte er. – Wer macht das schon? Wer ist schon blöd?

Jedenfalls, fuhr er fort, habe er dem Anruf eigentlich nicht recht geglaubt. Vermutlich hätte ihn nur die Konkurrenz wieder mal aufscheuchen wollen. Das käme öfter vor. Als er mich aber dann vor seinem Auto habe stehen sehen, sozusagen in Inspektionshaltung, da habe er sich so seinen Teil gedacht, zumal er mich zuvor noch nie gesehen habe. – Und hier auf dem Dorf, schloß er, – kennt doch jeder jeden irgendwie.

– Ich wohne noch nicht lange in der Gegend; da drüben, in Mollberg, sagte ich entschuldigend.

– Na, dann können wir uns ja duzen, schlug er vor und hielt mir sein Glas entgegen.

Wir stießen an. Und dann erzählte ich ihm meine Leidensgeschichte.

– Plastiktüte? Von Jerry?

Er überlegte, steckte sich umständlich eine Zigarre ins Gesicht, bot mir auch eine an.

– Helle Havanna, sagte er genießerisch und rollte die Spitze im Mund. – Plastiktüte von Jerry? Ja, ja … Ich weiß. Das war an dem Tag, als ich mit Renate … Ich meine, ich hatte da gerade Sherry gekauft und …

– Ja?

– Ja. Das Papier war eigentlich gar nicht für meine Zwecke geeignet. Weil es für die normalen Kacheln nicht groß genug war.

– Aber?

– Aber ich hatte diesen einen Ofen auf Lager, den mit diesen kleinformatigen Kacheln als Fries. Selten. Und dafür war das Papier ganz gut.

– Du hattest auf Lager? Heißt das, alles ist weg?

Fast wollte ich mir erlöst vorkommen …

– Nein, noch nicht. Ich hab heute das ganze Material nach Varel gebracht. Da bau ich den Ofen auf. Morgen gehts los. Wenn du dein Papier zurückhaben willst, kannst du mitkommen. Ich fahr hier um sieben los.

– Um sieben...

Er nickte. – Könnte auch gut noch jemanden gebrauchen, der...

– Der was?

– Ach, nichts.

Es wurde dann noch ganz gemütlich. Zum Schluß tranken wir den Grog ohne Zucker und Wasser.

20

Als um sechs Uhr fünfzehn bei uns der Wecker anschlug und ich tatsächlich, wie angekündigt, aufstand, erklärte Nora mich, halbschlafend, für «beknackt», rief mir jedoch nach, als ich das Haus verließ, ich solle bloß aufpassen: vielleicht könne ich endlich «mal was Vernünftiges» lernen.

Im Morgengrauen vor Olafs Haus stellte ich fest, daß es sich bei dem schiffsmastähnlichen Gebilde hinter dem Schuppen in der Tat um einen Schiffsmast handelte; das Überraschende daran war nur, daß dieser Mast auf einem dazugehörigen Schiff aufmontiert war, und dies Schiff stand hinterm Haus mitten auf der Wiese, mit Holzböcken und Keilen aufgebockt. Es schien über dem nebligen Grün zu schweben, als träume es seiner Bestimmung entgegen.

– Was macht das Schiff denn hier, fragte ich, während wir im Volvo Richtung Varel starteten.

– Tja, gute Frage. Daran bau ich schon seit drei Jahren rum. Wird wahrscheinlich nie fertig, weil...

– Willst du etwa sagen, daß du das Ding allein gebaut hast beziehungweise baust?

Er nickte. – Ja klar. Das ist mein Hobby. Und die Öfen sind mein Job.

– Ist ja toll, sagte ich wenig intelligent und noch weniger originell, doch mit ernster Überzeugung, eine Geisteshaltung, die bekanntlich Originalität und Intelligenz weitgehend ausschaltet. Da baute sich einer mutterseelenallein ein ganzes Schiff zusammen, eine gut zwölf Meter lange Metall-Yacht; jahrelang, nach Feierabend. Und schien über die Aussicht, daß diese Arbeit noch weitere Jahre in Anspruch nehmen konnte, nicht einmal sonderlich beunruhigt. Wenn demgegenüber einer wie ich Romane schrieb, meinetwegen drei Jahre lang, wie ich ja drei Jahre am «Nachtexpress nach Babylon» geschrieben hatte, dann war das weiß Gott schon lange genug. Aber die Aussicht, daß es noch Jahre dauern könnte, bis so ein Roman auch vom Stapel lief, also gedruckt, gebunden, ausgeliefert wurde, die war doch eher beunruhigend. Zwar war das Schreiben mein Job *und* mein Hobby, was Nora nicht gut findet («du mußt dich auch mal ablenken»), aber immerhin...

– Gutes Symbol, sagte ich.

– Hä?

– Na, das Schiff. Das Schiff auf dem Trockenen. Das ist doch ein irre aussagekräftiges Bild, der Traum von einer Sache, ich meine, wenn man mal...

Er sah mich seltsam von der Seite her an, und ich zog es vor, meine Assoziationsleinen loszulassen.

– Symbol? Bild? Spinnst du? Scheiße ist das. Sonst nix. Schiff auf dem Trockenen: Ich wär froh, wenn der Kahn endlich mal schwimmen würde.

Wir schwiegen und rauchten Zigaretten.

– Schriftsteller bist du also, sagte er nach einer Weile, und es klang so, als habe er sagen wollen: Daß es so was überhaupt noch gibt.

– Ja, ja …

– Und? Bringt das was ein? Ich meine, kann man davon leben?

– Na ja, so lala, sagte ich.

Das leicht Indifferente meiner Antwort traf den Sachverhalt genau.

– Ach so, sagte er, – verstehe.

– Ja.

Wir schwiegen wieder.

– So, sagte er plötzlich und deutete auf ein freistehendes Haus an der Peripherie Varels. – Da wären wir.

«Mitten im Lande», schrieb Oswald Spengler im «Untergang des Abendlandes», «liegen leere Gehäuse einer erloschenen Seele, in die geschichtslose Menschheit sich einnistet», und er meinte damit die Städte; aber hätte Spengler die postmodernen Bauten von heute gekannt, hätte er seinen Satz vielleicht auch auf freistehende Häuser vor Varel oder sonstwo bezogen. Undeutlich war noch zu erkennen, daß es sich einmal um ein ostfriesisches Bauernhaus gehandelt haben mußte, in dessen schlichte Funktionalität nun von einem Architekten, der sich offensichtlich wesentlich als Künstler begriff, in Form von Erkern, Nischen, Winkeln, Wintergärten, Solarzellen, Carports, Vorsprüngen und Rundungen an allen möglichen und unmöglichen Stellen und mit allen möglichen und unmöglichen Materialien Zeitgeist eingezogen worden war. Es sah wirklich trostlos aus.

– Das Haus, klärte Olaf mich auf, – gehört einem Computerprogrammierer.

Die Auskunft überraschte mich nicht, denn die unendliche Langeweile der Komplexitätsminimierung durch

Wissenschaft und Technokratie war es ja, die dazu führte, daß in den Heimen der Fortschrittsfanatiker nun umgekehrt ästhetische Vielfalt aus jedem Klofenster, aus jeder Blumenbank wuchern mußte.

– Neben dem Solardach, grinste Olaf, – hat er noch eine Fußbodenheizung mit Gasbetrieb. Und den Kachelofen, den läßt er sich jetzt setzen, damit er's auch mal so richtig rustikal und urig haben kann. Na, mir ist es recht.

Typisch, dachte ich. Sie vertreiben die Wärme aus den Dingen, und deshalb frösteln sie zu Hause. Da muß dann geheizt werden, bis, wie Christiane Kunz wohl sagen würde, der Schnee weint.

Olaf führte mich in das, was einmal die Diele gewesen sein mußte und nun mit seiner Glas- und Stahlarchitektur eher an Mies van der Rohe erinnerte als an ostfriesische Zimmermannsgotik.

– Hier. Olaf zeigte auf eine Stelle im sich anschließenden Raum, den früher vermutlich vier bis fünf Schlafkammern ausgefüllt hatten und der jetzt mit seinem Betonfußboden wie eine halbfertige Squash-Halle aussah.

– Hier soll der Ofen hin. Und hier, er zeigte auf einen Stapel Bananenkartons, – hier sind die Kacheln und die Schamotte. Du kannst sie auspacken und mir anreichen. Dann kann ich sie in der richtigen Reihenfolge auslegen. Und dabei wirst du ja merken, ob deine Papiere dabei sind.

Ob meine Papiere dabei sind? Ich dachte, die wären mit Sicherheit dabei. Wollte er mich zum Narren beziehungsweise zum billigen Handlanger machen?

Ich packte aus. Die Kacheln der oberen Kartons waren in Zeitungspapier eingewickelt, in Meldungen, deren Albernheit eigentlich schon unüberbietbar gewesen war, als sie erschienen, die aber jetzt, aller Neuheit ledig, geradezu rührend sinnlos wirkten: BARSCHEL: MEIN EHRENWORT enthielt Schamotte; PRALIJA: ICH BIN KEIN FLIEGENFÄNGER umhüllte den Aschekasten; KOHL UND MAGGIE: EIN HERZ UND EINE SEELE, die Kachel darin zerbrochen; JACKPOT GEKNACKT – OMA IM GLÜCK direkt überm Backfach. Ich wickelte aus und reichte die Fliesen an Olaf, der sie in der Reihenfolge auf den Boden legte, in der sie vermauert werden mußten. Besonders kleinformatig kamen mir die Kacheln allerdings nicht vor: Die «Bild-Zeitung» hatte das ideale Format, aber eine Din A4-Seite «Nachtexpress nach Babylon» hätte nie ausgereicht, sie einzuwickeln. Statt der erhofften oder auch befürchteten Bruchstücke der Entwicklung Franz Kienasts bekam ich mengenweise Informationen über Aktienkurse, Eierpreise, Neu- und Gebrauchtwagen, dann plötzlich Ansätze von Feuilletons einer liberalen Wochenzeitung: NEUES EPOS VON HERBERT HEU «DER MÄUSERICH»; GOETHE-AUSGABE ALLERLETZTER HAND IN 842 LEDERBÄNDEN; POSTHORN UND POSTHISTORIE: EICHENDORFF HEUTE; GODARDS MEISTERWERK: EIN FILM ÜBER GODARDS LETZTES MEISTERWERK; mit LANDWIRTE PROBEN DEN AUFSTAND gings wieder zum politischen Tagesgeschäft über, und die Witze auf den letzten Seiten waren alle überhaupt nicht witzig: «Wie wars im Urlaub? – Prima. – Und keine Sprachprobleme? – Wir nicht, nur die Einheimischen.» Ha ha ... Immerhin deutete dieser sogenannte Witz bereits ein Motiv aus «Nachtexpress nach Babylon» an, weil dort die Sprachverwirrung anhand einer Kette von Mißverständnissen dargelegt wird, denen Kienast erst leidend ausgesetzt ist, die er aber schließlich bewußt selbst produziert, womit er sich zum närrischen Spiegel macht, doch diese matte Mixtur aus Don Quichotte und Till Eulenspiegel war schal, ein dünner, zweiter Aufguß von...

– Sag mal, fragte ich zaghaft, als ich bereits den Boden des zweiten Kartons erreicht hatte, – wo bleiben denn die kleinen Kacheln? Ich meine die, in denen...

– Ganz unten. Die sind doch für den Fries. Passen zwar überhaupt nicht zu diesem Ofen, völlig anderer Stil. Aber der Mann wollte in seinem friesischen Haus unbedingt so einen Alt-Berliner Fries. Total bescheuert...

Ich mußte Olaf beipflichten und rechnete aus, daß ganz unten hieß: unter drei weiteren Kartons mit dem Neuesten von gestern. Oder hatte Olaf mich hier zu etwas mißbraucht? Würde er beim letzten Karton womöglich mit den Achseln zucken und sagen, dann habe er das Papier vielleicht doch weggeworfen?

– Hör mal, wollte ich ersten Unmut artikulieren, während ich eine Kachel aus TENERIFFA IM HERBST wickelte, – bist du dir auch sicher, daß... O Gott!

Die Kachel zerschellte scheppernd auf dem Beton.

– Paß doch auf! zischte Olaf. – Nachher muß ich zuviel hinmurksen.

– Hier, rief ich und hielt ihm mit zitternder Hand ein Stück Papier vor die Nase, das sich zwischen MODERNES LEBEN und AMMERLÄNDER ANZEIGER eingenistet hatte. – Das ist... Moment mal, Seitenzählung ist abgerissen. Das muß aber aus dem dritten... nein, aus dem vierten Kapitel muß das sein. Ja, genau... Hör mal...

Und ich las jene ins Hoch- bzw. Tiefmetaphysische lappende Stelle vor, an der Franz Kienast sich darüber beunruhigt, daß die Ruhe des Meeres nicht auch in ihn eindringen will. In ihm wächst nur ein Gefühl (das ich bei Kierkegaard entliehen hatte), daß die Zeit bis zum Hals im Wasser steht, nach Luft schnappend wie eine ins Wasser gehaltene Katze, und Stunde um Stunde an sich heranzieht, aber nicht hält. Wieso eigentlich «nicht hält»? Das war dummes Zeug, und es wurde auch dadurch nicht besser, daß es nicht von mir, sondern von Kierkegaard stammte. Olaf sah mich auch schon etwas schräg an, als ich fortfuhr, wie Franz Kienast die Stunden einfach vorbeigleiten, ohne Aufenthalt, den Frauen gleich, die der Sog der Stadt, der Hure Babylon... Auch da war ich voll in die Metaphern- und Klischeefalle getrampelt... an ihm vorbeispült. Stille, hatte ich geschrieben. Und plötzlich noch tiefere Stille, weil der regelmäßige Schlag der Brandung zögert, als ob etwas ihren Rhythmus stört. Franz Kienast blickt dann...

– Tja, da hörts auf.

Olaf war auch ganz still geworden, als ob etwas seinen Rhythmus gestört hätte, und blickte seinerseits mich mit einem verstörten Blick an.

– Was war *das* denn?

– «Nachtexpress nach Babylon», die Stelle, an der Franz Kienast...

– Und deshalb jagst du da hinterher?

– Äh... Vergiß es. Es ist bloß eine Parodie.

– Parodie? Auf was?

– Auf mich selbst wahrscheinlich, sagte ich betreten und dachte an den ehrlichen Rolf Betge.

– Aha, sagte Olaf. – Na, dann wollen wir mal Frühstück machen, was? Und dann bist du ja auch schon fast bei den kleinen Kacheln angekommen.

Belegte Brote statt Kaviar im Quartier Latin; Kaffee aus der abgestoßenen Thermoskanne statt Champagner aus Doris' Bauchnabel; Schweigen, unterbrochen vom Kauen und Schlucken, statt neunmalschlau-überfliegender Diskussionen auf dem Linguistenkongreß in Wien; die Hände verschmutzt von Kacheln, Staub, Kalk und Ruß: keine Pianistenfinger, die unter Blusen...

– Ich zahl dir hundertfuffzich Mark, sagte Olaf und schraubte die Thermosflasche zu.

– Wofür?

– Na, für deine Hilfe hier.

– Ach, laß mal. Die paar Kacheln...

– Die paar Kacheln? Du bist gut. Jetzt gehts doch gleich erst richtig los. Mischung rühren, schleifen, der ganze Dreckskram...

– Ach so?

– Hundertfuffzich zu wenig?

– Nein nein, das ist schon O.K.

– Wieviel kriegst du denn für einen Tag Schreiben?

Ja, wieviel kriegte ich denn für einen Tag Schreiben? Ich zuckte mit den Achseln. – Alles in allem...

– Ja?

– Eher weniger, würd ich sagen. Ich mein, das kommt drauf an. Das läßt sich auch nicht ohne weiteres so gegeneinander aufrechnen. Es geht nicht nur ums Geld; natürlich, es geht auch ums Geld, aber...

– Aber was?

Worum ging es denn? Glück etwa? Glanz vielleicht? Ruhm womöglich? Der Autor als Präzeptor gar? Als Priester am Ende? Als Entertainer zumindest? Oder Selbsttherapie? Aufklärung, ha ha?

– Ich… äh. Ich hab halt nichts anderes gelernt, sagte ich, obwohl das nicht ganz der Wahrheit entsprach.

– Na denn, sagte Olaf. – Wenigstens bist du nicht arbeitslos.

Ich wickelte weiter aus. Schon im vorletzten Karton tauchten nun immer häufiger Fetzen des Manuskripts auf, verschmiert, zerknüllt, weitgehend unleserlich. Dennoch legte ich sie mir zur Seite; in meinem Archiv wäre ein Giftschrank einzurichten. Der letzte Karton hielt dann wirklich, was Olaf versprochen hatte: An die zweihundert Seiten des Werks umhüllten und polsterten die Einzelteile des Alt-Berliner Kachelfrieses; aber auch diese Seiten waren außerhalb jeder Ordnung, rußgeschwärzt, eingerissen, lehmig, einzelne Blätter in kleine Stücke zerrissen, hier eine Bemerkung Kienasts zum Utopischen, dort die Debatte übers Fragment als Methode, selbst fragmentiert und mit einem Ölfleck verziert, ein kurzer Abschnitt aus der großen Liebesszene…

– Hör mal, Olaf, wie findest du das?

– Was?

Das, was Doris und Franz miteinander machen; das, was ich hirnrissig beschrieben hatte als «der erregte Mann und die bebende Frau, nackt ineinander verschlungen», das, wozu ich auch noch als Metapher die zu einem unentwirrbaren Knoten verhedderten Schlangen der Medusen aufgeboten hatte, was Stefan Schütz mir nie verziehen hätte; das, was etwas mit Verzückung zu tun hatte, zum Glück aber nicht mehr ganz zu entziffern war. Ein Körper, der…

– Ja? sagte Olaf.

– Schwer zu sagen, sagte ich. Vielleicht immer fester ineinanderdrang, ins feuchte... oder wie? Unleserlich. Abriß hier.

Olaf kicherte. – Erst die Arbeit und dann... Bißchen umständlich, nicht? Bringt das denn was ein, so 'n Porno?

– Porno? Spinnst du?

– Laß mal, laß mal, war gar nicht so übel. So. Jetzt haben wir alles schön in der Reihe. Hier, siehst du? Erste Reihe, Aschenkasten, zweite Reihe, Feuerloch, dritte Reihe, Backfach, vierte Reihe, Säuberungsstöpsel, fünfte Reihe, sechste Reihe, der Fries dann und oben die Abdekkung. Stimmt haargenau. Und was nicht stimmt, flick ich so hin, daß es stimmt. In drei Tagen steht das Ding.

– In drei Tagen?

– In drei Tagen. Also gut: Fünfhundert für die drei Tage.

Er streckte mir die Hand entgegen, und ich schlug ein.

Am achten Januar um sechzehn Uhr zwölf setzte Olaf die letzte Kachel in die Abdeckung, verfugte den Ofen mit Fugenmasse und Schwamm, polierte ihn, bis er zu glänzen begann, trat einige Meter zurück, nickte, zog zwei Flaschen Bier aus seiner Tasche und stieß mit mir an.

– Sauber, Lukas.

– Sieht gut aus, Olaf.

Mir schmerzten Finger, Hände, Rücken, Hals. Drei Tage hatte ich Steine geschleppt, Kacheln geschliffen, Staub geschluckt, Mischung gemischt, Lehm, Sand, Wasser, hatte beobachtet, wie sich die drei Einzelelemente zu einer geschmeidigen, mauerfähigen Masse verbanden, wie diese Masse die unansehnlichen Schamottsteine zusammenfügte, wie unter Olafs routinierten Händen etwas wuchs, in dem jedes kleinste Detail seinen genau berechneten Platz erhielt, in dem nichts fehlte und nichts zuviel war, in dem kleinere Fehler rasch mit Mischung ausgestrichen wurden, das mit seinen Zügen und Windungen kompliziert und doch ganz folgerichtig und einfach und funktional war, das schließlich, von den glänzenden Kacheln bedeckt, nichts mehr von der Mühe und dem Schweiß verriet, die in den tonnenschweren Block geflossen waren, und das nun, von einem weichen Tuch poliert, zu strahlen begann, während es draußen dunkler wurde.

– Der bringts, sagte Olaf zufrieden. – Solche Wärme ist das einzig Wahre. Macht natürlich etwas Arbeit. Womit heizt du denn überhaupt?

– Nachtstrom, sagte ich. – Und ein offener Kamin. So zum Spaß...

– Nachtstrom! Er verzog das Gesicht. – Widerlich. Wenn du mithilfst, bau ich dir einen Kachelofen. Zum Selbstkostenpreis.

– Und wieviel wäre das?

– Na ja, mindestens fünfhundert Mark.

Ich streckte ihm die Hand entgegen, und er schlug ein.

Einen Kachelofen hatte Nora sich schon immer gewünscht. Kohlen holen – das klang doch schon ganz anders als Thermostat anstellen, war sinnlicher, war sozusagen narrativ voll entfaltet und reimte sich sogar. Ich sah neben unserm Haus einen Haufen Holz mit einer Axt vor dem Hackklotz liegen – und hörte in den Worten das Holz splittern.

21

Der Namenszug *Christiane Kunz* war aus den Schnörkeln, Windungen und Mäandern der offenbar eigenhändig eingravierten Schrift im Türschild nur mit Mühe zu entziffern. Ich drückte den Klingelknopf nieder, und die Tür wurde aufgerissen, bevor drinnen noch der Klingelton, der das bekannte Beethoven-Motiv Da da da daaa (Ich bin schon da) synthetisierte, verklungen war.

– Denn freilich mag ich gern die Menge sehen,
Wenn sich der Strom nach unsrer Bude drängt
Und mit gewaltig wiederholten Wehen
Sich durch die enge Gnadenpforte zwängt,

tönte es mir aus dem Munde eines höchst künstlerisch anmutenden Herrn um die Siebzig entgegen. Lange, weißgraue Haare umwirbelten in genialischen Gerhart-Hauptmann-Strähnen seinen schmalen Schädel, aus dem eine gigantische Nase auf mich einstach.

– Immer rin in den Olymp, sagte, nein: sang der muntere Greis mich an, schüttelte meine Hand und klärte mich unverzüglich und ungefragt auf: – Ich bin hier der Zerberus. Gestatten: Von Bredendorf.

Er machte eine zackige Kopfbewegung, musterte mich wohlwollend und deutete auf eine Flurgarderobe, deren

Auslastung anzeigte, daß bereits gut und gern zehn Adepten der Gruppe *Satzbauhaus* versammelt sein mußten.

– Ein neues Gesicht, ein neues Gedicht? skandierte von Bredendorf. – Ein neuer Orpheus-Jünger strebt zu unserer Klause. Sieh da, sieh da, Timotheus...

– Domcik, sagte ich, während ich mich aus meiner Jacke schälte.

– Angenehm, versetzte von Bredendorf schlagfertig. – Die Pfosten sind, die Bretter aufgeschlagen, Und jedermann erwartet sich...

Von Bredendorfs Zitatenfestigkeit wurde durch den neuerlichen Anschlag des Haustürglockenspiels unterbrochen.

– Ihr naht Euch wieder, schwankende Gestalten, jubilierte er und wieselte zur Tür. – Treten Sie einstweilen schon ein ins Arkadien, rief er mir zu und wies mit prunkvoller Gebärde auf eine halbgeöffnete Tür, hinter der munteres Stimmengewirr zu vernehmen war.

– Spät kommt Ihr, doch Ihr kommt... hörte ich von Bredendorf noch den Neuankömmling anschwadronieren, als ich nun durch die Tür in ein geräumiges Zimmer gelangte.

Hier saßen auf halbkreisförmig um ein Stehpult angeordneten Sofas und Sesseln an die zehn Personen beiderlei Geschlechts und jeden Lebensalters, vom frühreifen Gymnasiasten-Typ bis zur mehr oder minder gut konservierten Greisenmumie. Auf Hockern und Beistelltischchen prangten Gläser und Weinflaschen nebst Platten mit Schnittchen und mancherlei Salzgebäck. Die Wände waren mit selbstgewebten Teppichen und grellbunten Batikarbeiten bedeckt; eine Wand des Raumes wurde vollständig und schwermassiv von einer auf altdeutsch gequälten Schrankwand eingenommen, in deren Fächern und Glasvitrinen ich allerlei Nippesgegenstände erblickte, allerdings auch etwa zwölf bis dreizehn Bücher. Als ich eintrat, wandten sich aller Augen mir zu, teils einladend lächelnd, teils skeptisch prüfend, teils unverhohlen neugierig, teils finster ablehnend. Eine sehr korpulente, blonde Frau um die Fünfzig, an Hals, Busen und Händen mit schwerem Goldschmuck behängt, erhob sich überraschend behende aus einem Sofa und schwankte mir entgegen, beide Hände ausgestreckt, als wolle sie mich an ihr Herz drücken.

– Mein Name ist…, wollte ich mich erklären und zugleich den Körpereinsatz der Dame abwehren, drückte die mir dargebotene, stark schwitzende Hand, klemmte mir zwei Finger an einem ausladenden Ring, wurde jedoch durch von Bredendorfs Baß unterbrochen, der unbemerkt hinter mir eingetreten war und schmetterte:

– Herr von Tschick, liebste Christiane, ein neuer Sänger stößt zu unserer Runde. Wer sichert den Olymp? vereinet Götter? Des Menschen Kraft, im Dichter offenbart. So braucht sie denn, die schönen Kräfte, Und treibt die dichtrischen Geschäfte, Wie man ein Liebesabenteuer…

– Guten Abend, säuselte Christiane Kunz durch von Bredendorfs Elogen. – Willkommen im *Satzbauhaus*. Sie sind Dichter?

– Domcik ist mein Name, sagte ich betreten, – ich wollte eigentlich nur…

– Keine Bange, unterlief Frau Kunz meinen Erklärungsversuch, – wir fressen niemanden.

– Nur die Schnittchen! brüllte ein rustikal anmutender, rot- und pausbäckiger Mann aus einem schweren Ohrensessel, worauf die ganze Runde in wieherndes Gelächter ausbrach.

– Köstliche Bemerkung, zwitscherte eine alte Dame zwischen Kukident-gepflegten Zähnen hervor, – Sie sind einfach zu komisch, Herr...

Mir trat Schweiß auf die Stirn. Was war das hier? Wo war ich denn? Wer war *ich* denn?

– Nehmen Sie doch Platz, sagte Christiane Kunz gnädig und schob mich zu einem der Sessel. – Mosel? Oder lieber Rheinhessen?

– Ich... äh... also...

– Ein Gläschen in Ehren, lächelte mir die neben mir sitzende dürre Dame, Typ alleinstehende Bibliothekarin, aufmunternd zu und ersparte weder sich noch mir den zweiten Teil des Satzes, – kann niemand verwehren.

– Entzückend gesagt, quietschte die gleiche Alte, die bereits die Schnittchen des Dicken als zu komisch bejubelt hatte.

– Probieren Sie ruhig mal mein Möselchen, schlug Christiane Kunz vor, worauf ein Mann meines Alters, radikal existentialistisch in Schwarz gekleidet, mit einem gepflegten Drei-Tage-Bart und randloser Intellektuellenbrille ein süffiges «O là là» vernehmen ließ, von Frau Kunz jedoch mit der Bemerkung gekontert wurde, er, Detlef, sei ja ein ganz schlimmer Schäker.

– Du du du, drohte sie ihm mit dem Zeigefinger, während der Wein, gülden, sämig und sichtbar untrocken ins Glas rann.

Von mehreren Seiten ertönten Trinksprüche. Von Bredendorf schoß dabei den Vogel ab, indem er rief: – Euch ist bekannt, was wir bedürfen: Wir wollen stark Getränke schlürfen, was die Kukidentmadame mit einem «allerliebst formuliert» kommentierte. Die Gläser wurden gehoben, ich tat, wie unter Hypnose, desgleichen, ich trank – und dankte Gott, kein Diabetiker zu sein.

Inzwischen war Christiane Kunz ans Pult getreten, schaltete dort eine Leselampe ein, während gleichzeitig, wie von Geisterhand gesteuert, die Wohnzimmerbeleuchtung ins Dämmrige fiel, und verkündete, daß man nunmehr komplett sei. Sie begrüße besonders herzlich einen neuen Gast, Herrn... Sie sah mich fragend an.

– Domcik, sagte ich mit erstickter Stimme.

– Domcik, wiederholte die Kunz in korrekter Aussprache, woraufhin der Gymnasiast, mir gegenüber, sich vorbeugte und altklug flüsterte, da hätte ich ja einen berühmten Namensvetter, den Schriftsteller Niklas Domcik, der...

Glücklicherweise wurde diese Demonstration pubertärer Halbaufgeklärtheit konsequent niedergepst.

Das heutige Programm, fuhr die Gastgeberin unterdessen fort, bestünde aus einem Vortrag neuester Öko-Lyrik (wobei der Gymnasiast errötend und nervös über einen Stapel Papier strich, den er auf den Knien hielt) und einer Kostprobe aus einem sich in Arbeit befindlichen Roman, einem *word in progress* sozusagen (der von dem Schwarzen stammen mußte, putzte er sich doch während dieser Ankündigung mit demonstrativ gelangweiltem Gesichtsausdruck die tadellos sauberen Brillengläser). Es sei, setzte Christiane Kunz hinzu, zwar selten, daß Dichter und Erzähler, die eine Gesellschaft Gleichgesinnter zu unterhalten versprächen, dies zur rechten Zeit täten; vielmehr ließen sie sich gewöhnlich, wo sie willig sein sollten, sehr dringend bitten, seien aber zudringlich, wenn man ihren

Vortrag lieber ablehnen möchte. Sie hoffe daher, eine Ausnahme zu machen, wenn sie anfrage, ob es gelegen sei, wenn auch sie zum Abschluß des poetischen Abends eine Geschichte rezitieren würde, was mit allgemeinem Zustimmungsgemurmel aufgenommen wurde.

Von Bredendorf setzte erwartungsgemäß dem unklaren Beifall eine Krone auf, indem er skandierte: – Was hilft es viel von Stimmung reden? Dem Zaudernden erscheint sie nie. Gebt ihr Euch einmal für Poeten, So kommandiert die Poesie.

– Seis drum, sagte die Kunz kokett. – Wir sind ja unter uns. Und unser (unser!) Herr Domcik? Sie sah mich herausfordernd an. – Haben Sie uns eine Probe Ihres Könnens mitgebracht?

Ich schüttelte heftig den Kopf.

– Nun ja, vielleicht beim nächstenmal, sagte Frau Kunz. – Übrigens wird Bruno von Bredendorf uns später noch einiges auf dem Flügel zu Gehör bringen. Wohlan denn. Beginnen wollen wir heute mit Matthias Moltmann, unserem Benjamin. Er wird uns etwas lesen, was... Nun, ich denke, das wird er uns selbst erklären.

Christiane Kunz räumte das Pult. Der Gymnasiast erhob sich hastig, stieß dabei ein Schälchen Salzstangen um und stakste mit bebenden Lippen und hochrotem Kopf ins Rampenlicht.

Er wisse, begann Benjamin-Moltmann mit unsicherer Stimme, daß seine tiefe Betroffenheit, seine Wut und Trauer über die weltweite Umweltzerstörung durchaus nicht von allen Anwesenden geteilt werde...

– Genau, rief der Dicke und führte sich ein Salamischnittchen zu.

– Pst, pste Frau Kunz.

... doch könne die Literatur auf solche Animositäten ewig Gestriger keine Rücksicht nehmen. Solle er, Moltmann, hier und jetzt Skandal machen, so sei ihm das allemal recht. Und trotzig begann er, mit inzwischen gefestigter Stimme, vom Blatt zu lesen, was Frau Kunz als Öko-Lyrik angekündigt hatte. Von Lyrik konnte keine Rede sein, es sei denn, man wollte das Fehlen von Reim und Rhythmus als lyrisch werten; und das Öko-Element bestand aus Emissionen einer kaum noch zu unterbietenden Talentlosigkeit. In Form von Klischeeschauern ging saurer Wortregen nieder, es hagelte giftige Stilblüten, die den Boden der Syntax zum Sumpf werden ließen, aus dem nur noch verkrüppelte Sprachflora sproß. «Großer Wermut Tschernobyl» hieß eine dieser Wortzusammenballungen, die sich als eine Art sprachlicher Super-GAU entpuppten. Im Kopf des Poeten mußte etwas durchgeschmolzen sein, und es fehlte so offensichtlich an den minimalsten Sicherheitsvorkehrungen, die das Mitteilungsbedürfnis des Vortragenden von der Literatur abgeschirmt hätten, daß das Vorgetragene in den Hirnen der Zuhörer zu unlösbaren Entsorgungsproblemen führen mußte.

– Ich stelle mich der Diskussion, waren Moltmanns letzte Worte, von denen unklar blieb, ob sie dem zuletzt aufgesagten Worthaufen angehören sollten oder bereits eine Überleitung zum kritischen Teil seines Auftritts andeuteten.

Niemand sagte etwas. Man schluckte und kaute. Eine der älteren Damen gähnte, hielt sich erschrocken die Hand vor den Mund und sagte: – O pardon.

– Ich stelle mich der Diskussion, wiederholte nun

Moltmann und blickte angriffslustig in die sprachlose Runde.

– Ich sag doch gar nichts, verteidigte sich der Dicke zwischen zwei Bissen.

– Eben eben, löckte der Gymnasiast wider den Stachel. – Meine Lyrik muß verstanden werden als Aufschrei des Kreatürlichen, als Protest gegen die Interessen der Großindustrie; sie ist das wortgewordene Schluchzen des Rheins, die Stimme der in Tierversuchen gequälten...

Er möge nicht fortfahren, unterbrach den mit sich selbst diskutierenden Benjamin nun aber Frau Kunz, seine Erklärungen eines Werks der Einbildungskraft auszuführen. Es gehöre zum Genuß an solchen Werken, daß wir interesselos genössen; die Lyrik nämlich könne nichts fordern, sie müsse erwarten, was ihr geschenkt würde. Sie mache keine Theorien, keine Pläne, sondern sie werde von ihren eigenen Schwingen getragen und geleitet, und indem sie sich hin und her schwänge, bezeichnete sie die Bahnen des wahren Gefühls.

Moltmann nickte überraschenderweise zu diesem Blödsinn nachdenklich mit dem pickeligen Kopf, bestand auf keiner weiteren Diskussion seiner Skandaltexte, sondern schlurfte wieder zu seinem Sessel, hockte sich dort in unschöner Verkrampfung nieder und schob sich ein Fischbrötchen ein.

– Man merkt eben doch, meine Liebe, sagte eine mit Frau Kunz etwa gleichaltrige Frau, – daß Sie Studienrätin sind. Das Pädago...

– Dichterin, unterbrach die Angesprochene jedoch heftig, als sei ihr etwas Ungeheuerliches unterstellt worden. – Ich bin zuallererst Dichterin. Und dann kommt lange nichts. Dann bin ich Mutter meiner erwachsenen Töchter. Und dann, sie verzog verächtlich den Mund, – dann bin ich allerdings auch noch Studienrätin. Was wollen Sie, meine Liebe. Kafka war bekanntlich Landvermesser, glaube ich. Und...

– Landarzt, rief von Bredendorf.

– Wie meinen Sie?

– Kafka war Landarzt. Das weiß doch jeder.

– Keineswegs, mischte sich nun die Stimme der gymnasialen Halbbildung in die Debatte, – Kafka war Versicherungsvertreter.

– Nein, Landarzt. Er hat sogar einen Roman darüber geschrieben, insistierte von Bredendorf.

– Genau, dröhnte der Dicke mit triumphalem Seitenblick auf Moltmann, der zwar noch etwas erwidern wollte, von Frau Kunz aber mit einer Handbewegung zum Weiteressen angestiftet wurde.

– Sei dem wie ihm wolle, sagte die Gastgeberin, – wir wollen nach dieser anregenden Diskussion nunmehr in unserem Programm fortfahren. Sie sind so frei, Herr Ahlers?

Ans Pult trat der schwarzgekleidete Brillenträger. Er begann jedoch nicht unverzüglich mit seinem Vortrag, sondern stellte anheim, die eben gehörte Lyrik des Matthias Moltmann ins Programm der Gruppe *Satzbauhaus* aufzunehmen, wenn diese, wie bekannt, in der übernächsten Woche einen Auftritt in der Justizvollzugsanstalt für jugendliche Straftäter in Vechta absolvieren werde. Wie hatten, dachte ich erschüttert, diese unschuldigen Nachwuchskriminellen nur eine derart unverhältnismäßige Verschärfung ihres Strafmaßes verdient? Das grenzte ja an mittelalterliche Foltermethoden. Doch der kollegial gemeinte Vorschlag wurde mit allgemeiner Zustimmung aufgenommen, was der vor Glück abwechselnd errötende und erbleichende Moltmann mit der stammelnden Bemerkung kommentierte, er sei durchaus bereit, sich auch dort der Diskussion zu stellen, jawohl, und nur der Dicke murrte leise, aber wirkungslos, das sei Propaganda am falschen Platze.

Detlef Ahlers, der, wie ich am gesteigerten Interesse der Runde wahrzunehmen meinte – sogar der Schnittchenverzehr wurde vorübergehend eingestellt –, als der ungekrönte König dieses Literatenhofs gelten mußte, Detlef Ahlers also räusperte sich, fuhr sich mit der Hand durchs streichholzkurze, dichte Haar, rückte die Brille zurecht und stimmte seinen Schranzenchor folgendermaßen ins Kommende ein: Wie wir (wir!) alle wüßten, schriebe er seit nunmehr neun Jahren an einem epischen Werk, das er als Romantrilogie oder, den Umständen entsprechend, als Tetralogie...

– Als was? unterbrach die Kukidentdame.

– Also bitte, wurde sie von Frau Kunz ruhiggestellt.

...Tetralogie zu veröffentlichen gedenke.

– Enorm, raunte mir die Bibliothekarin zu.

Wie wir (wir!) ebenfalls wüßten, habe er sich bislang mit Publikationen bewußt zurückgehalten, um sein Talent...

– Genie, schrie der Dicke.

...Talent, beharrte jedoch bescheiden, wiewohl geschmeichelt milde lächelnd, der Vortragende, nicht zu vergeuden. Das gigantische Werk, das den Titel «Die Löwin und die Sonne» tragen werde, nachdem er den ursprünglichen Titel «Der Löwe und der Mond» verworfen habe, handele, wie wir (wir!) bereits wüßten, von einer alternden und einer jungen Frau, die sich gegen ihre Ohnmachtsgefühle dem Leben und der Liebe gegenüber aufbäumten, zum Schluß jedoch tragisch scheitern müßten.

– Fas-zi-nie-rend, hauchte Christiane Kunz.

– Pst, machten mehrere.

Er, Ahlers, läse uns (uns!) nun jenen Passus, in dem die ältere Frau, Susanne von Seeheim, der jüngeren, Manuela Neuberth, erläuterte, warum sie ihr Leben so gelebt habe, wie sie es gelebt habe, und keine Sekunde bereue.

Und genau das tat Herr Detlef Ahlers dann auch. Gestatten Sie mir, Ihnen eine auch nur andeutungsweise paraphrasierende Inhaltsangabe dessen vorzuenthalten, was mir nicht erspart blieb. Der Schubladenepiker Ahlers gehörte nämlich zu jener Kategorie von Autoren, die nicht einmal das Falsche richtig hinbekamen. Ich trank mehrfach, um nicht gequält aufschreien zu müssen, von Christiane Kunz' Möselchen, eine heroisch-entsagungsvolle Leistung, die Ihnen vielleicht eine ferne Ahnung davon vermitteln mag, wes Geistes und Stiles Kind «Die Löwin und die Sonne» des gefesselten Prometheus Ahlers war.

Als er, mit einer knappen Verbeugung, sein Manuskript vom Pult hochwuchtete, knatterte ungeheurer Beifall auf.

– Davon könnte sich Proust mal 'ne Scheibe abschneiden, aber 'ne gewaltige, prustete der Dicke, erwartungsgemäß übertrumpft von Herrn von Bredendorfs Altmännerbaß, der eine Synthese aus Goethe, Hemingway und Peter Bamm in dem Text entdeckt haben wollte. Christiane Kunz murmelte etwas von «geradezu erschütternder Gestaltungskraft», eilte auf den Gefeierten zu und küßte ihm feucht die Stirn.

– Hier, sprach sie gerührt, – reifen die Früchte, deren Keim ich mit dem *Satzbauhaus* einst legte. Ich fürchte, fügte sie neckisch hinzu, – daß ich Ihnen nun nicht mehr mit meinen Etüden kommen darf und besser schweige. Denn in Ihrem Lichte, liebster Detlef, müßten noch ganz andere verblassen.

Einigen von uns (uns!), mir zum Beispiel, schien die Aussicht, nunmehr Verzicht üben zu müssen, nicht unbehaglich: Der Auftritt des Meisters hätte so doch noch ein Segensreiches bewirkt. Gleichwohl hatte Frau Kunz hier lediglich gepokert, und zwar in Kenntnis ihrer Pappenheimer nicht einmal sonderlich hoch, brach doch die Mehrzahl der Versammelten unverzüglich in lautes Bitten und Flehen aus, keinesfalls auf die Preisgabe dessen zu verzichten, was sich die Kunz in den vergangenen vierzehn Tagen abgerungen habe.

– Sie ist nämlich, flüsterte mir die Bibliothekarin zu, – zwei Wochen lang auf einer Nordseeinsel in Klausur gewesen, um an einer neuen Meistererzählung zu arbeiten.

Schließlich war es Detlef Ahlers vorbehalten, die Kleingläubigen und noch Zweifelnden mitzureißen, indem er zwar nicht widersprach, unübertrefflich zu sein, aber zu bedenken gab, daß er als Mann, und er wiederholte: – Ich als Mann! die Feder in einer bestimmten Weise schwänge; das spezifisch Frauliche, das gewissermaßen Ewig-Weibliche, wie es in der Prosa der lieben Christiane hervorträte, sei ihm, als Mann, verwehrt: tragisch genug, insofern sein Lebenswerk von zwei Frauen handele.

– Nehmen Sie doch Männer, schlug der Dicke vor, wurde aber von den Umsitzenden aufgeklärt, daß das so einfach nicht wäre, was dem Dicken einzuleuchten schien, denn er räumte ein, das sei am Ende auch «wurscht».

Von Bredendorf mimte inzwischen den Mundschenk

und goß Mosel und Rheinhessen nach. Christiane Kunz baute sich hinter dem Pult auf, blätterte unter einigen halblauten «Na guts» und «Weil Ihr's seid» (Ihr!) in einer dicken, anscheinend selbstgefertigten, rupfenbespannten Schreibmappe, und zog einige Blätter hervor.

«Der Liegestuhl», sagte sie versonnen, heiße ihre Geschichte, und wir (wir!) möchten geflissentlich unser Augenmerk darauf lenken, wie die eigentliche Geschichte «Der Liegestuhl» mit einer Rahmenhandlung verzahnt sei, die dem Ganzen erst seinen schicksalhaft-tragischen Reiz verleihe.

Diese Rahmenhandlung, geschrieben in dem altertümelnden Deutsch, das die Frau auch sprach, begann mit dem an und für sich schönen Satz: «Diese Geschichte ist nicht von mir.» Vielmehr sei die eigentliche Autorin eine verkannte Dichterin, die sich vor einigen Monaten das Leben genommen habe, da sie die Ignoranz des untereinander vercliqueten und verschwägerten Literaturbetriebs nicht mehr habe ertragen können. Diese gottbegnadete Dichterin namens Asta Frensen sei, wie der engere Freundeskreis wisse (der engere Freundeskreis!), eng mit ihr, der Erzählerin, befreundet gewesen, doch diese Freundschaft habe sie nicht vorm Freitod bewahren können, womit sie, die Erzählerin, in schuldhafte Verstrickungen gestürzt worden sei, unter denen sie heute noch alptraumhaft leide.

– Erschütternd, tuschelte die Bibliothekarin, während Christiane Kunz es tatsächlich fertigbrachte, den Tränen nahe zu sein.

Am Tage, da sie, die Erzählerin, die Nachricht vom Ableben ihrer geliebten Freundin erhalten habe, sei ihr ein eingeschriebenes Päckchen zugegangen; und dieses Päckchen habe, verschnürt in dunkelblaues Ölpapier, ein nachgelassenes Romanfragment der ihr bekannten, doch vom Publikum verkannten Dichterin enthalten. «Der Liegestuhl» nun, die von ihr, der Erzählerin, zu erzählende Geschichte, sei ein Auszug aus diesem Fragment, ein Auszug, der wiederum mit der Beziehung in Beziehung stehe, die sie, die Erzählerin, mit ihr, der todessüchtigen Dichterin, verbunden habe.

– Kompliziert, flüsterte die Bibliothekarin.

Ich schwitzte stärker, leerte mein Glas, griff, ohne aufs Einschenken zu warten, zur Flasche, und schenkte mir randvoll nach.

«Der Liegestuhl», ich will es jetzt kurz machen, denn irgendwann muß es ja doch gesagt sein, «Der Liegestuhl» erwies sich als eine der ganz wenigen Szenen im «Nachtexpress nach Babylon», die ich noch heute für gelungen halte, einer guten Kurzgeschichte würdig. Es ist die Szene während der nächtlichen Passage nach Mogadishu, als Franz Kienast, benommen von der Schwüle in seiner Kabine, an Deck geht, um den Sternenhimmel zu betrachten. Im Dunkeln versucht er, einen der zusammengeklappten Deckstühle aufzubauen, klemmt sich aber, als er sich hineinsetzt, einen Daumen in dem Scharnier ein. Sein eigenes Gewicht hält ihn also gefangen, und er schreit um Hilfe, doch niemand hört ihn durchs Mahlen des Frachtermotors und durchs Brausen des Windes. Er muß also die ganze Nacht dort draußen verbringen; niemand kommt vorbei – nur der schwarze, von allen gequälte Schiffsjunge, der von weitem zusieht, wie Franz Kienast sich in seinem Stuhl dreht und windet und jammert und stöhnt, doch der

Schiffsjunge denkt, Kienast sei bloß betrunken. Und in dieser schrecklichen Nacht, unter der Schwerkraft seines eigenen Gewichts, wird Kienast allerlei klar, über sich selbst, über Doris, über seinen falschen Vater, über...

Und mir war klar, daß Christiane Kunz sich die Rosine aus dem zerbröckelnden Kuchen gegriffen und in der süßen Sauce ihrer eigenen Worte eingeweicht hatte. Nichts war in der Kunzschen Version mehr übriggeblieben außer dem Liegestuhlmotiv, dem Gefangensein durch das eigene Gewicht. In Christiane Kunz' Verschnitt dieser Idee, die auch ich irgendwo einmal gelesen und dann variierend übernommen hatte, fuhr die todgeweihte Dichterin Asta Frensen aber nicht nach Mogadishu, sondern nach Grönland, um ihre Seele, wie es bei Christiane Kunz hieß, in Kälte und Eis zu baden. Sie klemmt sich dann exakt so ein, wie Franz Kienast es tut, hat während der Nacht jene «Wintervision», jenes Gedicht, das die Kunz auf ihren Anrufbeantworter gesprochen hatte, holt sich als Preis für dies letzte Gedicht eine Lungenentzündung, an der sie einige Tage später in einem Hospital auf Grönland elendig zugrunde geht.

Diese Geschichte, wiederholte die Erzählerin in der Kunzschen Variante, indem sie nun zum Schlußstück der Rahmenhandlung überging, sei also nicht von ihr. Dem letzten Wunsch der toten Freundin habe sie, die Erzählerin, entsprochen: Denn das nachgelassene Fragment sei «den Kindern einer besseren Welt» gewidmet gewesen. Und den Kindern, so schloß Christiane Kunz mit tränenerstickter Stimme ihre Lesung, habe sie, die Erzählerin, das Werk übereignet, damit es niemals von den schmutzigen Händen des Literaturbetriebs würde besudelt werden können.

Mit dieser hochsymbolisch-tiefsinnig-vieldeutigen Anspielung blickte sich Christiane Kunz im Kreise ihrer Verehrer um, die einen Moment den schicksalsschweren Verstrickungen des Gehörten schweigend nachsannen und zu begreifen versuchten, wo Rahmen war, wo Erzählung, wo Christiane Kunz, wo Asta Frensen – um dann in unerhörten Jubel auszubrechen, der noch die Begeisterungsstürme über das Genie des Detlef Ahlers übertraf. Als Saalwette bei «Wetten, daß...» hätte dieser Vorschlag mit Abstand gewonnen.

– Du hast Vicky Baum übertroffen, schmeichelte Detlef Ahlers neidlos.

– Wickie Baum? sang Herr von Bredendorf sonor, – wer ist denn das? Elke Laster-Schüler hat sie übertroffen, Annette Droste Hüls... äh...

– Irmgard Bachmann, rief der Dicke, – das war besser als Irmgard Bachmann!

– Die weibliche Feder, versuchte Detlef Ahlers die Begeisterung listig zu relativieren, – schwingt halt anders. Ich sags doch...

– Ihre Geschichte hat mich sehr betroffen gemacht, sagte Gymnasiast Moltmann mit einem Radieschen im Mund. – Ich vermisse aber etwas die Provokation, das...

– Papperlapapp, butterte ihn der Dicke unter. – Provokation! Das war Extraklasse.

– Und Sie, Herr von Tschick? geigte mich nun zu meinem Entsetzen von Bredendorf an. – Sie haben noch gar nichts gesagt heute abend. Was halten Sie von unseren Poeten? Und besonders von unserer Christiane?

– Ja, heizte die Bibliothekarin nach, – sagen Sie doch

auch einmal was. Sie haben so aufmerksam zugehört. So angestrengt...

Meine Hand umklammerte das Glas. Ich setzte es hart auf dem Beistelltischchen ab, fingerte nach einer Zigarette. «Nachtexpress nach Babylon» war endgültig angekommen. Auf einem toten Gleis, auf dem totesten Gleis, das vorstellbar war. In diesem Moment gab ich es auf. Ich fühlte mich leicht werden, schien über meinem Sessel zu schweben. Das Leben hatte meinen Roman eingeholt, überholt, überrollt. In Stücke gerissen. Und ich wußte sehr genau, daß es gut war.

– Ich halte diese Geschichte, sagte ich ruhig, laut und deutlich, – für den allerletzten Scheiß. Ich kann mich nicht entsinnen, jemals so einen verlogenen Dreck gehört, geschweige denn gelesen zu haben. Wenn das Literatur sein soll, dann erhalte ich in diesem Jahr den Nobelpreis.

– Junger Mann, rief von Bredendorf nun ganz unmelodiös, – was erlauben Sie sich denn? Das ist ja...

– Unerhört! kreischte die Bibliothekarin und rückte demonstrativ von mir ab.

– Frechheit! brüllte der Dicke und ließ ein Schinkenbrötchen fallen.

– Provokation! eiferte der Gymnasiast.

– Das können Sie *so* doch nicht sagen, versuchte Detlef Ahlers einen Vermittlungsversuch.

Frau Kunz starrte mich entgeistert an. – Kritik, stammelte sie, – muß ja manchmal sein, aber...

– Der beknackteste Scheißdreck, der mir je untergekommen ist, sagte ich heiter. Oh, wie wohl mir wurde! – Mit sowas würde ich mir nicht einmal den Arsch abwischen, wenn ich das Manuskript auf einem Klo fände. Und nun...

– Raus hier! brüllte von Bredendorf mit hochrotem Kopf. – Was erlauben Sie sich? Sie können von Glück sagen, daß ich mich nicht mehr schieße.

– ... und nun darf ich mich empfehlen, vervollständigte ich meine Abschiedsworte. – Ich finde, wandte ich mich noch ein letztes Mal an Christiane Kunz, – Sie sollten Ihren Vereinsnamen ändern. In *Satzscheißhaus* ...

Von Bredendorf war drauf und dran, handgreiflich zu werden. Das Kukidentgebiß stand gähnend offen und konnte jeden Moment herausfallen. Der Gymnasiast bewaffnete sich mit einer leeren Weinflasche. Der Dicke wuchtete sich schwerfällig aus dem Sessel und machte einige Schritte auf mich zu. Detlef Ahlers versuchte grimmig auszuschauen, machte aber ein relativ freundliches Gesicht.

Ich fand meinen Weg ins Freie. Die klare Nachtluft war kalt. In meinen Händen, Schultern, in meinem Rücken spürte ich den Muskelkater. Ich dachte an das Geräusch des Kachelschneiders, das, je nach Stimmungslage, wie ein Singen oder ein Kreischen klang.

22

Hans hatte sieben Jahre bei seinem Herrn gedient, da sprach er zu ihm: ‹Herr, meine Zeit ist herum, nun wollte ich gerne wieder heim zu meiner Mutter, gebt mir meinen Lohn.› Der Herr antwortete: ‹Du hast mir treu und ehrlich gedient; wie der Dienst war, so soll der Lohn sein›, und gab ihm ein Stück Gold, das so groß als Hansens Kopf war.»

Jakob war schon bei «Kopf» eingeschlafen, und indem ich darüber nachdachte, daß ein kopfgroßes Goldstück freilich kein schlechtes Autorenhonorar wäre, oder besser noch, ein manuskriptgroßer Barren, schielte ich zu Anna, um mich eventuell aus dem Kinderzimmer schleichen zu können, doch mit einer hellwachen und königlichen Handbewegung bedeutete sie mir, in meinem Vortrag fortzufahren.

– «Hans zog ein Tüchlein aus der Tasche, wickelte den Klumpen hinein, setzte ihn auf die Schulter und machte sich auf den Weg nach Haus. Wie er so dahinging und immer ein Bein vor das andere setzte, kam ein Bauer des Wegs...»

– Nein, du hast gemogelt. Erst kommt das Pferd!

– Ach so, ja. Entschuldige. «...kam ihm ein Reiter in die Augen, der frisch und fröhlich...»

Und so weiter. Einmal des gewissenlosen Umgangs mit

dem kanonischen Werk überführt, wagte ich es nicht, noch weitere Willküreingriffe in den Wortlaut des Märchens vorzunehmen. Ich las, wie der Goldklumpen für das Pferd eingetauscht wurde, das Pferd für die Kuh, die Kuh für das Schwein, das Schwein für die Gans, und mein Blick fiel auf das Buntstiftbild eines Bauernhofs mit Pferden, Kühen, Schweinen und Gänsen, das über Annas Bett hing (es hängt immer noch da). Eine fröhlich-optimistische Sonne bestrahlt in ungebrochenem Gelb die sattgrünen Felder und Wiesen, ein paar etwas plump geratene Vögel flattern durch den tiefblauen Himmel. Die Kindergärtnerin hatte hier und da mit den Umrissen ausgeholfen, doch die Farben waren ganz allein Annas Werk.

– Weiter, gähnte sie, – lies weiter.

Und ich las weiter, wie Hans durch das letzte Dorf kam, wie da ein Scherenschleifer mit seinem Karren stand, wie sein Rad schnurrte und wie er dazu sang:

Ich schleife die Schere und drehe geschwind
Und hänge mein Mäntelchen nach dem Wind.

Bei diesem Vers fielen mir zahlreiche Werke der zeitgenössischen Literatur ein, die sich geschwind drehten, ihr Mäntelchen nach dem Wind hängten, auf den Moden und Konjunkturen surften und ähnlich bescheuert waren wie «Nachtexpress nach Babylon». Und ich las weiter, wie Hans stehenblieb und dem Scherenschleifer zusah, und ich dachte daran, wie Anna mit dem Bild nach Haus gekommen war, stolz und glücklich. Sie hatte uns erklärt, welches der einzelnen Farbflecken welches Tier darstellte, wie sie miteinander arbeiteten und spielten, wie der Bauer sie fütterte, wie... Plötzlich hatte Jakob das Blatt mit der Zeichnung vom Tisch gerissen; es flatterte auf den Fußboden.

Ich bückte mich danach, hob es auf. Die Rückseite war beschrieben. Beschrieben von mir. Beschrieben mit jener Passage aus «Nachtexpress nach Babylon», in der die Sage von Midas, dem alles, was er berührte, zu Gold wurde, auf Franz Kienast bezogen ist. Ich deutete die Sage als Dummheit der scheinbaren menschlichen Klugheit, als Gleichnis für die manische Sinnstiftungsbesessenheit des modernen Menschen: Was auch immer menschliche Wesen, Intellektuelle wie Franz Kienast zumal, denkend und handelnd in den (Be)Griff nehmen, verwandelt sich in Sinn. Das Undenkbare, das Bilderlose, das Schweigen – all das verschwindet im allgemeinen Sinnterror. Nur der Kunst ist es gegeben, Sinn und Nicht- oder Noch-Nicht-Sinn zu vereinen, zu...

– Weiter, Papa!

Ich las weiter, wie Hans den Schleifer endlich anredete und sprach: Euch gehts wohl, weil Ihr so lustig bei Eurem Schleifen seid. Und wie der Scherenschleifer antwortete: Ja, das Handwerk hat einen güldenen Boden.

Ich hatte natürlich sofort im Kindergarten angerufen und mich erkundigt, woher das Papier käme, auf dessen Rückseiten die Kinder malten.

Ach, hatte die Kindergärtnerin gesagt, das sei meist Altpapier, das Eltern den Kindern mitgäben oder direkt zum Kindergarten brächten; vorausgesetzt, daß es sich noch zum Malen und Basteln eignete.

Ob eine Frau Christiane Kunz dem Kindergarten auch solches Altpapier gespendet hätte?

Christiane Kunz? Die Studienrätin? Ja, die habe zwar selbst keine Kinder im Kindergartenalter mehr, sei aber dem Kindergarten immer noch verbunden, wohne gleich nebenan. Ja, sie brächte immer noch sehr viel Bastel- und Malmaterial vorbei.

Daß ein rechter Schleifer ein Mann ist, der, sooft er in die Tasche greift, auch Geld darin findet, las ich weiter. Aber wo habt Ihr die schöne Gans gekauft? fragte er Hans.

Christiane Kunz hatte also die Rahmenhandlung ihrer beziehungsweise meiner Erzählung gar nicht so ganz frei erfunden, sondern lediglich verschlüsselt: Mein Manuskript hatte sie tatsächlich den Kindern überlassen. Und über eins meiner Kinder kam die Kunde von diesem seltsamen Umweg wieder an mich.

– Noch weiter, sagte Anna und schloß die Augen. Ich las weiter, wie Hans die Gans gegen zwei Wetzsteine tauschte und seinen Weg fortsetzte. Nach der Dichterlesung im *Satzbauhaus* hatte ich meine babylonische Wanderung beendet und Ralf Scholz einen Brief geschrieben, daß mit einer rekonstruierten Fassung des Werks definitiv nicht mehr zu rechnen sei. Ich hätte jedoch Pläne, den Verlust des Manuskripts und die Suche danach gelegentlich literarisch zu verarbeiten: Ich stellte mir das komisch vor. Ralf Scholz warnte mich in seinem Antwortbrief jedoch ausund nachdrücklich vor solchen Flausen. Da könne nur leblose Literatur-Literatur herauskommen; immer wenn den Schriftstellern nichts mehr einfiele, begännen sie, von sich selbst und ihren Schreibproblemen zu schreiben. Und leider, leider wäre es oft so, daß sie, beim Versuch, von sich selbst zu schreiben, feststellen müßten, sich gar nicht zu kennen – mithin also nichts zu schreiben hätten. Und er als Lektor habe sich dann mit so etwas herumzuschlagen. Er bitte also sehr darum...

– «Ich muß in einer Glückshaut geboren sein», rief er

aus, «alles, was ich wünsche, trifft mir ein, wie einem Sonntagskind.» Indessen, las ich, wie er seit Tagen auf den Beinen gewesen war und begann, müde zu werden; wie ihn auch der Hunger plagte, da er allen Vorrat auf einmal in der Freude über die erhandelte Kuh aufgezehrt hatte. Wie er endlich nur noch mit Mühe weitergehen konnte und jeden Augenblick haltmachen mußte; wie ihn dabei die Steine ganz erbärmlich drückten. Wie er sich da des Gedankens nicht erwehren konnte, wie gut es wäre, wenn er sie gerade jetzt nicht zu tragen brauchte. Und Anna konnte sich des Gedankens nicht mehr erwehren, wie gut es wäre, wenn sie gerade jetzt nicht weiter wach zu bleiben brauchte, drehte sich mit einem zufriedenen Seufzer auf die Seite und schlief ein.

Ich ging nach unten und las das Märchen zu Ende. Wie er wie eine Schnecke zu einem Feldbrunnen geschlichen kam, wie er da ruhen wollte und sich mit einem frischen Trunk laben. Wie er aber, um die Steine im Niedersitzen nicht zu beschädigen, sie bedächtig neben sich auf den Rand des Brunnens legte. Wie er sich darauf niedersetzte und sich zum Trinken bücken wollte, wie er sich's da versah, wie er ein klein wenig anstieß, und wie beide Steine hinabplumpsten. Wie Hans, als er sie mit seinen Augen in der Tiefe hatte versinken sehen, vor Freuden aufsprang, wie er sich dann niederkniete und Gott mit Tränen in den Augen dankte, daß er ihm auch diese Gnade noch erwiesen und ihn auf eine so gute Art und ohne daß er sich einen Vorwurf zu machen brauchte, von den schweren Steinen befreit hätte, die ihm allein noch hinderlich gewesen wären. Wie er ausrief: So glücklich wie ich gibt es keinen Menschen unter der Sonne! Wie er nun mit leichtem Herzen und frei von aller Last fortsprang… als das Telefon klingelte.

Es war Olaf Jung, der ankündigte, in der nächsten Woche mit dem Bau des Kachelofens bei uns beginnen zu wollen. In zwei Wochen, sagte er, könne ich dann den Ofen schon langsam trockenheizen.

Ich blickte auf die Reste des Manuskripts, die ich aus den Kachelkartons gezogen hatte. Das Papier lag in einem unordentlichen Haufen neben meinem Schreibtisch, weil ich mich bislang nicht hatte überwinden können, es einfach wegzuwerfen.

Plötzlich wußte ich, womit ich den Ofen anheizen würde. Ich sah ein Streichholz aufflammen, sah, wie das Papier an einer Ecke Feuer fing, sich rasch, von Blatt zu Blatt springend, ausbreitete, wie seine Materie in Feuer überging, das Feuer in weißen Rauch und heiße Luft, und ich dachte, das wäre kein schlechtes *Ende*.

Klaus Modick

Weg war weg
Romanverschnitt
240 Seiten. Gebunden

Eine Detektiv- und Abenteuergeschichte, eine hinreißende Parodie auf den intellektuellen Eiertanz um das Feuilleton-Kalb «Postmoderne», ein Stück hochkomischer Literatur mit bissigen Seitenhieben auf den Literaturbetrieb.

Das Grau der Karolinen
Roman
448 Seiten. Gebunden

Ins Blaue
Roman
rororo 5871

Moos
Die nachgelassenen Blätter des Botanikers Lukas Ohlburg
rororo 5907

Traumtanz
Ein berauschendes Lesebuch
rororo panther 5806

C 2334/1

Literatur für Kopf Hörer

«Es ist eines, ein Buch zu lesen. Es ist ein neues und recht andersartiges Erlebnis, es von einem verständigen Interpreten mit angenehmer Stimme vorgelesen zu bekommen.»
Rudolf Walter Leonhardt, DIE ZEIT

Erika Pluhar liest Simone de Beauvoir
Eine gebrochene Frau
2 Tonbandcassetten im Schuber
(66012)

Bruno Ganz liest Albert Camus
Der Fall
Deutsch von Guido Meister.
3 Tonbandcassetten im Schuber
(66000)

Elisabeth Trissenaar liest
Louise Erdrich
Liebeszauber
2 Tonbandcassetten im Schuber
(66013)

Erika Pluhar liest Elfriede Jelinek
Oh Wildnis, oh Schutz vor ihr
Keine Geschichte zum Erzählen
1 Tonbandcassette im Schuber
(66002)

Hans Michael Rehberg liest
Henry Miller
Lachen, Liebe, Nächte
Astrologisches Frikassee
2 Tonbandcassetten im Schuber
(66010)

Produziert von Bernd Liebner

Eine Auswahl

Rowohlt Cassetten